遂川旧事 II

刘述涛　著

百花洲文艺出版社
BAIHUAZHOU LITERATURE AND ART PRESS

图书在版编目（CIP）数据

遂川旧事. II / 刘述涛著. -- 南昌：百花洲文艺
出版社，2025. 2. -- ISBN 978-7-5500-5859-0

Ⅰ. I267

中国国家版本馆 CIP 数据核字第 2025PQ2428 号

遂川旧事 II

SUICHUAN JIU SHI II

刘述涛　著

出 版 人	陈　波	
责任编辑	许　复　陈昕煜	
选题策划	池　的	
特约编辑	覃杨峰	
封面设计	孙陈强	
出 版 者	百花洲文艺出版社	
社　　址	南昌市红谷滩区世贸路 898 号博能中心一期 A 座 20 楼	
邮　　编	330038	
经　　销	全国新华书店	
印　　刷	武汉鑫佳捷印务有限公司	
开　　本	787 mm×1092 mm　1/16	
印　　张	17	
字　　数	235 千字	
版　　次	2025 年 2 月第 1 版	
印　　次	2025 年 2 月第 1 次印刷	
书　　号	ISBN 978-7-5500-5859-0	
定　　价	78.00 元	

赣版权登字 05-2025-1

网址 http://www.bhzwy.com

图书若有印装错误，影响阅读，可与承印厂联系调换（电话：13986285820）。

江西楠木王　位于遂川县衙前镇溪口村　邓福才拍摄

江西柏木王　位于遂川县新江乡横石村　邓福才拍摄

桂花树　位于遂川县雩田镇横岭村　邓福才拍摄

银杏树　位于遂川县巾石乡巾石村　邓福才拍摄

九龙樟　位于遂川县南江乡中顺村　邓福才拍摄

自　序

　　《遂川旧事Ⅱ》的书稿早就已经整理好了，作为一个独立的文档在我的电脑里躺了好几个月。我相信，《遂川旧事Ⅱ》里的文章，比《遂川旧事》（2017年于团结出版社出版）更加完整，更有特色，也更能够展现遂川这块土地上的风土人情、家园厚土，以及在遂川这块土地上发生的点点滴滴。书稿中有一个篇章是专门写手艺人的，他们既是手艺人，又是守艺人。我现在仍记得，当我的《捡瓦匠》发表在《井冈山报》的时候，一位捡瓦师傅不知从哪儿得到我的电话号码，专门给我打了一个电话。他说谢谢你，是你让我知道，在这个世界上，还有人知道捡瓦匠，知道我们这个职业，并且记录下来，作为文本传下去，告知后人。

　　可这些又有什么用？在这么一个人人一部手机就拥有一切的时代，人们的目光只停留在短视频上，早已经没有耐心去读一页报纸，也不想知道这个世上有没有捡瓦匠。至于捡瓦匠的日子，也与他们无关，他们才不在乎谁写了《捡瓦匠》。

这是我们文字工作者感觉悲哀的地方，也使我一直不敢再去尝试出版《遂川旧事Ⅱ》，不敢再像2017年那个7月，《遂川旧事》印出来后，我骑着自行车在大街上一路给人送书。自行车一边的脚踏板已经坏得只剩下一根小铁棍，我踏着这根小铁棍努力向前骑。那时，我的内心是幸福的、快乐的、充实的，我觉得自己做成了一件事，看到了许多人喜欢我的书。我现在仍记得当我汗流浃背推开一家单位的门，那单位的领导见到我手里的《遂川旧事》说的第一句话就是："述涛，就冲你这么一身是汗地送书，我也要给你订100本。"

一本，两本，10本，20本，100本，最多的一家单位要了300本。那个夏天，我的《遂川旧事》全卖完了，虽然没有赚到足够的稿费，但起码不亏本，而且我做成了一件在别人眼中不可能做成的事，我成了家乡的记录者，我让家乡在纸上流芳。现在，我仍清楚地记得有朋友在微信上同我说："你为遂川人民做了件大好事，《遂川旧事》将给家乡的人们留下许多永久的记忆。拿到你亲手签名的书，我第一感觉是书很有分量。回到家我翻看了一下，封面设计、文中配图、纸张颜色都有'旧'的味道，很协调。书中的内容就更不用说了，看到目录就有种亲切感，就想读。这绝对是一本难得的好书！"

可是，7年过去，这世界已发生翻天覆地的变化，多少曾经爱书的人已经不爱书了，多少人只关注短视频。现如今，阅读已经离人们越来越远。所以，人亦有命，书亦有命！我已经没有当年的心气，也没有当年的勇气，再出版一本只在遂川销，只有遂川人才会喜欢、愿意读的书了。我想，我的《遂川旧事Ⅱ》也许只能作为一个文档，静静躺在电脑里，陪着我一起消失。但作为作者，又不死心，又觉得也许还有机会，还能够让《遂川旧事Ⅱ》面世。于是，我写了一篇文章，问我的读者，如果有一本《遂川旧事Ⅱ》摆在你面前，你还会想读吗？

这时候，好多读者站了出来，在我的文章后面留言，表达了他们对遂川这方土地的热爱，表达了对我将要出版的书的兴趣。有人说："近两年你更新的每一篇文章我都看了，甚至有段时间还总期待你更新作品。如果你还出书，我肯定会买来读。"还有人说："一定会读！《遂川旧事》已经让我了解了遂川土地上的很多故事……"

当一遍又一遍地翻阅这些留言，我在收获感动的同时，也获得了信心，于是就有了《遂川旧事Ⅱ》的出版发行。

谢谢了！

是为序！

目录

二、龙泉人物

一

家园厚土

沙湖里

沙湖里、南门口、木匠街、罗汉寺，只要有人提起这些名字，我就会想到原来的老县城。想到沙湖里的骑楼老街；想到老街上人挤人、人推人，只能一步一步慢慢走；想到那一场大火，把沙湖里20多栋房子都给烧没了；想到小时候换牙，母亲带着我在沙湖里老街上拔门牙；还想到在沙湖里老街上的理发店理发。

那时候的沙湖里老街，就是一条笔直、长不过1000米的骑楼老街，从南门口的木匠街口一直通到原来的老石拱桥头，也就是乐善桥头。其中有中渡码头，专门装卸黄豆、麦子、食盐等土特产品；还有一个华洋码头，专为洋行装运货物；自然，更少不了沙湖里码头，这个码头专门为沙湖里的商店装卸洋油、洋火、洋皂、药材、食盐、海产品以及其他日用货品。

早年间，我的曾祖父、祖父、伯父都是脚夫，他们都依赖泉江里来来往往的货船，以装运货物的力资来养活一大家子，所以，那三个码头都留有他们的汗水。而我见到的沙湖里老街，所留下的码头踪影，已经所剩无几，我能够记住的就只有一点残存的码头影子，以及那个年代，沙湖里的那些骑楼带连廊的房子，虽都是土木建筑，有些有钱的人家，也能够青砖到顶，骑楼的两根四四方方的砖柱子，也修得有模有样，又气派又大方。在靠近江水的地方，还会修一个阳台，以供自己听着江水，做着美梦，过着悠闲的日子。

沙湖里，还是遂川商业起步的地方，这里扎堆开在一起的有布店、米店、药店、当铺、金银首饰店、杂货店、染店、洋行等。后来公私合营，所有的店铺归了公，但那些当年的资本家，当年的富家子弟、玻璃少爷，仍留下许多故事在这块土地上流传。

20 世纪 70 年代初的沙湖里骑楼老街上有理发店、中医院、广播站、接生站、食品店、杂货店、缝纫社等。这时候的好多骑楼都已经显出衰败之气，好些沿街的檐梁来不及修理，都露出了腐木。但这些骑楼底下，仍是人们躲雨避风的好去处。像我母亲一样卖菜、卖土特产的人，最爱将菜担往人家骑楼底下一放，将扁担一横坐在扁担上嚼起馒头。那些菜担、箩筐横在人家店门之前，人家一般也不会往外轰，只会说一句，娘肚子里也要留条产路，你放菜卖，也得给我留出一条路走啊。这时候，卖菜的、卖米的，都会将担子挤一挤，放出能容一个人进出的通道。还有些人本来就认识，或是转弯抹角的亲戚，于是，人家就会端上一碗茶水，双手递过去。

那些年沙湖里的骑楼老街，虽然天天人挤人、人挨人，但都好言好语，都知道"人情好，水也甜"的道理。

这样热闹繁华的场面，一直维持到 20 世纪 80 年代中期，县城里有了新的农贸市场，原来那些挑着担、推着板车卖这卖那的人，就都进了农贸市场，留下的是担柴卖木、粜米煮粥的一些卖农副土特产的人。沙湖里的店铺也所剩无几，都是一些划玻璃、卖锅、卖菜刀的老店，后来人造肉行时走运的时候，沙湖里的老街上又多了几家人造肉店。说到做人造肉，就是风靡过整个遂川县的一种豆制品。家家户户的餐桌上，都时不时地有这样一碗叫作人造肉的菜，是一种黄豆经过烘干、榨油，制作成长条腐竹样的东西。后来，多少遂川人把人造肉卖到了广东、广西、贵州，还把制造人造肉的加工作坊搬到了那些地方。

　　风水轮流转，就像沙湖里的骑楼老街一样，人造肉风光不再，曾经人挤人、人挨人的骑楼老街风景也再难出现，整个沙湖里老街一夜之间没有了踪影。曾经的柴火市场、米糠市场也搬到了老百货公司边上的东路街，紧接着随着城市的变迁，又搬到了老党校的前面。

　　此时的沙湖里，彻底沦为历史书本中的一个名字，好多人已经不知道哪儿叫沙湖里，哪里有骑楼老街。真正能够知道这些的，大概是像我一样岁数大的人，相信他们也曾在沙湖里的骑楼下避过雨，在沙湖里的老街上看过做钢钉的机器和印刷厂的机器一张一合地吐出一张张纸，送出一眼钢钉。

　　这时候的沙湖里，又远又近又恍惚，它是一个地名，也是一段记忆。

木匠街

一开始，木匠街并不叫木匠街，是后来这条街上的木匠越来越多，木匠铺子也越来越多，才叫作木匠街的。

木匠街，就位于南门口的南面，是遂川县唯一的一条用手艺人命名的街道。它全长不过百米，曾经是遂川县最有特色的一条街。木匠们在这里扎堆做手艺，前面是店铺，后面是作坊。店铺里面摆放的家什，大到衣柜、叠柜，小到火笼、打板、搓衣板，以及做鞋的木楦子。整个木匠街，全都是木匠师傅做掌柜。

我的父亲，也是在木匠街上同一位复姓欧阳的老师傅学的手艺，在木匠街上住了三年。他经常会说起那些年他在木匠街遇到的那些人、那些事。

那时候木匠街上的店都很大，通天通地，都是几进几出的房子，那样才能摆得开几张木匠工具凳，才能让几个木匠师傅同时开工。我父亲做学徒的时候，他师父身边有七八个徒弟，这样的一家木匠铺子，就是一家木器加工厂。

木匠凳的摆放也有规矩，按照高低，摆在上首的一定是大师傅的工具凳。同样是一条街上的木匠，又分为大木、小木、圆木、锯匠、棺材匠等。大木专指盖房建屋一类的木匠师傅；小木则指做柜、做桌、做凳的木匠；圆木指的是做圆桶的木匠，也叫箍匠；锯匠就好理解了，是专门将木头分解锯成板材的人。

早年间，木匠街上的木匠铺子分得清清楚楚，做圆桶箍匠的人，决不会去做棺材，做小木家具的，决不会去做大木。唯独我父亲的师父是个例外，他做大木，也做小木，所以我的父亲也是一样，能做大木，也能做小木。

"一木二泥三打石，篾匠筛酒不用哇。"木匠在众多手艺人中更能受到尊重。人在一辈子的旅程之中，离不开各种木器，哪怕是一个最穷最苦的农民，他手里的锄头把、斧头把，也得找个木匠师傅帮他，才有用。又何况，谁家里还不要个柜子、椅子？原来的房子，更是离不开木匠，需要木匠一手一脚从门窗到栋梁一一做好。

抗日战争时期，因遂川有沙子岭机场，日军的飞机动不动就来遂川轰炸，对遂川县城也毫不手软，沙湖里、木匠街，好几次都被日军飞机丢下的炸弹炸中，房子倒塌不少。中华人民共和国成立后，开始了公私合营，手艺人进社，有些木匠去了建筑公司、木艺社、造船厂，有些木匠回到家中务农，于是，木匠街上也就没有了木匠，留下的只是一些普通的居民。那时候，木匠街上的店铺已经所剩无几，只有靠近老街、南门口的那几家店面，开过一些单车行、五金店、榨油坊类，还有就是改革开放之初的天马照相馆，有些人还有印象。

现在的木匠街，一半已经被改造，成了高楼大厦的一部分，另一半经过修修补补，还真有"年年岁岁花相似，岁岁年年人不同"的味道。真正能让人记起来的，是木匠街一位姓郭的老先生，他做礼生，经常戴着礼帽和一副金丝眼镜，穿着一身绸缎大褂。他做礼生的时候，声音洪亮，口才极佳，说起来头头是道。他还写得一手好字，也卖对联。除了他，就是开毛笔店的那位老大娘，她只要一说起她的毛笔，就两眼放光，毛笔身上的那些事说也说不完。

　　一条木匠街，留下多少事！曾经多少木匠街头坐，座中有英豪；现如今，我在木匠街上走，你在木匠街中笑。

洪门隧道

20世纪80年代中期，洪门隧道在如火如荼地建设中，当时我正在瑶厦中学求学。有一天上历史课的时候，老师不知怎么就提到洪门隧道，说到中国的建设不得了，竟能在大山当中钻出一条隧道来做公路。老师还说，遂川最早的公路就是这条赣粤公路，是1934年，江西省政府为推行"交通清匪"而修建起来的，只是一直都是砂石公路，直到中华人民共和国成立之后的1971年，才铺上沥青。老师最后说，同学们有机会可以去洪门隧道看看，感受一下遂川公路的变化。

那时候的人，也没有见过什么世面，一听说那里建大工程，就觉得稀奇，想跑去开眼界，如当年建草林冲水电站，这要放到今天，有几个人会吃饱了没事跑到草林冲水电站看风景？但在那个时候，不要说草林冲水电站，就是105国道刚修好，还有好多山里的人没有见过大货车，专程跑到105国道边上坐上几个小时，就为看过路的各式汽车。

自然，刚建成的洪门隧道也不例外，成了县里的一道风景，多少人没什么事就专门骑着自行车去一睹洪门隧道的风采。

我应该是听历史老师说过洪门隧道后，就去看过。说起来，洪门这个地方，我是无比熟悉的，我大舅、二舅、小姨家都在洪门。每年正月我们去舅舅家拜年，就是人们嘴里的"走洪门"。走洪门，有越走越红、越走越好运的意思。

我还在洪门的山上砍过柴，我的三哥还有一段日子专门在离洪门隧道不远的片石山上打片石。那时候的人建房子，做基础，都是用大小不一的片石垒成房屋基础。打片石显然成了人们生存的一门手艺。只是打片石天天同炸药、雷管打交道，也存在很大的风险，尤其是悬吊在半山腰上打药洞，更是一不小心就有生命危险。打下的片石，按多少钱一方或多少钱一手扶拖拉机，会有人来运走。

打片石，又叫打石头。几个人一个队，天天挥舞着钢锤、钢钎，打药眼，填炸药，装雷管，放炮。等到点火的时候，还有专门的安全员挥舞着红旗，拦住两边过往的行人，不让过。而刚开始的公路就在打片石的山底下，后来建 105 国道，才移到片石山的对面。

一般我们去洪门舅舅的家里拜年，就会去洪门隧道看看。其实，也没有什么可看的，就是一个山洞，能从这边望到那边。真正可看的倒是两边的山景，尤其是映山红开花的时候，满山都是红灿灿的映山红。但人就是这么奇怪，还是爱走进洪门隧道，感受那种凉凉的感觉，听一听那种有车经过身边，发出的与在大马路上不一样的声音。还有人在隧道里大喊大叫，感受从隧道里传出来的回声。

一条洪门隧道，在那些年里堆积起多少悲欢离合的故事。在前些年，经常是一到寒冬腊月，隧道里就结冰打滑，而车子一过洪门隧道又是连续的下坡弯道，就算是胆子再大的司机，也不敢通过。那些年，经常有司机望着洪门隧道兴叹，车子就排成长长的队伍，一直堵在路上。这时候，住在这段堵车路两边的人家就开心得不得了，他们知道捡窖都不用挖土的机会到了，他们挑着箩担，箩担里装着开水、方便面、大米饭，以及现炒的几个菜，遇上司机就问："要不要吃饭？"本来才 3 块 5 块一包的方便面，他们卖 15 块、20 块。一天下来，可以赚不少钱，每个人都笑容满面，都感谢洪门隧道。

这世上，有山靠山，有海靠海，有洪门隧道就靠洪门隧道。那些年，还没有高速公路，人人都在洪门隧道前后开洗车加水房，开餐馆。

也同样是这些年，好多人在洪门隧道附近送了命，有时候一脚不慎，连车带人飞下隧道边上的悬崖，车毁人亡的事不少。尤其是下了好些天的雨时，洪门隧道周边的山又是片石山居多，动不动就滚落石头，让人走一回洪门隧道，都有走一回鬼门关的感觉。

好在后来有了高速公路，更多的车、更多的人选择了高速公路。而现在的洪门隧道已经华丽变身，经过重建，加装了防护网等设施，早已不是当年的那条隧道，而是隧道通南北、天堑变坦途了。

中华人民共和国成立前的遂川县城

常有一些外来的不了解遂川历史的官员问，遂川怎么就没有保存下来一点古建筑、古城墙、古塔、古寺、老码头、老渡口呢？别的县城都保存了，遂川县这方面有欠缺。他们不知道遂川县在土地革命时期就已沦为战场，再加上抗战时期，因为砂子岭机场，天天都会遭到日本战机的轰炸，到了1945年农历一月，国民党还陈兵列阵于遂川江北岸，与日军在遂川县城打了三天三夜，后来日军第27师团从永新扛来了四门大炮，才将县城北岸的国民党鲁道源的第58军打败。日军在遂川县城待了足足一个月，烧、杀、抢、掠，无恶不作。这一个月，县城的许多建筑自然都遭了殃。

早年间的遂川县城，有县署、学宫、五华书院、社稷坛、神农坛、龙王庙、岳庙、城隍庙、尚义祠、魁星阁、锁翠亭、抱景楼、文昌宫、万寿宫、演武厅、宇宙正气坊、中山体育场、天主堂、阳关桥、乐善桥、金山塔、银山塔、红塔、千佛塔、浮桥等。

中华人民共和国成立前的县署就位于城池正中央，即老泉江镇政府，在大桥药店的那个位置。宋景祐元年（1034）的龙泉县令嫌水南的县衙门地势太低，才由水南迁至水北的桐木墈下，也就是老泉江镇政府，大桥药店的这个位置。这也就不奇怪当年修建房子开挖屋基的时候，经常在那块地里挖出整坛整坛的银圆了。县署修好之后，又几经战火，几经倒塌，最后重建的时间是清咸丰八年（1858），经善后总局拨款重修，仍按原来的规制，在县署内设有大堂、中厅、后堂、知政堂、濠乐堂、得心堂、悠然堂、主簿督赋厅、典史莅政厅、东吏爌、西吏解、谯楼、土地祠、狱舍，以及申明亭、旌善亭、戒石亭等，是当时遂川县城内最大的建筑群。只可惜到了民国时期，这些房子已经破烂不堪，呈现出衰败之气。等到抗战的时候，全被日军炸毁。中华人民共和国成立后，这里成了泉江镇镇政府的所在地。那时候还能看到一些倒在地上的石狮子、残损的石柱子，以及破破烂烂的残木匾。

中山体育场位于县城的西面，它的中心位置有一座主席台，叫作中山台。于是，中山体育场没有几个人喊，中山台倒成了它的大名。人一提起这个地方，就说去中山台。后来，中山体育场没了，中山台也没了，倒是喊了一段时间的人民广场。现如今，人民广场也没人喊了，变成了红色基地。

乐善桥，又叫作老石桥，是民国时期遂川县城水南水北交通的唯一一座大桥。1945年，国民党部队为阻击日军，不让日军过河，用炸药炸毁了一个桥孔。这个桥孔一毁，牵一发而动全身，后来虽有修复，但只将就到1951年的6月，发了一场大水，乐善桥便倒了，老石桥没了。现如今，说起老石桥，也没有几个人知道。

金山塔、银山塔、红塔、古城墙，都毁于1943年。那一年，日本人的飞机天天都来轰炸遂川，他们以塔、古城墙为参照物，每次一炸，便有民众死伤，房屋倒塌。于是，当时的遂川县长杨耕经下令，将三座塔和古城墙都拆了，从此，遂川就再也没有三塔环城、三塔齐天的景象了。

还有浮桥，也是龙泉八景之一，可惜也没了。而天主堂、龙王庙之类的古建筑，也没有逃脱被拆的命运。

遂川穿越百年的时空，如今又有了属于这座城市的新建筑与文化名词。那些老建筑、老故事，就留在沧桑巨变的历史长河之中了。

G105 国道

G105 国道是一条国家级的南北主干道，起点在北京，终点在澳门。遂川占据其中一共 50.14 公里，从七郎山，经雾田、县城、瑶厦、巾石至黄源坳入万安。G105 国道是全称，老百姓就省略了前面代表国道的"国"字拼音的第一个字母"G"，而称其为 105 国道。

105 国道遂川这一段的原路是赣粤公路，后来又叫昌赣公路，最后才是 105 国道，从县道到省道到再到国道，自然提升了不止一个档次。特别是在改革开放之初，有一条国道横贯遂川境内，一下子掀起了多少人的创业梦想，借助 105 国道上来来往往的汽车，纷纷在马路边做起了生意。

二十世纪八九十年代，正是万象更新、百废待兴的时代，不管是白猫黑猫，抓到老鼠就是好猫。这一下，105 国道两边，开饭店，卖木器，补胎、充气、加水，汽车修理应有尽有。

105 国道最热闹、最繁华的是从集合到新寨的这段路。这段路上，店铺林立，卖木器的排成一长排，餐馆一家连着一家，还有修理厂、杂货店。遂川的客车最早只到南昌、吉安、赣州，有了 105 国道后，就有了合肥到深圳、赣州到南昌、赣州到温州、武汉到龙岗、蚌埠到广州、遂川到泉州、吉安到晋江、九江到惠州等各个城市的卧铺班车。人一招手,路上的客车就会停。这一下子让遂川人的世界得到延伸。以往小工艺品市场的老板只到南昌打货,这一下,到杭州、到义乌、到泉州打货的都有了。而且遂川人去广东、福建沿海地区打工,也一下子方便起来。

最方便的还是那些有房子在马路边上的人家,将墙一锤开,就是店面。哪怕没有房子的,在105国道边上搭个木棚子,卖点生活用品,顺便给过往车辆加加水,也能赚钱。何况生意大有大的做法,小有小的作为,但凡依托105国道,会做人,又会来事,还会同各路司机打交道,尤其是把客车司机当成自己的亲人一样招呼,自然是生意不断,自然是一车一车的客往你的店里拉。同样是开餐厅,有的屋前屋后人挤人,全是客,有的门可罗雀。记得在造纸厂对面有几家店,生意红火得不得了,人一提,就说那去吧。县城里多少人吃饭,也都往那里跑。

105国道的餐馆,也是一道风景,每一家都有年轻漂亮的女人坐在门口,一见到汽车,她们就招手,用嗲声嗲气的声音同司机打招呼。

要想富,先修路。105国道成为遂川老百姓的致富路,多少遂川老表曾经都把自己的发财梦寄托在105国道上。多少人在105国道上送命,动不动就是一场车祸,尤其是砂子岭下来往县城方向,人都说这路脏,每年都有几条命在这里断送。

可是,风水轮流转,随着2001年6月大广高速开工建设,吉安至泰和段首先动工;2003年,吉安至泰和段完工通车;2004年1月16日,泰和至龙南段完工通车。至此,遂川告别了没有高速公路的历史,105国道上的车辆也越来越多地转向高速公路,105国道再也见不到车水马龙、川流不息的场景。更难看到一辆客车一停,一大堆的摩托车、出租车在它身边打转转了。

我在想,一个时代有一个时代的产物,一个时代有一个时代的命运。一个人,一条路,都有自己的命运,都有从简到繁,由繁到简,从淡到浓,从浓到淡的过程,适应就好!

四　里

四里，是四蔬和四农的总称。四蔬人种菜，四农人种田，所以四蔬在早年间，又叫蔬菜社，除了种菜的小队之外，还有一个水运组，由撑排的人组成。

四里，四面临水，东有李派桥，南有阳关桥，西有南坪桥，北有陂头脑桥，与任何一个地方互通，都要过桥。如今，除了南面和西面的右溪河水面要宽阔一些，东面的老护城河已看不到了，被填上了土，当年的护城河，已成了护城沟。北面的北澳陂也成了宽不过几米的渠。

四里的对面是天子地、三家巷、南坪，陂头脑，也有属四农的，也有属四蔬的，但已经不是四里的地界。真正属四里的地界里面，还有四里街、罗屋里，以及阳关滩、库下、高家祠、蛇树下、秀溪、秀洲等一些小地方。

在县地，一个地名就代表了一个姓氏，比如瑶厦郭屋里、水南梁屋里、陂头脑叶屋里、高家祠高屋里、店仔下刘屋里、塔下刘屋里、洋湖廖屋里、油过淌张屋里、城里张屋里，等等。虽然瑶厦不只姓郭的人家，还有别的姓氏，水南也一样，不只姓梁的，还有姓项的、姓龙的。四里更是如此，姓氏众多，有刘姓、高姓、李姓、罗姓、王姓、梅姓、黄姓、郭姓、谭姓、邓姓等十几个姓氏。

早年间，一般是同姓氏的人家才住在一起，抱团取暖。就如蛇树下，以刘姓人家为主。应该说，以前的家族力量很强大，人们法治观念较淡薄。一般人遇到什么事，首先想到的，是依靠家族出面解决。那时候，一般姓小人单的人家，不会跑到一个家族的住地去买土盖房，容易受欺负。一般的人家里有一点事，大声一喊，"打架了"，家族的人就都会跑出来帮忙，而自己一喊，鬼都没有一个来，那还打什么？

早年间，四里的人虽然吃得苦，担粪就担粪，担尿就担尿，从不会偷奸耍滑，肯下力气，靠种地、靠手艺过日子，却过得都不是很如意，除非一些人家里有人上班，才可以衣食无忧。一般的四里人家，都是一分钱扳开来做两分钱算计着用，好多都是吃了上顿愁下顿，但四里人乐观，走到哪都是该笑笑，该喝喝。那时候的四里街上，经常看到喝醉了"打跌"的，这些都是自己吃饱，不管家里饱不饱的人。

改革开放后，四里人做小本生意的多了起来，挑着箩担，拉着板车，在大街上找食，还有专门搞搬运的、做手艺的人，五花八门。慢慢地，过了一些年，就开始有人富起来了，盖房子成风。盖房子也不讲究风水，不讲究大门的方向，只要是自己的土地，就恨不得全都占下来，盖成房子。于是，你家挤着我家，我家对着你家，还经常因一点土地而打架，争出牙齿血，兄弟之间甚至打得比仇人还狠。

人都说，四里人强悍，打起架来，敢下死手！还有人说，四里人爱打架，年轻人中混社会的多。

其实这是不了解四里人。四里虽然属于城郊，但家家户户田地少孩子多，且祖宗八代都是老实巴交的普通人，没有能力也没有关系改变孩子的命运，只能看着孩子一头扎进社会，混成龙还是混成虫，就看孩子的造化。虽然不少四里的年轻人在改革开放后把自己混"没了"，关进了牢房，但只要能出来，仍像是吃了不怕死的药，在大街小巷横着走。尤其是蛇树下的年轻小伙子，更是动不动就喊锤喊打。不要说打外人，就是自己的爹娘，也有不放在眼里的，动不动就问，你的骨头是不是松动了。在那些年，县里的看守所三分之一都关着四里的年轻人，这是一种悲哀，也是一种无奈。好在他们慢慢明白，当今社会没得混，到处是摄像头，到处是天罗地网，还是各自安身，做个普通人的好。

但你要说四里人的孩子只会混，那你就错了，四里读得书考得上清华、北大、复旦、厦大的孩子大有人在。因为这些孩子懂得，在四里，除了读书考出去，没有别的路可走，父母自己都不知道这辈子该怎么过，哪还有闲心管孩子的这辈子怎么过？也正是如此，四里长大的孩子都成熟得早，都懂得这辈子靠人不如靠己。

在早些年，县城大街上卖菜的人中，10 个就有 5 个是来自四里的。四里人的蔬菜种得好，什么蔬菜都种得水灵灵的。现在的泉江小学、泉江中学的位置，原来都是种菜最肥的土地，水利局还专门给这些土地安装过浇灌的喷头，通上电，水通过喷嘴转圈喷，地角全都能浇上。可惜，只兴过一时，后来就全变成废管子，被一些人偷偷挖了当废铁卖了。

说到卖菜，1984 年还出过一件天大的事。四里一位姓郭的菜农，不知道她丈夫头天晚上给苋菜打过剧毒农药，第二天一早就将苋菜摘了洗好，拿到大街上去卖。这些苋菜毒翻了七个人，其中一人没抢救过来。姓郭的菜农也进了班房。人们说起，都唏嘘不已。苋菜才几个钱，把条命送了。

如今的四里，与县城连在一起，已经寻不回当年的一点模样了，当年大片的农田土地都已经成了高楼大厦。你要问哪是四里，好多人都已经不知你说的是哪块土地。你要说个小地名，说得越小，反而越是有人知道。

天子地

过了阳关桥，往上走就是天子地。天子地是左右两溪的汇合处，北、东、南三面临水。西面是山丘，再往南走，就是驼背树下，往西走，就是城头、高坪。天子地的地势高，当年日本兵占领遂川，就将工事筑在阳关桥头，在天子地那路坳上，架起一把歪把子机枪。我有个叫"流浪子"的堂公，那一年他才6岁，正跑着就被这把歪把子机枪的一梭子弹打中了左臂。子弹穿过左臂形成的弹孔疤痕，让我这位堂公一说起来，就恨不得咬几口这些强盗日本兵。中华人民共和国成立前，遂川去往湖南的酃县、桂东，就是从县西门左上过阳关渡，走天子地，经驼背树下、草林冲、草林、西溪、大汾、草汾、洛阳、七岭，再走苏洲山进酃县。而桂东则是从大汾，经石狮抵达的。那时的天子地，是交通要道。

天子地，也有人叫它"添子地"，意思是添子添孙。至于"天子地的传说"，有好几个版本。我听得最多的是住在天子地的一户人家，他们家的男孩出生的时候，家里的母狗也生出了一黄一白两条小狗。这两只小狗常伴男孩左右。男孩出门，头顶上常有一黄一白两朵云，帮男孩遮阳挡雨。男孩长到五六岁时，去放鸭子，累了躺在草地上，把手里赶鸭的竹篙当枕头，两手摊开，两脚摊开，正好形成一个"天"字。有算命先生见了，说这孩子了不得，以后必是天子，并交代男孩的父母，这两条狗千万不能杀。哪知男孩的舅舅好吃又好酒，有一天把男孩的这两条狗宰了当下酒菜。不久，男孩就得了一场恶病，撒手而去。从此这里被叫作"天子地"。

最早天子地里的土地，是四农和四蔬人家的，还有水南梁屋里的一些人家，也会坐渡船到天子地开荒种花生、种红薯。天子地上的土，都是黄泥土，只适合种花生、萝卜之类。1979 年，有一个人在天子地开荒平地，他一锄头下去，竟挖出了石锛、石斧、石凿、石镞、石钻、石刀、石矛、石球、砺石一共 62 件宝贝，还有陶鼎残足 37 件，陶纺轮 6 件，各种印纹残片 93 件，甑残片、高领盖各 1 件。这下惊动了省里的文物专家，专家们专程跑到天子地，把天子地定为新石器时代至商晚期的文化遗址，县里还将此处定为县级重点文物保护单位。

说起来，天子地最早是埋死人的地方，不像现在，活人与死人争地。那时，天子地没什么人愿意去盖房住家，一是因为坟墓多，二是吃水难。天子地早年间没有井，要喝点水，得走很长的路去打水。天子地最出名的一座坟墓就是温荣生烈士的，他援非时牺牲，后来葬在天子地，20 世纪 90 年代又迁往神山寺了。

印象中的天子地，一过阳关桥，就是几株梧桐树。梧桐树每年开花结桐子，也每年看到一些人家，将短命人的棚子搭在梧桐树下。早年间，在外出车祸暴死的人，是不能进家门的，都是在天子地支个棚，办丧事。离阳关桥边不远处，有一座砖窑，窑口黑烟不断，烧的是青砖。后来，四农村的人在四农那大片土地上又开了一个红砖窑厂。天子地最早办的厂，是良种厂，养母猪公猪，给猪配种，生下猪崽推广；还有金矿矿务局。后来的良种厂，变成了缫丝厂。缫丝厂里年轻漂亮的女人多，县城里吃饱没事做的男孩子，就专往天子地跑，天子地一时间成了年轻人恋爱的天堂。还有些不信鬼神的年轻男女，坐在坟墓前谈情说爱，也不忌讳自己的情话是否会被坟墓里的人听见。到了 20 世纪 90 年代末，缫丝厂又成了县城第三中学，早恋的孩子，同样把天子地当成恋爱天堂。金矿所在地后来成了堂彩中学。一时间，多少年轻的男男女女在天子地这块土地上开启梦想。

在很早的时候，就有一对同姓的恋人在天子地开辟了他们的爱情堡垒。早年间，同姓不同行的男女，是不能够走在一起结婚生子的，哪怕出了五服。这对男女就因家族不同意，而他们的爱情却坚贞无比，于是，他们选择把家安在了天子地，在这个近乎荒凉的地方，男耕女织，互敬互爱，开花结果。

也是到了20世纪90年代，好些人将目光投向了天子地。自来水厂也将目光投向了天子地，解决了水源。人们认为住在天子地，视野开阔，环境优美。有一年，某一任县委书记曾想把县委大院搬到天子地，就是看中了天子地这块风水宝地，住在上面，添福添财，添喜添官，有什么不好？

红塔下

红塔下，因红塔而得名。

红塔始建于宋元丰年间，与金山塔、银山塔形成三足鼎立之势，仿佛是遂川人向天地神灵敬上的三炷香。可惜，到了 20 世纪 40 年代，为了抗战的需要，遂川人忍痛拆毁了祖先留下来的宝塔。

红塔下村，就在牛头脑山下。红塔，却空留其名，只有穿城而过的遂川江在山脚下拐了一个弯后，浩浩荡荡地向东而去。

牛头脑山上没有红塔。红塔哪去了，是你们拆去换酒喝了吧？遂川人当然知道红塔的去向，但是他们总喜欢这样对红塔下人开玩笑。红塔下人却并不辩解，只是看着远方。远方有山有水，有说有笑，有炊烟四起，有别人越过越滋润、越过越甜美的日子。他们再回过头看自己的生活，总是这么恓惶。

按说在这方圆不过两里地的红塔下，零零散散依山而居的十几户人家，田地虽然少点，但是要山有山，要水有水，这日子怎么过，也不至于这般光景。可现实就是"好女不嫁红塔下，两季稻谷半年粮，担柴卖木背饥荒"。在那个年代，日子过得没指望的红塔下人最主要的营生是砍柴。经常看到红塔下人挑着一担柴到县城去卖，卖完这担柴，在回家的路上，见店就喝半斤酒。在那条路上代销点的老板，都很清楚红塔下人的这一习惯，家家门口都备好了能装半斤酒的大酒碗，只要见到满脸通红、手里捏着 5 分钱的人站在柜台前，就知道这是红塔下的，立马提起酒端子，往大碗里装米酒。红塔下人放下手里的 5 分钱，端起酒碗并不会一口就干，而是先小心地抿上一口，把酒含在嘴里打上几个圈，才吞下去。然后闭着嘴巴，过好一会儿才吐出一口长长的粗气，指着代销点的老板说，你有良心，米酒里没有掺水。说完，将碗里的酒一饮而尽，又奔向下一个代销点。这一路喝下来，卖柴换的那点钱也就所剩无几了。

至于两季稻谷半年粮，也是红塔下人的真实故事——稻谷还在田里，没有成熟，他们就开始四处找人将田里的稻谷抵押出去，换成钱先用上了。

那个年代，每年到了青黄不接的时候，在遂川县城，常会有红塔下人手提着一个竹筐，四处跟人说："能不能赊点米或是借点钱？等到田里的稻谷出来了，加倍还。"但是随时都会有一位上过当的女人跳出来，对着红塔下的人大喊："就你们还有米还回来？去年我放给你们红塔下人的 10 块钱定钱，到现在米的影子也没有见过。"红塔下的人一听，灰溜溜地挨着墙边走了。知情的人会说："算了算了，红塔下也是没有办法，穷地方，人多地少，年年谷都不够。"

那年月，红塔下的人们，日子过起来没心气。好在改革开放的春风吹来，先是分田到户，后来又不用交公粮，县城再也见不到红塔下人提着竹筐上门求米的影子。但红塔下人家的日子，再怎么过，还是比别的地方差一灶火候。他们觉得这块地方先天不足，却没想过去改变什么。

日子就如山脚下的流水一样，眨眼之间，就走到了新世纪。人们说，盛世修塔。于是，重建红塔也就纳入了遂川人的日程。转眼之间，一座高 7 层，总建筑面积 4000 多平方米的红塔就重建于原红塔遗址之上。塔前是 365 级台阶的主登山步道，寓意"年年 365 天，日子节节攀高"的意思。在主登山步道台阶上，记载着遂川自东汉建县以来历史上的一些主要事件。在红塔周边的围栏上，还刻着著名的古龙泉八景图。遂川的历史文化很好地融入了整个红塔景区。

这只是一个序曲。之后，绕着红塔建起了一条6500米长的自行车道。自行车道将整个景区串联贯通。接下来又在山脚下建起了红塔生态骑行游客服务中心暨红塔生态骑行俱乐部，为游客租车骑游提供了一站式全套服务。慢慢地，红塔旅游区里还修建起了静语茶舍、清风驿站、枫林望晚、登顶览胜、倚春夕照、闻鹭听涛等景观景点。

红塔周边茂盛的山林、清澈的流水、良好的生态忽然变得金贵起来。

家乡的变化让红塔下人自己都不敢相信。开始，他们还同别人一样，看热闹般，津津有味地看着建红塔、修景观。县里、镇里、村里的干部们对他们说，咱们红塔下人从前不识得自家手上的金饭碗，一直受穷，没什么说的，现在看看这么好的资源，再不能捧着金饭碗讨饭吃了。慢慢地，有的村民开起了农家乐餐馆，有的办起了民宿旅社，有的办起了旅游中心，还有几户人家专门在自行车赛道口出租各种赛车……村里的年轻人，则做起了导游。日子越过越有奔头了，红塔下人过日子的心气也越来越高了，他们再不会捏着几块钱，沽酒买醉，更不用去赊米赊钱了。他们比赛似的琢磨致富的门道。几年的工夫，红塔下的别墅一栋栋建起来，小车一辆辆开进来，被人调侃、讪笑的红塔下人过上了人人羡慕的生活。

"谁能够想到我们红塔下会变成这个样子呢？真要感谢县里想出了这么一个精准扶贫的好项目。"

现如今，再看红塔下的人家，再也见不到当年那种将日子过得恓惶、拘谨的模样，他们一个个脸上都溢着幸福的笑容，用满腔的热情迎接四面八方的来客。

他们喜欢给游客们讲红塔的故事，说，一个国家不强大，再好的塔也保不住。今天，国家强大了，红塔又建起来了。要知道，国家建的不仅是红塔，还有老百姓过好日子的激情和希望。如果还有人不相信，红塔下人就会从自己当年的生活说起，说到自己的幸福生活因红塔而改变，因风景区而改变。最后他们一定会说，唯有我们老百姓的生活融入国家建设之中，才能够发生翻天覆地的变化。一个国家假如不强大，什么都是空的。然后，他们还会指着自己当年住的土坯房和现在住的小洋楼房告诉人家，这一切，都会自己说话。

大坝里

一

大坝里，是遂川县唯一的一块飞地，它就像是一枚奖章嵌在井冈山长坪、黄坳及湖南炎陵的地界里。足可见，1969 年，遂川县将上下七、黄坳公社划归给井冈山的时候，遂川人还是舍不得把大坝里也连带划给井冈山的，因为在大坝里，有遂川人用智慧和血汗构筑起来的生态丰碑。

遂川人忘不了，1927 年毛泽东带领秋收起义的部队上井冈山，走的是大坝里的茶盐古道。那时的大坝里，也叫"红坝里"。大坝里三百多名革命群众跟着红军闹革命，与井冈山的红军血肉相连，同呼吸、共命运。后来，红军北上抗日，国民党反动派反扑，在萧家壁喊出的"茅草要过火，石头要过刀"的疯狂大屠杀中，大坝里又发生了血流成河的屠村事件。

遂川人更不会忘记，在 20 世纪 60 年代，从四面八方集结来的 200 多位年轻人响应党中央的号召，到广阔的天地，大有作为。他们肩挑手提着自己的行李，行走在崎岖的山间小路上。他们嘴里唱着："告别了母亲，背起行装，踏上征途，远离故乡。穿过那无边的田野，越过那重重山冈，高举垦荒的旗帜……"来到了深山老林里的大坝里，拉开了大建设的序幕。而此时的大坝里正在传唱："大坝里，真稀奇，六月天里穿棉袄，清明过后还下雪，立夏大霜铺满山，暴雨冲走千斤石，风吹苞米过湖南。"这样的大坝里，要开垦出大片大片的荒地来种药材，哪有这么容易！又何况，大树移开，还有密密麻麻的小山竹。小山竹的根错综复杂，互相盘结，砍光了小山竹，挖开小山竹的根，还有大大小小的树蔸，挖了树蔸，又还有奇形怪状的乱石。

怎么办？

"用牙咬，我们也要把地一点一点给咬出来！"突击队员站在红旗下举起拳头，立下誓言。

"一不怕苦，二不怕死"，是当年这群大坝里的年轻人最真实的写照。他们说，虽然我们睡的是窝棚，吃的是苦菜，与蛇虫为伴，同鸟儿一起歌唱，但我们的勇气与信念不会消退。虽然大坝里的天气说变就变，多少人刚端起碗，天就下雨，看着碗里的雨水，他们竟然风趣地说："老天爷，真听话，热了为我送凉风，饭后给我倒杯茶。"正是凭着这种革命乐观主义精神，以"宁愿瘦身肉，也要种好战备药。宁愿死在火线上，不愿躺在温床上"的坚强决心，完成了一次又一次的开荒任务。他们在荆棘丛生、盘根错节的小山竹的山窝中和山坡上，硬是开垦出几千亩药材基地，并在当年就成功引种了中药材川牛膝、天麻、党参、人参、云木香、田七等。

1971年，大坝里成功召开了华东六省一市药材生产现场会。今天大坝里的"知青屋"里，仍能看到1973年大坝里团支部被团中央评为"新长征突击队"的报纸，看到1973年的《江西日报》上刊登有《五指峰林场大坝里分场知识青年艰苦奋斗建设山区的先进事迹》。

贡献青春，艰苦奋斗，舍家为国，是那个时代这群年轻人最朴素的精神。这样的精神激励着一代又一代的大坝里年轻人，让他们一辈子都奋斗在这块土地上。

二

这次的大坝里之行，是想写一位真正的林草人，有人给我推荐了五指峰林场大坝里分场的护林员黄晓斌。

说起来，黄晓斌做护林员，那是子承父业，从黄晓斌的爷爷起算，到黄晓斌已经是三代林业人了。

1993 年，在刚分到工区上班的第一天，黄晓斌的心就凉了半截，躺在四处漏风的床上，他格外想家。虽然黄晓斌的家也是农村的，但家里有家人陪伴，有现成的饭菜。不像这里，一进一出就自己同另外一位护林员。没有电，也没有自来水，所有的生活资源，都必须从 50 里外的大汾圩上通过肩挑手提才能够获得。生活上的苦，黄晓斌还能够挨受，精神上的苦，黄晓斌实在难以承受。一个人去巡山，行走在不见一点人烟的茫茫林海之中，不时看到一头母野猪带着一群小野猪，就在前面走。还有那趴在树梢上，向黄晓斌吐着信子的眼镜蛇。每每看到这些，黄晓斌就觉得双脚有千斤重，不知道接下来的路该往哪里走。黄晓斌心想，在这叫天天不应，喊地地不灵的地方，可千万不能出事，否则，死了也没有人知道。

那个年代，不像现在，有手机，可以与外面的人打个视频电话。刚开始的那几个月，每每一个人行走在深山老林、悬崖峭壁上，黄晓斌就有一种孤立无援的感觉，就觉得自己怎么这么傻，怎么会同意到山里来做护林员。

一天，黄晓斌听到有人说，前面不远的另一个工区里，有一位护林员得了重病，半夜一个人躺在工区房里孤立无援，想喝口水都没有人给递上一杯。等过了三天，休假的同事归来，才发现这位护林员身子蜷缩着，僵卧在床铺上已经不行了。

这件事把黄晓斌吓坏了，他想，自己还这么年轻，如果像那位护林员一样，忽然生了重病，要怎么办好？此时的黄晓斌心中生起了退意，打起了退堂鼓，他回到家里，不肯当护林员了。

刚回家那几天，家里像过年过节一样，好酒好菜地招待黄晓斌，爷爷还问黄晓斌工作怎么样，在山里习惯吗。当黄晓斌支支吾吾地说自己不想干护林员了，爷爷不高兴了，他指着黄晓斌说："我是护林员，护林员的苦，我当然知道，但为什么我能坚守，你却要放弃？就因为害怕，就因为你吃不得这样的苦？你不觉得说出去，很丢脸？"爷爷又语重心长地说："孩子，你今天能放弃护林员的工作，明天也就能放弃别的任何工作，因为一有困难，你就后退。要知道，人只有坚守，用心去做好自己手头的工作，用了心，才会热爱这份工作。"

没过两天，父亲听说黄晓斌跑回了家，不愿意干护林员了，也回到家里劝黄晓斌。父亲跟他说："我早就同你说过，上山容易下山难，你如果没有准备好，就不要去干。现在干了，作为一个男人，你就不能后退。你要后退，就不只是丢你的脸，更是丢我和你爷爷的脸！我们都是护林人，护林人不爱山林，不爱树木，那还能爱什么？"

三

重新回到大坝里的黄晓斌慢慢发现爷爷的话说得对，一个人只要有热情，用心去工作，一切都会变得越来越美好。

以前黄晓斌看到远处有野物，就会用木棍敲打树木，发出巨响来驱赶它们；现在，黄晓斌不会发出任何声音，而是不声不响地避让野生动物。野生动物也不会一见到他就露出惊恐的眼神，或是朝他冲来，而是他们彼此接纳后和谐相处，这一点更可贵。

以前黄晓斌看树木，总是冷冰冰的，不带有丝毫感情，而现在看树木，黄晓斌就像是看自己的孩子、家人，总觉得自己的辛劳有了收获。走在树下，树会同自己交流，树会用一片一片的绿叶向自己招手，用茁壮成长来感谢自己。

那几年，黄晓斌为保护森林被盗砍木头分子乱棍打伤过，也曾为防止森林火灾一脚踏空，把腿摔伤了。好在有付出就有收获，黄晓斌获得了"吉安市劳动模范""全省优秀共产党员""江西省最美林业人"的荣誉称号。以黄晓斌为原型拍摄的微电影《常青树》还获得了首届中国森林防火公益微视频大赛二等奖。黄晓斌成了遂川县九百多名护林员中的一面旗帜，在他的身上，有众多遂川林草人的人生缩影，他们甘于孤独与寂寞，一天一天奔走在崎岖不平的山路上，餐风饮露，只为了脚下这片森林更加生机无限。

我问黄晓斌："你觉得自豪吗？"

黄晓斌说："我感到最自豪的，是作为第三代护林员，我没有退缩。我始终行走在护林的第一线，为子孙留下了一片绿水青山。现在，我可以无悔地去见爷爷、父亲，同他们说，我没有给你们丢脸！"

四

在去大坝里的那天早上，来接我的小邓说："我们要早点出发，从县城到大坝里的路程有 90 公里，过了下七，就全是弯弯曲曲的山路。"我们出发时，县城还是太阳高照，一过下七，进入隧道，沿着挂壁公路一直往山上蜿蜒，竟下起淅淅沥沥的雨。小邓说："这就是典型的小气候，雨只下一块地方。"才说着话，前面的天空中就没有了雨，竟是一片晴空。

我看着车窗外满眼的绿，呼吸着带甜的空气，总觉得去的不是大坝里，而是某个仙境。尤其是我看到那挂在山岩上的瀑布，以及在半山腰云雾缭绕中的水库，不由得有了一种"烟波缥缈隐险峰，上下左右各不同。不识坝里真面目，只缘云雾漫山中"的感觉。

同行的小邓是"80 后"，也算得上是大坝里的新一代。他跟我说："刚来大坝里的时候，觉得什么都新鲜，但待过一段日子以后，就觉得太孤独、太寂寞了。"我说："你不是有手机吗？"他说："刚来的时候哪有信号，我们大坝里还是 2016 年才真正有了稳定电源，有了网络信号。我们以前用的是自己场部自建的小水电发电，每天白天都不供电，晚上才供。一遇上干旱，或是发电机坏了，就得停电。"

看来"80后"小邓，在这大山里竟领略过与外面世界不一样的人生。我跟他说："那你还在里面待？出去打工怎么也比在大坝里做护林员强。"小邓一听我的话，笑了，说："不是没有想过，只是作为大坝里的新一代，总觉得那些前辈到了大坝里，都待得住，吃得了苦，我为什么不能？同样是人，我不能让人觉得我比别人差。"

听着小邓的话，我忽然对这位大坝里的新一代生起一股敬佩之情，想不到在这块土地上，有些精神还是得到了很好的传承。

五

沿着山涧往上走，去看挂在悬崖上的瀑布。水从悬崖上冲下来，落在一个小湖之中，转了一个圈，又向下游冲去。在瀑布的边上，竟有一头母野猪，带着一群小野猪，在我们面前慢慢悠悠地行走。难怪有人说，大坝里纯天然的生态环境，成了动物的生息天堂。一到夏天，各种动物都在大坝里争相亮相，有猴子、山牛、黑獐、娃娃鱼、竹鸡等几十种动物，还有冷杉、水杉、银杉、银杏、南方红豆杉、南方铁杉、楠木等国家级保护树种。

这些年，大坝里一直都行走在自我蜕变的路上。

曾经，随着城乡建设的大踏步前进，木材的需求量越来越大，大坝里开始了由中药材种植转向林木采育。大坝里高海拔生长的原生杉木成为那个时代市场的宠儿，大坝里每一年都向市场输出2万多立方米的杉木。进入21世纪后，大坝里又被划为生态公益林保护区，不允许私自砍伐。大坝里也开启了升级转型之路，由原来的育林、伐木转为护林及因地制宜的林下经济产业化之路。养蜂、种茶叶、建民宿，规划徒步森林穿越、峡谷探奇，森林康养……我知道，大坝里在化蛹成蝶的过程之中，每一次阵痛都是一次蜕变，每一次蜕变都是一次成长。

这一路走来，经历了多少风风雨雨，但大坝里人，始终用微笑回应这个世界，他们知道，从第一代进入大坝里的人开始，就一直有一种艰苦奋斗、勇于创新的精神在血脉中流淌。

六

我离开大坝里的时候，小邓跟我说，估计你下次再来，大坝里就变成国家森林公园了。遂川县、井冈山、湖南炎陵正在积极筹划国家森林公园的建设申报，应该过不了多久，大坝里就会迎来又一次蜕变。

我心想，不管怎么变，大坝里的艰苦奋斗、勇于创新的精神不会变，越来越美好的方向不会变。大坝里的未来，其实就是我们中国的未来。它的点滴故事，点滴成长，也正是我们一个地区、一个省、一个国家，一路走来时的生态环境变化的缩影，从粗暴地砍伐向大自然索取，到如今像保护自己的眼睛一样，保护大坝里的一草一木，这不就是我们绿色环保理念的蜕变成长的结果吗！

红旗坳

红旗坳原本并不叫红旗坳，叫什么？向导也不知道。向导只知道，在当年的山顶上，红旗招展，山脚下的人们群情激昂，一个个肩挑手抬，迎着呼啸而来的山风，用最原始的工具，要在悬崖峭壁的山脚下把路修到山腰上，再从山腰上一路蜿蜒到高兴村，湘赣边上住在云端上的人家里。只知道这是一条扶贫路、致富路、民心路。唯有路通了，山里人的希望也就有了。

山路绕着大山往上走，迎面就是一线天。一线天上经常有猴群出没，是一道观猴的风景，也是一道天造地设的奇观。是炸是留，两队人马吵成了一锅粥，最后老书记站了出来，说："毁，还不容易？就几包炸药、几支雷管的事。可要是毁了，咱们的子孙就见不到这样的奇观了，猴群就没有了歇息地，咱们下得去手吗？拍着胸脯问问自己。"

于是，一群硬汉子，腰上系麻绳，在悬崖峭壁上，手拿钢钎和铁锤，迎着凛冽的寒风、刺骨的冻雨，一锤锤到天黑，一锤锤到天亮，硬是凭着铁棒磨成针的信心和勇气，在悬崖上凿出了一个大洞，让汽车穿过大洞，向着高兴村驶去。

　　现如今，人们所看到的红旗坳，有一块耸立在山腰上的悬石和山上的峭壁组成了一个"人"字形，但那一撇和那一捺没有连在一起。一线天的风景保住了，红旗坳的名字也由此而来了，红旗也一年年地耸立在山坳上，迎风飘扬，让行走在这条路上的人一看见，心里就有了攀登高峰的力量和底气。

　　向导说，在修路的那年，工程队的人一看嫌难度太大，说要在莽莽群山的悬岩陡壁上修出路来，这得多么大的雄心壮志！老书记跪在刚来就要走的工程队的人面前，朝着他们喊道："如果不能把路修到深山里的村民家门口，我就跪在你们面前不起来了，我这把老骨头都有的雄心，你们难道没有？"工程队的人听到老书记这么铿锵有力的话，不由得汗颜，扶起老书记说："你看好了，我们不把路修好，决不收兵！"

　　听着这样的故事，想到这样一群人，我忽然间觉得热血沸腾，再探出头去看那让人胆战心惊的悬崖沟底，不由得豪情顿生，想要写一首诗。

　　诗还没有写出来，就在离红旗坳直线距离不过 300 米的地方，遇上了另一条通往石门岭的祥宏隧道。向导说，当年开凿隧道，也是为了保住隧道顶上的这座山上的奇观丽景，保住两山相邻交错的奇峰。他还说，在两山之间，有生在悬崖上的大红枫，在红枫上，还有崖鹰的窝、秃鹫的巢。

　　修路队问捐钱修这条路的企业家："到底是炸山，还是挖隧道？"

　　企业家拍着胸脯，豪情万丈地说："我大钱都出了，还会在意这点小钱？"哪知隧道一开，才知挖整条隧道的钱比修这十几公里长的路花的钱还多，但企业家说："多多少，都认了。否则，毁了红枫，崖鹰没有了窝，修好了路，秃鹫没有了巢。这样伤天害理的事，我不能做！"

　　这样的人，这样的事，这样的话语，让群山都为之动容，让百花为之怒放。从此后，这里的人敬大自然一尺，大自然回敬这里的人们一丈。行走在这样的山路上，你不禁会感叹，这是上苍留下的一处圣地，这里有天底下最秀丽的山水和最原始的美。

　　我们行走在山间，只见高路入云端，一会儿是孤峰突起，一会儿是高山深涧，又见重峦叠嶂，连绵不绝。还有那转过一座山，忽然之间冒出来的山泉，更是像一条银带子，在山间蜿蜒串起，沿山而行。我不由得放眼望去，却是层次分明的大小树种，而眼前的山也被这些大树小林覆盖得严严实实，映入眼帘的是满眼的绿，只是绿又分层次，有浅绿、深绿，还有翠绿。

这里的山，除了用险、峻、奇、雄来形容，似乎找不出别的词语。这里的水，除了用清、灵、秀、净来修饰，也寻不到更好的字词。

坐到车里，又不由得想，这是我向山走去，还是山向我迎来？

车子仍在山路上飞奔。向导说："其实，过了红旗坳，险处不须看！"

听了他的话，忽然间觉得他说得太对了，因为红旗坳上留下了这条路的魂，祥宏隧道留下了这条路的魄，曾经在山上喝着雪水的那群人，早已经用热血在山梁上铸出了不朽的精神，永远像红旗坳上的那面红旗一样，指引着我们向远方走去。

滩 下

县志有云："遂水在县治南门，源出左右两溪，至城西南李派渡合二为一，绕城东下，历八十四滩入赣江。江袭县名，古称龙泉江，亦名泉江河。"

泉江河，也就是今天的遂川江，左右两溪的汇合点原在李派渡，后随着一年又一年的大水冲击，汇合点不断上移，这才移到了被称为滩下的地方。

既然叫作滩下，自然就有河水冲击出来的石头滩。人家里盖新房，要石头垒屋基，要沙子砌墙，就会把板车拉到石头滩上，挖取石头、沙子。滩下的两边，全是大柳树、大樟树，每一棵的树干，都要两三个人才能合围。这些柳树、樟树是谁种的，没有人知道。我曾经问我将要百岁的爷爷，爷爷说，谁知道是哪个种的，他小的时候，这些树就有了。也许，河岸边上的树不需要人种，而是从鸟嘴里掉下来的种子，又或是被大水冲来的树苗，在滩下一停驻，就扎下了根，从此疯长，多少年过去，终成遮天蔽日的大树，为人遮阳挡雨。

人站在滩下，能看见水南河岸上的几棵大樟树。大樟树底下，还有一条木渡船。木渡船就那么横在河岸边上，让人真正感觉"野渡无人舟自横"
的意境。只是，这不是野渡，水南的人去对面的三家巷、天子地，去对面
的山上种花生，种番薯，都得坐这条渡船。

那时候，水南的人勤快，看见两溪之间空出的三角绿洲上杂草丛生，
野枝遍地，就手发痒，想着要在三角洲上种些什么，哪怕三角洲上还全是
石头、沙土，也硬要开出一块土地来种上花生、玉米、高粱。在刚开始开
荒的时候，好多人都看戏一样看着，还说，这样种，能有收成？一场大水，
什么都会冲没了。哪知道，一场大水过后，高粱又顽强地抬起了头。这一下，
人人都抢着扛起锄头，往三角洲上奔，为了争得一块荒地自家种，有争出
牙齿血的，有打破脑袋壳的。

只是，住水北的人，不去三角洲上种，因为水北的人没有渡船，真要
去，还得绕走阳关桥。水北的人说："少吃盐少喝水，累到这点地，还不
够走路治出汗的钱。"水北的大人可以不去，水北的小孩子却爱去，傍晚
游泳的时候，游过河去，跳上河岸，扯几箢花生，扒几个红薯，又跳进河里，
游回来坐到水里，吃得津津有味，吃得满嘴生香。也有刚走进地里，遇到
对面种花生的人就在渡船上，马上就传来"短命仔，偷介的花生恰，要恰
你黄肿大肚"的骂声。

不管是住在水南的人，还是住在水北的人，都不想绕远路，都想着就
近过河。于是，一见水退了，就来到河边上，将裤子卷到大腿，一步一步
踩着石头过河。尤其是我家姑姐就在水南梁屋里住，每遇有什么事情，水
北的家人就会站在滩下，朝着对面的人大喊："老表、老表，麻烦你寄个
口信，同梁屋里的西庄妹子说一声，让她晚上回家来吃饭。"到了傍晚，
姑姐就会站在河对面喊："谁在家里，快来接我一下。"这些年，虽是隔
河千里，却让人体会到了过河牵着手，一起来来回回的快乐。

不管是水南的孩子，还是水北的孩子，都喜欢到滩下去游泳。滩下水急，
水深，从滩上下河进水里，随着两溪汇合而成的湍急河水，正好把一个人
像冲浪一样，冲到下游。而父母却总是担心孩子的安全，总是嘴巴打铁一

样交代，别去滩下洗冷水澡，落水鬼找你，你就回不来了。

小时候，从大人嘴巴里，总能听到不少关于鬼的故事，知道一个人在水里淹死了，就会成为落水鬼。落水鬼要转世，就必须在水里拖住一个人，让这个人淹死成为落水鬼，才能够转世。

这世上，除了落水鬼，还有吊死鬼、酒鬼、色鬼、吸血鬼。也不知道小时候怎么会有那么多的鬼，走到哪里，都害怕鬼会跳出来，只能唱歌壮胆走夜路。

滩下有落水鬼，一直都有人信。就连撑排的人到了滩下，都会先用竹篙拼命地往水里打，一边打，一边喊："阴是阴来阳是阳，各自安生回家乡！"有时候，遇上木排在滩下打横排，人在跳进水里之前，也会大喊："无关人等，走得越远越好。"

滩下的水深，鱼也多，拉网捉鱼的人都喜欢往滩下走，尤其是撑鸬鹚排的，会将竹排撑到滩下水流缓的地方，将鸬鹚放进水里，转眼之间，鸬鹚便嘴里含着鱼儿，跃上竹排。还有谈恋爱的，也喜欢两个人坐在滩下的大树下，看两条溪里的水，一浊一清，又或是同清同浊。这时候，就不由得想起当年的龙泉八景"双源合浦"里的诗句："波涵云里阙，影渡月中轮。漉漉滩沙浅，毿毿岸柳匀。"

巾石行走

鸡鸣三县，横跨三地的巾石峰，就像是一尊大大的"笑弥勒"端坐山顶，袒胸露腹，笑看天下。巾石乡，就在"笑弥勒"的注视下，蜿蜒盘旋。房屋、稻田、河流、仓库、水塘、大树，被 G105 国道串珍珠一样串到了一起。此时，站在巾石峰上，向南就能看到南康区的隆木乡，向东是万安县的夏造镇，向北是遂川县的枚江镇、碧州镇。

碧州镇的边上，大广高速公路正迎着巾石峰扑面而来。车来车往，都在巾石峰的山脚下拐个弯，又消失在天际之间。我每次坐在回家的车上，要下高速了，一抬头，就看见巾石峰上风力发电机的风扇叶子迎风转动，大片的白云一会儿聚在风机边上直卷直舒，一会儿又飘向天际，无影无踪。

这时候，我就想起，在春节的时候，本是要去巾石的丘坊村拜年，却顺道上了巾石峰。当时通往巾石峰的山路，是为运送风力发电机新开的路。一般只能容纳一辆车前行，要会车的时候，都是听到前面传来经久不息的喇叭声，上山的车就主动选一个宽点的地方先停下，只等两车紧挨着过去，才松下一口气，继续前进。我们在上山时，山底还剩一点稀薄的阳光，到了山腰，就起了浓雾，再往山顶走，竟然是一番南方少见的冰凌雪景。半天的时间，我就经历了两个季节。

满山顶的银装素裹一下子就打动了我，尤其是竹子枝头和大树枝头缀满晶莹剔透的冰挂，更让我领略到雪树琼枝、银海翻腾所构成的一幅水墨画卷。我站在巾石峰上，看到三条小河在沙田汇合，然后一路向着西北方向的遂川江奔腾而去。各种道路像一条一条彩带，曲曲折折。

后来，听说我们上了巾石峰，丘坊村的亲戚说，巾石峰一年四季都好看，都有景。尤其是现在沿着巾石峰走向的一道一道山梁上都装有风力发电机，只要是风轻云淡的日子，站在巾石峰上放眼远眺，四处皆能入画。亲戚还说，巾石峰比一般的山，少了秀丽，多了险峻。巾石峰上的石头，现在被大雪覆盖，看不清楚，其实这些石头雄伟又奇峻，自然风化造成的沟沟壑壑，正好是"笑弥勒"的形状。

丘坊村的亲戚还说，前些年，一些人会等到银杏叶黄时，才来巾石看千年银杏，却不知道如今的巾石，春看万物灵长，夏看千亩荷池，秋看银杏飘落，冬看巾石峰雪景，一年四季皆有得看。还可以去罗文村放飞鸽子，放飞心灵；去丘坊村的民宿过夜，唱歌跳舞烤山羊；去新安村吃着荷叶包着的美食，看千亩荷花荡漾。听着亲戚的话，我觉得作为一名巾石人是有福的，一年四季皆可放松心情，尽情欣赏不一样的美丽。

那几棵长在新安村的千年银杏，高大遒劲，枝繁叶茂，是真正的名树，不但被列为江西省十大古银杏树，进入保护名单，而且让四面八方的游客慕名而来。此时，秋风渐起，黄叶满地，游客纷至沓来，站在银杏树下举起摄影机、手机，拍短视频，把自己与银杏树聚焦在一起，变成记忆，变成永恒。也有换上古装的游人，撑着油纸伞，行走在银杏树下，慢慢就构成了一幅鲜艳的油画，油画中有金黄的叶子、古老的宅子，以及那蜷缩一边，正在打瞌睡的公鸡、母狗。

同银杏树一样出名的，还有新安村的荷花。千亩荷花就在巾石峰下争奇斗艳。人还没有看到荷花，先闻到了荷香，循着荷叶特有的清香前行，映入眼帘的是千亩荷花亭亭玉立，随风摇摆。荷叶就像是听到了音乐节拍一样，一起摇，一起晃。荷秆高高低低，荷叶圆圆绿绿，有新绿、嫩绿、鲜绿、翠绿。在这满眼的绿色之中，又有一点点红、一点点黄、一点点粉、一点点紫的花苞在风中摇曳，还有那莲蓬，正从荷叶当中伸出来，向人招手，让人采摘。看着这千亩荷塘，我恍若坠入仙境，喧嚣声在耳边消失，只有荷香、蛙鸣。

要说起来，巾石乡并不大，只有 13 个自然村，人口也不足 3 万，却是遂川县交通最发达的乡镇之一。国道、省道、县道、村道，以及大广高速都穿境而过。巾石人自然不会放过如此得天独厚的条件，早早地就懂得有山靠山，有路靠路，依靠道路搞起了运输，建起了物流，开起了餐馆，兴起了旅游。

这些年，有了这些四通八达的路，巾石人的心里也有了希望，有了盼头，有了奔头，是真正在希望之路上奔跑。现在，好多人一下高速，就喜欢在巾石就餐，说巾石餐馆的内容比县城的餐馆的内容还丰富，不但能吃到很少见的土特产，还能够在巾石赏荷、观银杏树、登巾石峰。

在回县城的时候，车过洪门隧道，我一下子又想起去巾石的时候，同车的人说，洪门隧道是一道分水岭，一过隧道就是巾石地界。汽车钻进隧道时的黑暗到出隧道时的豁然开朗，让我不由得吟诵起《桃花源记》来："土地平旷，屋舍俨然，有良田、美池、桑竹之属。阡陌交通，鸡犬相闻。其中往来种作，男女衣着，悉如外人。黄发垂髫，并怡然自乐。"

从此后，我一想起巾石，就会想到巾石峰上的"笑弥勒"正咧开嘴，朝着我嘿嘿直笑。我也不由得嘴角上扬，笑了起来。

画里大坑

这些年，随着在省内外摄影师中兴起的一股到佛祖仙拍云海的热潮，这群摄影师不断地将手中的镜头延伸，从佛祖仙上的云海，到佛祖山上的古寺院，再到古寺院边上的古树林、长隆的红豆杉、山岭上的金橘、右溪河两岸的田野村落，人们这才发现，原来这个离遂川县城只有26公里的乡镇，竟在摄影师的镜头下延展成了一幅美不胜收的巨幅山水画。

大坑，也就这么凭借一幅幅精美的画面，被推到世人的面前。

要说，摄影师们寄情于山山水水，屐痕处处可见，他们遍览天下美景，往往眼光变得万分挑剔，如果大坑没有让他们心动的美景，他们又怎么可能愿意在此停下脚步，将自己手中的镜头一次又一次举起，将自己的目光投向大坑这片天地静穆、远山微茫、古寺仡立、江阔波渺、林峦深秀、草木华滋的地方？

佛祖仙这座隐藏于大山深处，建于唐永隆年间，却屡遭天灾人祸的寺院，屡建屡毁，屡毁屡建。从唐到宋，从元到明，从清朝到民国，再到"文革"时期的"破四旧"，佛祖仙是兴了又衰，衰了又兴，建了又毁，毁了又建。好在能毁去的都是砖瓦墙块，不能毁去的是人们心中的信仰，和那颗一心向善的滚烫心脏。现如今，在佛祖仙上，仍能够闻到乾隆皇帝钦赐的书版二十八部所散发出来的陈古味道，那尊屹立于殿外的古鼎和藏书阁里收藏的老物件，也如同佛祖仙上的土地一样，见证了佛祖山上的风风雨雨，云起云落；见证了佛祖山的云海，似千军万马奔腾而来，又似诗画情韵挥洒而去。

有多少人曾感叹，这佛祖仙上的云海，怎么如此壮丽！又有多少人流连于大坑这片土地的神奇、大气，它催生了古朴，又焕发出新机。当一个人将身心全部融入这片清幽山水，观烟岚云霞，听松涛流泉，不由得就能感到一缕精神的烟云，随着山林间的烟霞氤氲而出，穿越时空的阻隔，弥漫在大坑的山山水水之间。

这时候，人们又看见了那条镶嵌在山脚下，像银带子一样绕着山谷九曲回肠般奔涌而来的右溪河，在大坑放缓了自己的脚步。这一下，随着水的到来，大坑这片土地变得更加欣欣向荣，生生不息。

古人说，有水则灵，临水则秀，水兴则邦兴，水安则民安。大坑因右溪河的到来，而日益丰盈起来，漂亮起来。老百姓种茶树，茶树活；种金橘，金橘甜；种生姜，生姜鲜；种花木，花木俏销全国。

大坑自古以来都是物产丰饶的林乡，又以盛产红心杉木闻名于世。近些年，大坑版图中的右溪河成为遂川县几十万人的水源地，大家都不敢掉以轻心，都以保护生态为己任。于是乎，政府因势利导，因地制宜，干脆从生态入手，调整产业思路，开发果蔬采摘，花木种植，蜜蜂养殖，从此让大坑变得更加水美人美。

老话说："水美的地方，才是人美的地方。"大坑人温润勤劳肯干，这都是因为有右溪河水的滋养。上善若水，从善如流，也是现代上坑人血液里流淌的基因。所以说，画里大坑，大美大坑，才是现在的人最愿意前往的地方。

碧洲的水

良碧洲，是碧洲的另一个称呼。有人说，它应该是叫"娘碧洲"，因为那些布满碧洲千纵万横的水脉，就像是娘一样，滋润万物，泽被苍生。这也就不奇怪有人说，水是生命之源，水是这个世界的血脉和灵魂，它承载着历史的记忆、文化的积淀。

只是，这世上的水有千种万种，唯独碧洲的水与众不同。有人说碧洲的水清澈明亮，缥缈随性。它时而细腻，时而奔放，时而迟缓，时而圆融，要么刚柔并济，要么张弛有度。它遇热成汽，遇冷成冰，遇方则方，遇圆则圆，因势而变，因形而变，因时而变，春为露，夏成雨，秋为雾，冬成冰。因此，碧洲因水得名，因水闻名。

说到水，就想到白水仙，想到"飞流直下三千尺，疑是银河落九天"的瀑布，想到那九曲十八弯、一路浩浩荡荡向遂川江奔去的碧洲水。

碧洲水，又称为周湖溪，流经九村、珠湖、碧洲、良岗、达泉、宏山，然后汇入遂川江。史志有记，最早有舟楫通过遂川江入良碧洲，良碧洲的竹子亦通过水运入遂川江、赣江、长江。

在碧洲，最易生长的就是绿竹，满山满岭，尽是翠绿的竹子在风中摇曳。

竹子是造纸的原材料，那些年，碧洲的黄表纸在全国都有名，一提"江西黄表"，就知道是指碧洲的草纸。同样在那些年，碧洲水的两岸尽是做草纸、做竹器、做豆腐的作坊，一家作坊，一架水车。水车，既如车轮转，又若川虹饮。不知不觉，水车便成为碧洲的一道风景。人们沿着石板路、青石桥，来到这些作坊里，看碧洲人如何将一根根竹子经过水的浸泡，慢慢变成纸浆，再经过造纸艺人的一双大手，从浆水里捞出一张一张的黄纸。

早年间，碧洲水还是碧洲唯一一条向山外延伸的通道。碧洲水把山外的货物运进碧洲，又把碧洲的土特产运到山外。

说起来，碧洲的钨矿是成分最优良的钨矿石，它源于1924年的一场大雨，这场大雨将藏于大山深处的宝藏给冲到了人们的视线范围内。在上海求学的梁芳溥挖到了一块，只是他不同于别人，别人挖到就很快丢了，他却很想弄明白这拿在手上黝黑发亮的黑石块到底是煤炭还是别的什么东西，他就拿到学校去化验。这一化验才知道这是非常珍贵的钨矿石，而且纯度很高。于是，梁芳溥扭头回到碧洲，学也不上，一门心思筹资开矿。

从此，碧洲钨矿流出来的浊水，与造纸作坊的浑水，成为碧洲人心里很长一段时间的隐痛。

"青山横北郭，白水绕东城"一直是唐诗宋词里的美好景象，大自然恩赐的灵山秀水，不能在自己这一代人中被糟蹋。水生态、水环境、水治理被碧洲人提上了议事日程，原来造纸的作坊不见了踪影，钨矿也不再开采。水质保护更是被写进了村规民约。碧洲人自发掀起了一场清水战役。一开始的梳理、规划，很快被质疑、吵闹所打断。有人开始怀疑，水清、岸绿、水顺、景美的图画到底画得出画不出？

没有一溪秀水，谁会前来碧洲？

"大音希声，大象无形"，理讲透了，事也就顺了。勤劳朴实的碧洲人终于明白，真正要守住的还是老天爷赐予的这仙山秀水。于是乎，水兴则邦兴，水安则民安，溪河相通，山水相融，人水相亲的水上文章，又被碧洲人淋漓尽致地书写出来了。

此时，久已未见的野猪、山鹿回来了，成群结队的白鹭出现了。

望得见山，看得见水，万亩翠竹，千亩荷池，还有那最让人心醉的山水，又都回到了人们的眼前。老话讲，"仁者乐山，智者乐水"，碧洲有秀山，碧洲有白水，怎么不让人向往？

南澳陂

遂川县，南有南澳陂，北有北澳陂。只是，南澳陂比起北澳陂来，没有北澳陂的名气大，更没有北澳陂的历史悠久。北澳陂始建于南唐，而南澳陂，始于宋景祐年间的大丰陂。

大丰陂，位于今天的南澳陂的下游几千米远的一个地方。

《龙泉县志》载："南澳陂在水南二十都，宋明道年间，县令何嗣昌筑。其陂原分大丰陂、横痕陂两处。引左溪武陵泷（草林冲）水入渠，至黄塘鹅鸭洲与达岭泷（达溪水）汇合，筑横痕陂障之，至新葛分五小陂直抵萧村（洋村）之尾。四厢三都之田，俱受灌注。此前，因县内另有北澳陂，以对北澳陂之言，遂将大丰、横痕两陂皆谓之南澳陂。"

看来，南澳陂就是为了呼应北澳陂。而提议筑南澳陂的县令何嗣昌，是一个能文能武的角色，不但留下了许多诗词，还被后人称为"龙泉功臣"。这位来自苏州的进士，在遂川这块土地上做了两件大好事：一是将县衙门从水南迁到了水北，解了县衙年年遭水患之困局。何嗣昌又在水北建起一座长448丈、高1丈2尺的青砖彻就的城垣，还将北澳陂的水引为护城河，挖了一条阔2丈、深5尺的护城河，建有县衙、学宫、胥吏宿舍、鼓楼、官仓等。何嗣昌还建了遂川江浮桥，修了大丰陂、蜀水陂等水利工程。

后来，何嗣昌的事迹被载入史册，受到后人的敬仰。同时，被载入史册的还有南澳陂。南澳陂水毁厉害，重修重建，坝址精挑细选，从建陂之日起，就一直修个不停，不断换坝址。一开始，陂为木桩堆石结构，可这样的结构哪经得起洪水的不断肆虐。宋淳熙二年（1175），龙泉县主簿黄莘代重建大丰陂，灌田2万余亩。遂买田10亩，山900亩以备修筑大丰陂的经费，还设立正副陂长管理南澳陂。南宋嘉泰元年，主簿王楹在县西置大丰仓，为修陂储存粮食。明嘉靖五年，经县事翁溥再次修建。

一座南澳陂，古今多少事。多少人为之牵肠挂肚，多少人为之欢欣鼓舞。田地需要水，就如同人需要水一样。从珠田到洋村，大片的农田都等待着它的浇灌。

沧海桑田，随着左溪河水慢慢南移，竟出现了陂坝毁废的情况，圳道坍塌入水，灌溉中断。时间来到了清乾隆十五年（1750），原来受益于南澳陂的各村各姓的乡绅站了出来，重新规划水路，设立坝址，虽花费了上千两银子，却思想不统一，筹划不到位，最后工程半途而废，不了了之。

转眼间，时间来到乾隆三十三年（1768），瑶厦乡绅郭之屏，以其举人身份，写成《南澳陂说》，打动了知县杜一鸿。于是，杜一鸿亲临南澳陂，率士民兴工。只花了9天时间，就建起了一座水闸，"以时启闭，既利渡水，又便于人"。中断灌溉200多年的南澳陂又开始发挥作用。杜一鸿这位同何嗣昌一样来自江苏的进士，同样是能文能武，因一座南澳陂，他与他的同乡走到了一起，进入了史册。

在此后的日子里，南澳陂仍是修修补补，补补修修。直到1940年的一场大水，南澳陂彻底不见了踪影。好在当时正是抗战时期，江西省水利局迁至遂川。受益南澳陂之水的各村派出代表，到国民党的水利局左磨右磨，申请到6万元贷款，重筑新坝，历时两年竣工。等到再一次大修，那已经是中华人民共和国成立后的1957年。县政府决定举全县之力，由当时的副县长叶爵均任总指挥，勘察选坝址，调集28个乡镇4万多劳力对南澳陂进行彻底重建。老百姓肩挑手提，一锹一铲地修。资金不足，就号召全县人民捐款捐物。终于，在1958年的6月30日，一座崭新的南澳陂建起来了。

这一回，南澳陂的浇灌面积大大提高，不仅让原来的珠田、瑶厦两个乡，15个村的农田受益，还增加了枚江的大面积墈田和零田乡南面的一部分墈田，共有4个乡32个村受益，灌溉面积达到32170亩，为原来老陂的五倍多。南澳陂的水经山口坳、珠田、瑶厦、枚江，抵达枚江塘背村入遂川江，全长30公里左右。

这一座南澳陂，倾注了多少人的心血，又留下了多少人的记忆！我现在仍清楚地记得，原来从珠田到枚江，哪有什么房子，都是大片大片的农田，在那些阡陌纵横的田地中，就能看到南澳陂清澈的水影。

只可惜，如今大片的农田早已不见，南澳陂的水却仍是流淌个不停。我翻遍遂川的史书志册，也找不到一首赞美南澳陂的诗词。而北澳陂却是许多文人墨客笔下的风景。苏东坡游虎潭，也大声赞美过北澳陂。尽管如此，谁也无法改变南澳陂的历史地位。这座从南宋到今朝，走过将近千年历史的南澳陂，仍在见证历史，在看着走近它的每一个人。

泉江大桥

　　泉江，曾经是遂川县名。北宋宣和三年（1121）遂川更名为泉江。泉江县只叫了 10 年，到南宋绍兴元年（1131）又复名为龙泉县。但"泉江"这两个字却留存了下来。何况遂川江也叫泉江，遂川县城中心城镇，也叫泉江镇。自然，1973 年建成的大桥，也叫作泉江大桥。

　　泉江大桥位于遂川江水南和水北最中心地段，是连接遂川水南、水北最直接的大桥，原来有一座浮桥让遂川人过往，但只要洪水一来，便是隔河千里。到了 1955 年，遂川大桥横跨遂川江建成，能通车走人，但遂川人总觉得很不顺脚，这一绕可不是多了百步千步，而是万步。何况那时候的交通也不便利，一条路左弯右曲，要从县城绕到遂川大桥过江，就有点像是要去草林却弯到沙坝下一样。

　　有了泉江大桥，遂川水南、水北，便有了坦途，霎时间，县里交通变得方便无比，人要去往水南、水北，就往泉江大桥上走。二十世纪八九十年代的泉江大桥，成了遂川县最热闹的地方，特别是中午，三所中学一放学，遂中的、瑶中的、泉中的都往桥上奔，此时还有拉板车的，担屎担尿的。二十世纪八九十年代，县城里住着的人还会把屎尿卖钱，农民挑着尿桶，也会在县城一路大喊："有嘛尿交（gao），有嘛尿交（gao）？"一担尿，贵的五毛，便宜的三四毛，挑着回家做肥料。也有的挑着过泉江大桥，一边往前走，一边大喊："来，尿来伊。"旁边的人一听，立刻让出一条路来。我们这些男孩子，一看走不动了，也就学着大声喊："尿来伊，粪来伊。"霎时间，人们就让出一条路，再一看，上当了，就会有人喊："短命仔，你打哑哇！"

泉江大桥，尤其是快过年的时候，更是人来人往，挤得不行，桥头边上还有卖红曲的、卖茶叶的、卖米果的。那时候，也没有什么人管，老百姓是哪儿方便到哪儿卖。泉江大桥的两边，都是做生意最红火的地方。水北一开始是大桥商场，副食品公司。大桥商场的位置如今成了国光超市，仍是遂川人扎堆、买东西像不要钱的地方。大桥桥洞更是许多小孩子梦魂牵绕的地方，里面有一分钱三块的酸萝卜，一分钱一串的醋姜。卖酸萝卜、醋姜的是一位长得胖胖的老婆婆，她挑着一担箩，箩上放着一块木板，木板上一个罩子，罩子里面就是用玻璃瓶子装的酸萝卜、醋姜、风菜秆，以及一分钱三粒的雪豆糖，三分钱一块的雪梨糖。桥洞中还有卖鱼钩、渔网的老人。一个桥洞，许多故事，现在想来，都是少年时代最喜欢也最向往的地方。

在泉江大桥的水南面，一开始是中医院，中医院先是在一楼设门诊，后来一看桥面上人更多，就从桥面上引过去。中医院过来是汽车队，原来到各个乡镇的客车都停在汽车队里面。我那时候去禾源上班，还是二块四毛钱的车票，在车队搭车。车队围墙那点路也是变来变去，还弄了许多小店。开始还是木棚子的店，慢慢木棚子拆了成为农贸市场。车队对面是和平粮站。和平粮站很大，后来又叫瑶厦粮管所。和平粮站里面还做过饲料厂。对了，原来的芳梅照相馆就在泉江大桥水南桥头的边上，那时候生意火得不得了，人们提起芳梅照相馆的主人，说他叫梁芳梅，也是一个有很多故事的人。说是后来赚到了钱，又开起了五金店、信托店。像这样一批改革开放之初就下了海，经了商，赚到了第一桶金的人，在遂川还有很多，但很快又被新人所替代，皆很正常。新陈代谢，潮涨潮退，就如泉江大桥，也越来越拥挤，越来越难以承载遂川人前进的脚步。哪怕是到了 20 世纪 90 年代，遂川又新修了龙泉大桥，泉江大桥仍是不堪重负，仍是车水马龙，这也足见遂川县城马路太窄，人口太多。

到了 21 世纪，泉江大桥的两边都发生了翻天覆地的变化，大桥商场不见了，中医院没有了，车队、和平粮站都变成了市场与高楼。泉江大桥也迎来了拓宽改造。从 2012 年开始，泉江大桥开始拓宽；2013 年，拓宽后的泉江大桥终于又以原来的面目出现在遂川人的视线中。

如今，这座见证了遂川县的发展，见证了遂川人一步一步走向繁荣富裕的泉江大桥，仍在发挥它的作用，仍默默地承受着它应承受的一切。它始终坚信，大江东去，浪淘尽，千古英雄。江山如画，人生如梦，数风流人物还看今朝。

和平粮站

和平粮站，位于水南，泉江大桥头上，它由当年存放粮食的义仓改建而成，先是叫和平粮食管理所，主要还是存放粮食，并做粮食加工，后来又叫和平粮油管理所，因在水南，又有人叫水南粮管所、瑶厦粮站。但真正对它有感情、有记忆的老百姓，还是喜欢把它叫和平粮站，觉得叫和平粮站才亲切、自然、朗朗上口。

和平粮站很大，有围墙围着，里面全是青砖到顶的仓库，以及原来大户人家留下的青砖伴瓦漆的大屋，后来又沿着泉江大桥的引路边，建有一排店面。后来，和平粮站又成为瑶厦粮管所。本来泉江粮管所也设在和平粮站内，但那些年，在水北设有直属粮油管理所，也就与泉江粮管所合成一处了（后来，泉江粮管所，还是在和平粮站里面办公）。

直属粮管所就在老文献街上，与粮食局在一处。直属粮管所的门市部在老文献街的中段，也就是现在进工农兵政府旧址那条路的路口上。我每一回拿着"城镇粮油居民证"去粮管所的门市部买米、面、油，都得排长长的队开票，开好票再拿着票去买米、面、油。

那时候，粮食部门是真正的香饽饽，很多人挤破脑袋也想进去上班。

能在粮食部门当个售货员都不得了，就像是高人一等，走起路来鼻孔朝天横着走。

民以食为天，那时候到哪里都得有粮票才能买到吃的。粮票又分国家通用粮票、省市粮票和地方粮票。

听人说，在 20 世纪 80 年代初，粮食部门也仍是好单位。有一位粮食部门的领导家里办喜事，下面的人都争着去送礼。领导的老婆说，送 100 块钱的才有席坐，有饭吃，100 元以下，都请回，难洗碗。虽是传说，但足可见那个时候，粮食部门的人的豪放。20 世纪 80 年代的 100 块钱，对老百姓来说，还不敢如此大方地送礼。

和平粮站除了同直属粮管所一样，要向居民供应米、面、油外，还管收公粮。七八月正是最热的月份，也是交公粮的日子，一大早，农民就把晒好的粮食一包包装上板车，或手扶拖拉机。那时候手扶拖拉机刚刚兴起，人们用它犁田、抽水、拉货物、拉片石、拉公粮。公粮就是往粮管所送。

瑶厦粮管所，也就是和平粮站的大门口排着长长的队伍。收公粮的仓库门前，一把磅秤，一张桌子，一把落地的大电扇。还好和平粮站的大树多，交公粮的人可以坐在大树底下乘凉，慢慢向前移，慢慢等待。

当时交公粮，也没有什么设备，全靠质检员的牙口来检验。记得有一部电影，就专门说过一个牙口好的粮食质检员，他把粮食放在嘴里，牙齿一磕，就知道晒得够不够，可不可以收。

和平粮站验公粮的质检员拿着一把铁探子，往粮袋子上一插，然后将探子里的粮食放在手心里，用另一只手搓揉，搓揉几下后，放进嘴里咬一下，就知道所交的公粮合不合格。

其实，合不合格全凭质检员的一张嘴，都是他说了算。此时交公粮的哪个敢得罪这样一个手握大权、决定自己命运的人？都是点头哈腰，说着好话，递着好烟，只盼望早点把公粮交了，早点回家。

和平粮站里，还设有专门的粮食加工厂，专门加工大米、面条、面粉、米粉等。到了 20 世纪 80 年代，粮食部门的饲料加工厂也设在了和平粮站。

那个年代，粮食部门的下属企业特别多，连车队、印刷厂都有。

过了几年，随着改革开放的步子不断加快，随着粮食油脂类产品的不断放开，粮食部门也同供销部门一样，买断下岗，从头再来。

现如今，和平粮站的位置早已经成为一个繁华小区，和平粮站的一点影子也找不到了。好在我曾经拍过一张和平粮站的照片，有人和我说到这张照片，说起了和平粮站，我才又想起，我母亲一大早，就会去和平粮站挑稻谷灰（糠头）种韭菜。在那些年，但凡有人家里要种韭菜，都会说，我明天到和平粮站挑担糠头来。

汽车站

1935 年，江西省汽车运输公司在遂川县设立加油站，为赣粤公路上的车辆加油、加炭。那时候的好多汽车，都是烧木炭的。民国时期，中国是一个贫油国家，汽油依靠进口，同煤油一样，称之为洋油。除了洋油，还有洋火（火柴）、洋皂（肥皂）、洋布（布匹）、洋帽（帽子），那时期的中国，贫穷落后，好多东西都要从洋人手里进口。

有了加油站，吉安到赣州的班车就会在遂川停留，遂川县想去吉安和赣州的人，就可以搭车。

到了 1940 年，江西汽车运输公司吉安车务段，在遂川加油站的基础上，建立起遂川汽车站。同年 9 月，增设赣粤遂川联运站，从水南的南潭里迁往遂川李屋坪东路大道边上，也就是如今伟业大酒店的位置。

中华人民共和国成立后，吉安汽车运输总站接管了遂川汽车站，更名为遂川汽车运输站，仍是木板房，两名职工，一名管卖票，一名管送旅客上车。其间，有了吉安到遂川的往返班车一辆，还有南昌到赣州、吉安到赣州、赣州到南昌、赣州到吉安的班车经过遂川，搭载遂川县去往各地的人。

　　1957年，遂川汽车站的名字恢复。到了1965年就有了遂川到南昌、遂川到吉安的班车。两年过后的1967年，遂川汽车站终于有了一栋外墙青砖到顶的房子。这栋房子里，有售票室、候车室，候车室摆放着长长的木椅供人们坐等候车，到了时间，就有人站在道口大声喊："下吉安的，检票上车！"也没有什么喇叭之类，都是人工。

　　慢慢地，班车越来越多，有了通往大汾、五斗江、新江的班车。再后来，候车室里有了保温桶。保温桶就靠墙立着，有时候有水，有时候没水。没水的时候，就跑过马路，到遂川饭店的营业部去看看有没有开水。营业部会卖包子、清汤、米饭、面条。只是那时候的旅客都是能省一分是一分，没有几个人有闲钱吃面条或是来几个包子、油饼的，都是宁愿饿着，也要等到车辆启动，到达目的地后，再来一顿饱饭。

　　候车室的大门也是始终开着，正对着的就是遂川饭店，也就是后来的春风宾馆。在遂川饭店门市部的前面，后来出现了一些摆摊卖脚盆、水桶、笋干、茶叶的小商贩。候车室大门两边，还有卖水果的摊贩。在候车室的里面，还有人摆上了连环画。连环画放在一个木架上，看一本一分钱。还有专门卖冰水的，就一个保温桶，放在候车室的门口。保温桶的边上，还有卖茶叶蛋的，以及手里端着团箕，围着客车打转卖豆饼、方便面、八宝粥的女人。

　　铁打的汽车站，流水的旅客。一个小县城，天天只有这一个地方是向外延伸的，为人提供走向远方的工具。自然，人多的地方，故事也多。车站里面也有很多故事，比如摆水果摊的那个"小矮人"，他的身上就有许多故事，有人说他原来是杂技团的，跟着曾经在县里很有名的杂技团长"二把武"（音译）混。还有人说，他不是天生的侏儒，而是为了以后演戏需要，从小就被挑断了脚筋。他的故事很多，只是后来车站一搬，就再也看不到他的身影了。

　　还有，在车站上下车的时候，也会遭遇扒手。那时候的世界，人人急匆匆地往前拥，眼睛里面只有那几个刮痧的钱。尤其是"钳仔手"，经常出入车站。听人说，"钳仔手"为了练成两只手指夹钱包的功夫，天天在脸盆里练，先是夹石头，后来夹肥皂，最后夹火红的木炭，都又快又稳，丝毫不因木炭烫手就轻易放弃。

这些故事丰富了我们的人生，我们总是想，怎么世上连这样的人也有？

那时候，司机都是大爷，谁看到都得敬三分。别人舍不得抽的好牌子香烟，只会往司机手里塞，都希望他能帮自己夹带点货，少算几个钱。本来大件行李是要算钱的，通过楼上的行李房，装在客车顶上。客车顶上有专门装行李的一个铁架子，行李放好之后，用雨布一遮，再绑好。也有不用雨布，就直接弄个大网兜一兜，一绑就齐活了。而认识司机就好办了，行李算不算钱，司机有决定权。哪怕车站的工作人员说，这么大件，要行李费，司机说一句，我的货，工作人员便不再过问。

随着时代的车轮滚滚向前，烧木炭的班车被烧汽油的班车代替，去往省城的班车也有了卧铺车、夜班车。人再去哪里，都不需要提前买票，同司机熟的，还能让班车到家门口来接。时代的车轮越来越快，建站半个多世纪的汽车站也迎来了搬迁，2006年汽车站搬到了G105国道旁边，"遂川汽车站"五个大字就立于屋顶之上。随之而来的是大批大批的人员往外拥，客运市场成了一块肥肉，人人都想把这块肥肉抢到碗里。只是没有一点本事的人，立马就会将这块肥肉拱手相让。只有那些有门路，也玩得起的人，才能够在客运市场上混得风生水起。到广东、福建的班车，还是那么吃香。应该说，G105国道旁边的汽车站，是汽车站的上升期、鼎盛期。那些年，高铁、小车没有那么多，人们的出行，还是以班车为主。这样的选择，也就带火了汽车站附近的商贩，和那些"拐的"、出租车。一见到从广东、福建回来的大客车，他们就连忙拥上前去，大声招呼，像是见到亲人一样，恨不得把客人抱上自己的车子才肯放手。

十年过后的2017年，遂川汽车站又一次迎来了华丽转身，搬到了遂兴大桥的对面。此时的"遂川汽车站"那5个字，换成了"遂川汽车客运站"，多了两个字，便多了些许大气与繁华。

遂川汽车站经历了将近一个世纪的风风雨雨，云聚云散，它见证了遂川县这座城市的发展变化、奋斗历程。汽车站本身就是遂川这座城市最好的见证者与亲历者，它身上至今仍存有遂川人的共同记忆和鲜活故事。

工农兵大道

工农兵大道，一开始叫"幸福大道"，听说名字是一位县领导起的，意思是让遂川人民行走在幸福大道上。幸福大道呈东西走向，西起中山台，东至遂川加油站与东路大道汇合。遂川县城里保留下来的，最完整的就是这个加油站。这些年变化的只有建筑，但加油站的位置、名字，一直没有变化。原来的石油公司，也在这个位置。

幸福大道喊了14年之后，就没有再喊，而是更名为"工农兵大道"。工农兵大道一直喊到今天，足足半个世纪，估计还得一直喊下去，喊到地老天荒。永远不变的是这条马路，变的是马路上流水的人，以及工农兵大道两边的建筑、单位。

刚开始的时候，工农兵大道就像是立于水田中央的一条马路，马路两边根本就没有什么建筑。除了老县政府、人民医院，以及后来建的人民礼堂、林业局和广电局外，就没有什么单位了。

在那个年代，故事最多的就是中山台。中山台后来被改名为"人民广场"，一直沿用到现在。早年的人民广场就是一个大操场，唯一的建筑，就是主席台。因离县政府近，有时候开起千人、万人大会来，就在人民广场上。

人民广场不开大会的时候，就是老百姓休憩的地方。那时候，人们靠在用铁架子做成的围栏上聊天，坐在人民广场的草地上说话。那时候的老百姓也没有地方可去，除了电影院，就是人民广场。现如今，人民广场成了停车场，再也没有了一点原先的样子，唯一没有变化的仍是工农兵大道的两边。

工农兵大道两边的建筑基本都是 20 世纪 80 年代后才一栋连着一栋建起来的。在工农兵大道的两边，聚集有县委、县政府、县纪委、县人武部、县人大、县政协、县检察院、县法院、县民政局等单位，让工农兵大道真正意义上成了县城的政治中心。在工农兵大道上，还有农业银行、人民银行、县税务局、县财政局、县工商局、保险公司等，工农兵大道又成了县城的经济中心。

有人回忆，在早年间，家里穷，没有电视，常和伙伴们一起跑去工农兵大道的林业局、广播电视局、水电局看电视，看《加里森敢死队》《从奴隶到将军》。现在仍时常想起，有一回，人家把院门关了，不肯放我们进去，我们站在院门外，听着《加里森敢死队》的片头曲，恨不得把门砸了。我们还常在工农兵大道上爬拖拉机回家，有一回司机故意开快，让我们上去了下不来。还记得工农兵大道上，有间木棚子是专门卖书的，我在里面买过好多书。说到木棚子，从人民医院出来的马路边上，原来都是些木棚子。

足可见，一条工农兵大道，承载了多少人的记忆。

只是，三十年河东，三十年河西，随着县行政中心、人民医院搬往水南，法院、检察院等单位也相继南迁，县城区域不断扩大，再行走在工农兵大道上，就明显感到这条马路少了一些政治色彩，多了一些百姓情怀，这也挺好！

龙川大道

早年间，瑶厦乡与泉江镇最清晰的分界线就是龙川大道。只是那时代的龙川大道还是一条沙土路，也不叫龙川大道。沙土路的北边是水南上街、水南下街、四厢街，这边住的是泉江镇吃商品粮的居民，而在沙土路的南边，就是集合、小溪、共裕、西庄，这边是吃农村粮种田耕地的农民。

哪怕这条沙土路边上有瑶厦乡政府、瑶厦电影院、瑶厦农机站、瑶厦卫生院、瑶厦中学、瑶厦供销社、瑶厦新农村点，以及瑶厦砖窑厂等一大批以瑶厦命名的单位，也不得不说龙川大道的前身就是一条乡道。

早些年，我来来回回地从这条沙土路上经过，我曾牵着母亲的手去"梁屋里"姑姑家给姑姑过生日。那时的沙土路边上，还是"稻花香里说丰年"的情形。姑姑所住的梁屋里，在粮食车队的后面，那也是在稻田和水塘边。我推着板车，曾同母亲一起把一个70多斤的大冬瓜卖给遂中的食堂。那时候通往遂中的沙土路，坑坑洼洼的，东一个坑，西一个坑。

我还和父亲、四哥一起拉着一条200多斤重的生猪，到瑶厦食品站去上交统购猪。

行走在坑坑洼洼的沙土路上，大板车这里陷一下，那里陷一下，躺在大板车里的猪不由得哼哼起来，拉了几泡屎。父亲一见急得不行，觉得又亏了钱。在那时候，谁家养大一头猪都不容易，可养了又不能自己杀，还得上购，得完成任务交给国家。上购那一天，谁都希望猪能多吃一点，再多吃一点。为了猪能够多吃，母亲将家里人都舍不得吃的好大米熬成粥，喂给猪吃。老话说，"除夕夜，养猪不大了"，但还是希望猪能多吃，能多半斤就是半斤。只是人算不如天算，多少回捆绑在板车上的猪，走到半路，又是尿，又是屎，一下子就去了七八斤，让人直拍大腿，气得不行。

那时候食品站的工作人员都是一个个鼻孔朝天，老子天下第一的模样。尤其是打等级的工作人员，更是优越感满满，动不动就把满脸期待、充满希望的人的梦想砸碎。把一级定为二级又或是三级。一个级都相差好几十块钱，怎能不让人心痛？可计划经济时代，再心痛也没有办法，谁让你站在别人屋檐下呢。那时候的人，命再苦，都不会去怨政府，只怪自己的命不好，老天爷不眷顾。

龙川大道往西走就是食品公司的仓库、老啤酒厂。老啤酒厂在遂川县曾风靡一时，那时候很多人都想往啤酒厂里调。

老啤酒厂的前身是遂川酿酒厂，20世纪80年代前专做黄（冬）酒和白酒。说到白酒，后来"心连心"艺术团来遂川演出之后，遂川酿酒厂还出过一款叫"裕泉"的白酒，口感还不错，后来也是短时期就没了。遂川酿酒厂也专门生产过香槟酒，做了两年，生意不好，才开始投向啤酒生产。1985年引进啤酒线，用左溪河水制作出来的啤酒，酒花好，口感好。一开始还有人嫌有一股子马尿味，后来喝习惯了，都说遂川好水出好酒，遂川啤酒就是比别的地方的啤酒好喝。只可惜，好花不常开，好景不常在，过了几年，啤酒厂搬到新厂，再难听到什么好故事，唱出什么好歌了。离啤酒厂不远的软罐厂也是如此，原来红火得不行，一到春天，多少男青年挤破脑袋也想报上名，在软罐厂打上几天短工，好认识一位姑娘，拉拉手，谈场恋爱。

要说起来，龙川大道两边的企业，都曾经红火过、吃香过，但随着时代的车轮滚滚向前，都慢慢被历史淘汰，消失得连个名字人们都记不起来。

就拿供销社、粮食局来说，以前那是多红火的单位，后来有了粮食车队、供销车队，这些车队都在龙川大道的边上，只可惜，运来铁成金，运去金成铁，后来，连汽车都看不到一辆，人也早早下了岗。

龙川大道的真正命名，是在1994年拆迁改造的时候。一开始不知用什么名字好，后来一个官员说，遂川以前叫过龙泉，就取"龙泉""遂川"中的一个字来命名，于是就有了"龙川大道"。龙川大道两边的房子，大多数是私人建的。

龙川大道的名字，沿用到了现在，成了遂川县城水南的一条充满了商业味的商业路，路两边商场林立，尤其是在泉江大桥延伸路与龙川大道的交界处，一直都是遂川县的黄金地段。早在20世纪90年代初，就有人相中了这里，掷下重金，从此，躺着收租金，能吃三代。

龙川大道，想起它，就能想起当年木棚里面的理发师、瑶厦饭店前的一场血腥车祸，以及那些站在路边上，拿着盘秤等逢圩回来的货的商人，和坐在水井边洗菜、洗衣服的人那说不完的故事。这也许，才是一条充满人情味、有故事的路所应有的温度。

龙泉人物

故人有孙宰

"故人有孙宰，高义薄曾云。"这是唐朝大诗人杜甫笔下的孙宰。宰，于唐朝起，指的是县宰、邑宰，也就是县官、县令。

民族英雄文天祥也写过"故人有孙宰，义均骨肉地。连为粪土丛，挥手洒衰泪"。文天祥笔下的孙宰，就是龙泉县令孙栗。

孙栗，字实甫，龙泉北乡人（今遂川大汾寨溪），考取功名之后，就留在龙泉做县令。也不知怎么认识了文天祥的妹妹文懿孙，成了文天祥的妹夫。史志上只有他是文天祥的妹夫的记载，没有孙栗与文懿孙相识相知相恋的记录。据作者猜测，估计孙栗与文天祥英雄相惜，文天祥见孙栗人很不错，就暗示可以把妹妹许配给他。孙栗一听，喜出望外，忙请出媒人，到文家提亲，文家自然乐意。

当然，这只是作者的猜测，实际如何，并不知晓。

唯一可知的是孙栗作为文天祥的妹夫，一听说文天祥要举兵抗元，就立刻响应。为文天祥筹军粮、筹军费，还将家里的田地变卖了。文懿孙知道了，对孙栗说："我还有一些首饰，你也全卖了吧。"孙栗说："你留下一件做纪念吧。"文懿孙却说："我哥哥为了国家倾家荡产，在所不惜，我难道还要在意这么一件首饰？"

接下来，孙栗在变卖了家产及文懿孙的首饰后，专程到赣州问文天祥，是否要带些兵过来帮忙。文天祥说："你是龙泉县令，把龙泉县守好，不被元兵攻破，就是对我最好的支援。"

孙栗回到龙泉，贴出告示，他要一心抗元，请县里的有识之士，有钱的出钱，有力的出力，一起将龙泉县城守护好。孙栗还将乡勇义丁组织起来，他身先士卒，天天往城墙上跑，给战士们鼓劲打气。当元兵攻来的时候，孙栗挥舞手中的剑，指挥兵勇向城下放箭，丢大石头，一次次击退元兵的攻城。龙泉县城也在孙栗的指挥下，让元兵久攻不下。就在这时候，前方却传来文天祥兵败的消息。

文天祥兵败的消息，就像是一股寒流，让人们的心冷到冰点。孙栗回到家，把文天祥兵败的消息告诉了妻子文懿孙，并要文懿孙带着家人先行撤退。文懿孙却不肯，她同孙栗说："大丈夫要以国事为重，不能够儿女情长，整天想着自家妻儿的安危。我的哥哥心里从来只有国事，你也应该心里只有国事。"

听到文懿孙这么说，孙栗觉得惭愧，他返身回到城墙上，又开始给守城的战士鼓劲打气。谁知道，元兵已经派出奸细，以金钱、官位为诱饵，让孙栗的一名得力干将叛变了。当天半夜，叛徒打开城门，将元兵迎进了龙泉县城。孙栗也在睡梦中被捕。

孙栗被押到元兵攻城大将面前，大将对孙栗说："你降了吧，降了龙泉县，你仍是县令。"孙栗说："你还是让我早点死吧，早点死，我看不到你们元兵的旗帜在我龙泉城上。"

元兵还是想要孙栗投降，就把孙栗押解到隆兴（今南昌），再一次劝降孙栗。孙栗说："我降了，上对不起我的祖宗，下对不起我的妻儿。你们不要劝了，还是让我痛快一点死吧。"孙栗遇害后，元兵将孙栗的首级砍下，送到龙泉县孙栗的妻子文懿孙面前，问文懿孙："你降不降？"文懿孙说："只要我还有一口气在，就不会降！"

文懿孙被元兵俘至燕京（今北京）。在被俘的日子，文懿孙受尽屈辱，饥一顿、渴一顿，颠沛流离，但她仍尽心服侍一同被俘的婆婆和子女。她"持礼守义，不失其操"。后来，元兵又将文懿孙卖进官宦人家做奴婢，文懿孙忍辱负重，仍想着有一天能够归乡。后来，文懿孙终于被好心人赎身，流落燕京。

其时，在狱中的文天祥得知文懿孙的遭遇，不由得写下："近闻韦氏妹，零落依草木。深负鹡鸰诗，临风欲痛哭。"后来，文天祥在自己生命已为时不多的时候，还给文懿孙写过一封信，信中写道："收柳女信，痛割肠胃。人谁无妻儿骨肉之情？但今日事已至此，于义当死，乃是命也。奈何？奈何！可令柳女、环女做好人，爹爹管不得，泪下哽咽，哽咽……"这封信，是文天祥对文懿孙的交代，让她告诉自己的女儿，要好好做人，文天祥作为父亲已经管不了她们了。足可见，家国情怀皆在一字一句之中。

虽然，孙栗、文懿孙都如烟花般绚烂，出现在大宋最后的日子里，但他们的故事，他们的情怀，他们用生命诠释出的忠义，今天仍在龙泉大地上回响。

一生简肃

简肃，简约而严肃。

唐代郑谷写的《赠富平李宰》里："简肃诸曹事，安闲一境人。"《旧唐书·崔瓘传》："瓘到官，政在简肃，恭守礼法。"宋代秦观《越州请立程祠状》："政尚简肃，不为苟且。"简肃是古人的一种人生追求。这天底下，还有一位被皇上赐为"简肃"的人，就是曾担任过龙泉县令的张大经。

张大经是江西南城人，他于南宋绍兴十五年（1145）考取进士，来到吉州所辖的龙泉担任县令。许多人一看"宰吉之龙泉"，都以为是吉林的龙泉，于是会把它说成吉林龙泉。从古到今，中国只有三个龙泉县，浙江的龙泉、贵州的龙泉、江西的龙泉。

张大经是胸怀国家、心系民安的人，他在龙泉担任县令的那几年，将龙泉县治理得夜不闭户，路不拾遗。他威望很高，政声也很好。后来调任江苏、湖南，也是如此。当时的两淮监司、帅守大多靠劳民兴事，以捞取各种政绩，而张大经却独善其身，不与这样的官员同流合污，而是体察民情，爱护百姓。他担任刑狱提点的时候，有一个土豪犯下命案，许多官员收了这位土豪的好处，就故意拖着不结案，任由土豪逍遥法外。后来上司将此案移给张大经审理，土豪对张大经许以重金，并承诺只要张大经不治他的罪，他给张大经钱财打点上司。张大经却不为所动，还劝土豪少花点心思，不要以为什么人都能用金钱收买。张大经依律对土豪治罪，并且张榜公布，一下子民心大快，都说张大经是青天大老爷。

也许正是张大经的公正公平，才使吏部的官员在推荐国家将来掌管风纪法度的官员时，想到了张大经，将他的名字放入十人名单中。重视法度的宋孝宗一眼就看上了张大经，下旨召见张大经，问张大经对当下的官场有什么看法。张大经说："士风未厚，吏治未肃，民力未苏，和气未应，皆由人心未正。愿察公正，明义利，以彰好恶，抑浮薄，去贪刻，则莫不靡然洗濯，一归于正。"皇上一听，龙心大悦，拉着张大经的手说："朕十人中得卿一人，以卿风力峻整。"

张大经上任之后，一心扑在整顿吏治这件事上，他建议朝廷大力根除吏治中存在的"掊克、偷惰、诞慢、浮虚"四大弊端。不久，张大经又升任大理寺少卿、守殿中侍御史。宋孝宗对张大经十分欣赏，多次采纳张大经的建议，减苛敛，宽民力，对有"董阎罗"之称的宦官董琠和用苛捐杂税盘剥百姓的郝政给予降职外调，不予任用等处分，正义从而得到伸张，官场之风大大好转。后来张大经又调任谏议大夫兼侍讲，升礼部尚书兼侍读。后以徽猷阁学士知建宁、绍兴府，不久升龙图阁学士，告老，以通奉大夫致仕。

绍熙五年（1194），宋宁宗即位，升张大经为正议大夫，并下旨慰问，赏赐有加。庆元四年（1198），张大经对自己的孩子们说："吾目可瞑，吾爱君忧国之心不可泯。"然后撒手而去，享年89岁。张大经死后，宋宁宗赠其为银青光禄大夫（秩二品），谥"简肃"。

这样看来，"政尚简肃，不为苟且"，也是为张大经这样的人写的。

江南夫子

"昨日新官对旧官，吏民一半冷相看。夜来唯有前滩水，依旧多情到枕寒。"

这是蔡用之写的一首诗，他在龙泉县令的位置上届满，新官旧官办移交，挥笔写下了这首《龙泉秩满题》，发出"昨日新官对旧官，吏民一半冷相看"的感慨。相信蔡用之刚来龙泉县担任县令的时候，也是一样，人们不知其深浅，也都还在冷眼相看之中。

只可惜，蔡用之在龙泉县担任县令的那些年，除了留下这首诗之外，就再没有只言片语写他在龙泉有什么政绩，做过多少造福百姓、造福苍生的事。倒是蔡用之喜欢写，动不动就向皇上敬献万言书，他下笔千言，洋洋洒洒，碑铭、赞论、序、杂文有百万言之多，这让同样喜欢文学，酷爱诗词歌赋的宋真宗一见，大喜过望，觉得蔡用之能够写出这样的万言书，实在是不容易，不由得说："朕自登极以来，未见雄才伟器如用之者。"还赐给了蔡用之一个"江南夫子"的称号。

足见这样的人才不可多得，宋真宗也想见蔡用之一面，如真的是可用之才，就重用蔡用之。哪知道，蔡用之却是人想争气，命不争气，就在宋真宗的诏书到来的前一天晚上，蔡用之一命呜呼，哀哉，哀哉。多少人都为蔡用之惋惜，认为蔡用之哪怕迟死一天，若知道当今皇上赏识自己，也会是笑着死去的。

皇上都发话了，赐了"江南夫子"的称号，自然文武百官也不敢落后，纷纷赞起蔡用之来。大书法家米芾为蔡用之亲笔书写墓碑，《米襄阳志林》这本书里还专门转载了蔡用之写的《龙泉秩满题》这首诗。后来就连包拯也站出来赞蔡用之"才超殿阁，学绍青莲，万言盖世，双字警天，无惭夫子之称，独立坤乾之正，何怪频邀上赏头占鳌先"。反正人已经死了，皇上这么喜欢，这么推崇，怎么赞美，都不为过。

再后来，蔡用之的后人，也在蔡氏宗祠中挂上了这块御赐的"江南夫子"匾额。只是，我查遍所有相关资料，看遍本地所有县志、府志，也没有看到有关蔡用之在龙泉任上所做的点滴好事，还有老百姓为纪念他而留下的些许笔墨。

也许，"江南夫子"四个字，是同样喜欢文字的宋真宗对于也是一介文人的蔡用之的惺惺相惜吧。否则，无论如何，一个名气这么大的人，又在龙泉县令的位置上做到届满，他不管是筑桥修路，兴学育才，还是兴修水利，总会留下一点文字吧？

很可惜，没有一个字写到蔡用之在龙泉县令任上的政绩。

不做良心不安的事

蔡文诏是龙泉（遂川）县的名士，他 11 岁赴童子试的时候，受到当时的龙泉知县米助国的赏识，把他招进县学就读。后蔡文诏想要感谢米助国，几次求见米助国，米助国皆不见，只同下人说："你告诉他，我帮助他并非出于私心，更不是想要他的感谢，我帮助他是为国家培养人才，出于公道人心。"

蔡文诏几番感谢不成，便对人说："米知县，真君子也。"

同蔡文诏一样，想要感谢米助国的人还有很多。户部尚书毕自严、兵科给事中章正宸含冤入狱，没有人敢言，只有米助国像是吃了不怕死的药，主持正义，依律据理力争，并仗义直谏，后来皇上准了米助国的奏折，复查毕自严、章正宸一案，最终冤情得以洗清，两人被释放出狱。章正宸把这件事一直记在心中。有一年章正宸去湖北主持乡试，听说米助国就在鄂城，章正宸大喜过望，三次登门要面见米助国，以表达自己的感激之情。米助国却一次也不见，并同下人说："你去告诉他，我与他并无私情，我给他平反昭雪是为国家大局着想，在政言政，在国言国。他今天来谢我，却分明是怀有私情在，所以，我不见他。"

米助国在江西龙泉县任知县的时间并不长，只有一年，但他善于断案，让老百姓都很信任他。都说龙泉有米知县在，龙泉的老百姓吃不了亏。后来，米助国调往南昌任知府。此时，朝廷的官员都以魏忠贤马首是瞻，有一些趋炎附势的主官纷纷给魏忠贤献宠，在自己主政的地方给魏忠贤建立生祠。江西巡抚也不例外，三令五申要求各府各县都得为魏忠贤建生祠。唯有米助国不肯建。米助国的朋友劝他："胳膊哪能拧过大腿，何况别人都建，你有什么理由不建？"米助国说："我建了会良心不安，晚上睡不着觉。"后来，魏忠贤出事，朝廷要严惩为魏忠贤立生祠的人，全中国唯独南昌一地没有建生祠，朝廷就将米助国升为福建道监察御史。

在监察御史任上，米助国仍是两袖清风，大公无私。只可惜，米助国入不了宰相王应熊的眼。王应熊对米助国极度不满，总是寻找一切机会刁难米助国，后又借机罢去了米助国的官职。米助国倒也无所谓，觉得自己上对君王下对百姓问心无愧。米助国返回老家，帮助老家筑桥修路兴学，为老家的各项事业呕心沥血。

崇祯十七年（1644），明王朝垮台，米助国从此一蹶不振，没多久便退隐山林，面壁静思，并开始减食，不久就撒手人寰，化作一缕青烟归去了。

米助国，字民和，号顺斋，湖南怀化伍家湾乡椒坪溪村米家人。明朝天启四年（1624）乡试中举，后中进士，任江西龙泉县知县。

米助国在龙泉任上只做了一年的知县，但他那句"不做良心不安的事"，却仍在龙泉大地上回响。

宇宙正气

在很小的时候，郭维经就有一个心愿，那就是长大之后，能够成为千千万万穷苦老百姓的代言人。

为什么小小年纪的郭维经就会有这样的想法呢？这大概与郭维经的父亲死得早、死得冤有关。那一年，郭维经的家族和一位官绅之后争祖坟山，郭维经的父亲站了出来，替郭氏家族出头，并将官司打到了吉安府。哪知道，吉安府的府尹收了对方好处，竟在堂上将黑的说成白的。郭维经的父亲气不过，与府尹据理争辩，竟遭到差役的一顿毒打，最后急火攻心，暴死于吉安街头。

那一年，郭维经只有6岁。郭维经在未来的日子里，一想到父亲，想到身边那些和自己家一样，穷得三顿饭都要天天发愁的人家，就感到有一股正气在身体内游走，他想要通过自己的努力，有一天能够走进明朝的体制，成为一位心里装着浩然正气的大清官。

郭维经为了好好读书，不再偷懒，他同自己的母亲说，他读书学不了古人那样头悬梁，锥刺股，但只要他背不出书来，母亲可以让他坐在箩筐里，然后把箩筐挂在大树底下，在这样上不着天，下不着地的箩筐里，他除了好好读书，也做不了别的事情。

还别说，这方法真好，让年少的郭维经坐在箩筐里，能够心无旁骛地读书。

只可惜，从十几岁开始走入考场，考到了三十几岁，郭维经仍奔波在赴考的路上。每一回到了大考之年，他都要让夫人觍着脸向亲朋好友借去京城赶考的盘缠，而亲朋好友总是讥笑郭维经，说你都三十多岁的人了，女人娶了，孩子也生了，还打算考到什么时候？每每听到这样的话，郭维经的心里就发出"嗟乎，燕雀安知鸿鹄之志"的感叹。可人穷志短，马瘦毛长，还得低声下气地求夫人，让她回娘家去借。好在郭维经娶了个好女人，不管是郭维经做官，还是在家务农，他的夫人都是"愈自谦逊，服饰诸如平时"。

天启五年（1625），老天爷终于开眼了，38 岁的郭维经考中了进士，进入明朝的体制之内，走入了明朝的政治舞台。这下，郭维经感到自己离理想近了，就要实现自己的人生抱负了。哪知道，老天爷左手给了郭维经一个苹果，右手就给了他一巴掌，他被朝廷授为行人。

学过历史的人都知道，在明朝的首都有一个很小的衙门，叫作行人司。这是一个专门跑腿的衙门，行人专门在各大衙门之间上传下达，沟通协调。如果运气好一点，还能被派到皇帝身边行走，给皇帝跑跑腿，到大臣面前传个旨，或是册封于某位官员。

行人，说破天，也就一个跑腿的官。

也不知道，郭维经在得知自己被派去跑腿后，他的心情会是怎样的，他是否开始后悔这些年来，起早贪黑地死记硬背那么多诗书，费了九牛二虎之力才考上的进士，是否真正值得。好在，郭维经内心的那股一直在深处激荡徘徊的正气，又在上升了，它让郭维经觉得，哪怕做一介行人，也要做得不同于他人，也要展示出只属于他郭维经的个性来。

还别说，郭维经真的就与别人不同，别的行人只安于自己的本职工作，郭维经却是什么都要管，哪怕不在他的职责范围之内，也会路见不平，一声吼。

《明史·列传》中写郭维经"疾恶如仇，不惧权贵""英颜敢言，权贵惮之"。正是郭维经的敢言，让眼看着江山摇摇欲坠，却想要有所作为，并且勤于政事的明朝崇祯皇帝朱由检，看到了郭维经身上的正气，让他去担任南京监察御史，这样也好掣肘一下身边的那些高官。

监察御史，又叫御史。听起来像是很大的官，其实也就是个七品芝麻官，供职于都察院，主要的职责是监察百官、巡视郡县、纠正刑狱、肃整朝仪等。官职不大，唯一让别的官员觉得可怕的，是可以和皇帝走得近，随时可以打小报告。

打小报告非大丈夫所为，郭维经从来都是当着一朝文武百官的面上奏，大胆"疏陈时弊，中有所举刺"。尤其郭维经三疏弹劾贪腐宰相周延儒，慨然称："先斩延儒以谢天下，然后杀臣头以谢延儒。"面对这么不可一世的豪强，本为儒士的郭维经施霹雳手段，一定要将欺凌百姓者绳之以法，"立致巨魁十余人毙之杖下"，一时间，整个京城都"闻郭生惧"。尤其是面对那些欺压百姓的勋戚豪绅，郭维经为民请命，百姓呼他为"郭青天"。

真正的青天哪有这么容易当！

当时的首辅是温体仁，他受崇祯皇帝朱由检的恩宠，在朝中嚣张跋扈，排除异己，他想要陷害谁的时候，还要假装宽厚仁义。整个朝廷也被他这样的首辅弄得乌烟瘴气，郭维经不由写下了"国事不堪再误揆席……以端取本，以救时艰……"的奏章，直指温体仁他们"其全副精神不用于筹国是，而用之于营己私……一任民穷日甚，边烽日警，灾异日益，直视之若无见，若无闻……"指出他们只是"浪负时名，竞荣躁进"。

自然，最后的结果是连皇帝也保不了郭维经，郭维经又一次遭到排挤、贬谪。被贬谪并不可怕，可怕的是他沿途所看到的："旱魃为灾，青野尽或赤地；或暴风作祟，屋忽为飘蓬；或海啸而乐土倏为蛟宫；或河溢，桑田皆为凫渚。迅雷拔山振海，淫雨贯天达地。经旬弥月，胆落魂销，东作西成，一无所望。老幼辗转沟壑，父母妻子流散载道……"可面对这么严重的天灾人祸，朝廷所表现出来的仍是官场上的争权夺位以及各种腐败不断。

郭维经的心冷了，冷到极点，他写道："兵荒交困，民渐汹汹思乱，譬人身内伤外感一时并攻，即良医至此束手无策。""异常灾变，饥寒迫切，时事至此，真堪痛心，臣等与有司百姓皆在漏舟，故不觉疾呼亡音！"

不要说郭维经看到了明朝的日暮途穷，就连崇祯皇帝朱由检，这位希望改变明朝灭亡命运的年轻皇帝，在自己继位之后，智除魏忠贤，清除阉党，勤于政事，生活节俭，用了 17 年的时间，仍然无法改变命运，只能在自己 34 岁的时候，吊死在煤山上。

此时，清兵正大举向南方挺进，正在家中赋闲的郭维经一听到这个消息，就奋然写下"枕戈泣血，断荤酒"。当听到力图恢复大明天下的唐王朱聿键正在招兵买马抗清时，郭维经没日没夜奔赴福州，见到了朱聿键。应该说，历史上的朱聿键是南明政权中的一位较有作为的帝王，只可惜个人的力量不足以改变整个局势。最后在汀州被掳，绝食而亡，享年 44 岁，比崇祯皇帝朱由检多活了 10 年。

郭维经呢？也是明知不可为而为之。在家的时候，人们都劝他，别去送死，别再上明朝这条已经破破烂烂正在下沉的船了。可郭维经却挺着脖子回答："死有何惜？难道你们忘了，叫花子面前还有三尺硬土！清兵来到了我的家门口，我哪有不拼命的道理？"

郭维经一个人去，还嫌不够，还将自己家乡郭氏一门的青壮年都带到了前线。没有武器就用扁担木棍。郭维经还将所有的女人组织起来，成立夫人军。此时的清军不断向南进攻，郭维经也从福州被派到了赣州。

没过几天，清兵就将赣州围得像个铁桶一样，并且传出"攻破之日，也就是屠城之日"的消息。同样，郭维经也喊出"城破之时，必是殉国之时"。郭维经同自己的家人们说："我今日要为朝廷而死了，你们不要以我为念。"郭维经说完这句话，就转身上了城墙。在城墙上，已经可以看到前方清兵的身影。后来，城墙上血流成河，士兵倒下无数，而郭维经仍不为所动，仍站在城墙上，挥舞着剑鼓舞着士兵与清兵血战。

1646年，十月初四，清兵入城，郭维经穿好官服，站在嵯峨寺的院子里。此时他的内心无比凄凉，他知道大势已去。郭维经点燃早就准备好的柴火。在他身后站着一队清兵，问他为何还不降。郭维经说："我世代受朝廷恩泽，怎么能降？只愿一死以报，不愿苟生。"说完，他向着火海走去。

这一年，郭维经正好59岁，他将自己化成了一束火花，照亮了明末最后的一方天空……

后来，为了推崇和宣扬郭维经的"忠君报国"气节，乾隆三十一年（1766），清朝政府在遂川县城南门内和三溪郭氏宗祠门前，分别为郭维经竖起了镌刻有"宇宙正气"大字的高大红石牌坊；乾隆四十三年（1778），又追谥郭维经为"忠烈"。

如今，遂川五斗江郭维经老家的牌坊上，仍能看到"宇宙正气"四个大字，这就是郭维经一生最真实的写照。

最具诗才的一位龙泉知县

当下许多研究清代竹枝词的专家，都会把杜一鸿的作品拿来研究。他们从杜一鸿竹枝词的字里行间，寻找清代竹枝词的文史价值，以及研究当时的社会变迁、人文世相、风土民情，这些在当时的竹枝词中都有显示。而杜一鸿作为一名地方行政主官，在他的笔下，更多的是从他的视角下展现出来的龙泉县的点滴变化、民风民情，以及他为了实现自身政治抱负，凝结于笔端的感受、感慨。杜一鸿的竹枝词，也为今天的人们想要了解当时的社会万象提供了另一个独特视角，它具有不可多得的史料价值。

在今天，仍有一些人在写到遂川时，喜欢引用杜一鸿的诗句，像"吉州西上是龙泉，万点青山万点烟。最喜年丰人乐业，白云坞里总开田"，还有"赁土开荒客籍繁，年年棚下长儿孙。辛勤满叶仓箱咏，闽广湖湘共一屯"。这类诗词，也成为一些人研究客家人与当地土著文化融合的重要文献。

一个知县，在从政的同时，没有停下过手中的笔，杜一鸿记录关于这方土地的点点滴滴，以及自己内心的感受，一方面足以看出他对竹枝词浓厚的爱好，另一方面也证明他是一位有政治抱负和人文情怀的基层官员。

杜一鸿是江苏江阴人，字于馨，号四田。乾隆三十年（1765），他以进士身份入职，先担任信丰县知县，后迁至龙泉担任知县，前前后后在龙泉知县任上9年之久。他写下了大量以龙泉为创作背景的诗文。《龙泉县志》上用了8个字来评价杜一鸿，"兴废举坠，勇于任事"，这自然是指杜一鸿敢于担当，能将一些该做的事做好，传承下去，该废的废除。就拿五峰书院来说，前前后后建了十多年，却一直没有完工，以至于一些人说，命长的才能等到它完工，命短的怕是等不到了。

杜一鸿一到任，就到五峰书院召开现场办公会，问是什么原因使前任知县杨焯费九牛二虎之力，心心念念想要建成的五峰书院，到现在仍没有完工。这时候，你一言我一语，说来说去，无非就是缺钱。

五峰书院因其大门正对南面五峰而得名。在刚建的时候，并不打算建多大，而在建的过程中，却不断添加房舍。本来募到的资金足够建书院正楼，可建好后发现还有余款，于是说，在旁边建一栋观澜楼吧。观澜楼一建，钱款又不够了，就开始停工募捐，等到捐来了钱，才重新开工。观澜楼建好了，又想着在楼后建致道堂，致道堂一建，又想建山长厅，就这么停停建建，建建停停，到后来，藏书处、堂室、斋舍又都得建，建又缺钱，怎么办？只能是这边募捐，那边建设，然后停停建建，建建停停。

杜一鸿听完之后说，前面的事我不管，接下来的事我来管！但也不能这么无休止地建，明年无论如何都得在书院听到琅琅的读书声。

随即，杜一鸿组织全县有名望的乡绅到五峰书院参加募捐会。在大会上，杜一鸿首先对所有的乡绅说，我乃一介穷知县，大钱没有，但我愿捐自己的半年俸禄，用于建设。县里的乡绅一听，都说，杜知县乃外乡人，为了龙泉的事，都愿慷慨解囊，我们本地人，又有什么理由不捐献。于是，钟衍端、李之鸿、康飞熊等乡绅数十人捐银1600余两，并增置田租180余石，各乡绅捐田租770余石，合前义学田共计田租1190余石，以后又陆续捐田租130余石。这才使五峰书院在一年时间内完工。建成的五峰书院一共88间房，是龙泉县首屈一指的大书院。

　　杜一鸿在龙泉任上还有一大功绩，就是将大丰陂，也就是南澳陂重新修复。《遂川县志》上记载了这一件事："泉邑旧有大丰陂，久被洪水冲毁，由于陂址、圳道的选择和经费问题难以动工修复，乾隆三十二年（1767），知县杜一鸿亲临废陂处所，审度权宜，并督率民工重建，使间断200多年的水陂得以恢复受益。之后，杜一鸿又集民力筹经费，对北澳陂进行整修，两陂修复后灌溉便利，粮食产量大增。"

　　乾隆年间的《龙泉县志》也是由杜一鸿组织人员进行编修，并亲自审阅，逐字核对，使当年杂乱无章、内容单薄、难以入目的老县志得以完善，成为今天遂川人查阅遂川历史不可或缺的一本史志资料。

　　自然，杜一鸿这样不可多得的官员在离开龙泉任上时，老百姓是夹道欢送，依依不舍的。还有很多人提议要为杜一鸿建生祠，以便纪念，杜一鸿却不肯。说公道自在人心，是非自有公论，一切交给历史。

　　好在历史自有回响！

　　直到今天，仍然有许多人在读杜一鸿的竹枝词，在说"秀洲洲前多老树，北乡寨上好杉山"。

老百姓想为他立生祠的县令

从汉朝起，华夏大地上都有为活着的人立生祠的习俗。尤其是一些官员在当地做出了重要贡献，为官一任，造福一方，就会有老百姓站出来为其建立祠庙，加以奉祀。

当年在龙泉县担任县令的何嗣昌也是如此，活着的时候就有许多老百姓想要为他立生祠。只是何嗣昌不肯，他还为了不在生年立祠庙，特意写了"告通邑士民止建生祠文"，让人张贴于城门口。这篇告民书，何嗣昌写得文辞谦虚恳切，自称德薄功浅，不应当立生祠，还在文中论起生祠之弊，最后他写到"生祠之说，毋烦再议"。龙泉县的老百姓这才不再提为何嗣昌立生祠的事情，但在何嗣昌离任后，龙泉县的老百姓还是为其立了一块"遗爱碑"，上面记录的尽是何嗣昌在龙泉县那些年的功绩。

何嗣昌，字绍宗，江苏苏州人。在北宋明道二年（1033）以寺丞的身份出任龙泉县令。寺丞在宋时，是官署中的佐史，已不简单。要知道明代时的寺丞都是正六品的官员，特别是大理寺丞，更为五品。可见，何嗣昌虽非明代的寺丞，也属于重要位置上的官员来到龙泉担任县令。

当年《万安县志》上就有记载何嗣昌事迹的文字："宋明道二年（1033），

何嗣昌以寺丞知龙泉县事。县之禾蜀旧有梅陂，灌田二百余顷，岁久湮没。景祐初（1034），何嗣昌修复之。"

梅陂渠今仍在，还在发挥着浇灌田地的作用，只是管理它的，变为泰和县的苏溪，但仍可见当年的何嗣昌很重视水利建设。他不但修复了梅陂渠，而且在景祐年间（1034—1038），在县城西南部左溪河下游拦水建造南澳陂，南澳陂与北澳陂遥相辉映，成为龙泉县水利史上最重要的水利灌溉工程。何嗣昌还是将龙县县城从水南迁往水北的第一人。

何嗣昌刚来到龙泉县，就发现龙泉县衙简陋不堪，龙泉县城又坐落于低洼之处，每逢大雨，就水涝成灾。于是，何嗣昌带着随从，在龙泉县四处考察，最后认定水北"气象高旷"。在何嗣昌的组织下，经过两年多的时间，终于建成了一座总长 448 丈、高 1 丈 2 尺的城垣，还有一条阔 2 丈深 5 尺的护城河。何嗣昌还在县城内建了县衙、学宫、胥吏宿舍、鼓楼、官仓等建筑，这些一共花费了 18600 余两白银，但均由官费支拨，没有要老百姓一文钱。从此，龙泉县城就有了基础，也不再担心水患。

接下来，何嗣昌又亲自写下了《迁创龙泉县水北城治记》，在文中他写道："以正中为县治，若前后左右衢道沟浍，一一列定厥位，经画分明……先作正堂三间，听政临民……堂之南面作仪门三间，以肃其出入。堂之前，东为皇花使馆，西为廉宪分司。其余戒石有亭，丰衍有库，更鼓有楼，以及学舍、同官廨舍，司狱司吏胥之舍诸所宜设者，次第极其整备。"从这些留下来的文字中，足可以看出，何嗣昌是一个做任何事情都有章法，还爱做记录的人。遂川江的浮桥，也是在何嗣昌手里建的。这才有了一江两岸、两市分河的景象，有了后来的龙泉县令杜一鸿笔下的"城市隔江潮，隅偏路传遥。恰当灯市岸，不碍水平桥。客醉楼中酒，人听月中萧。自应添鹤盖，此地识公超"。

所以说，一个为龙泉县做了这么多实事的县令，老百姓怎么会不想着给他立生祠，纪念他！

去分一半照归航

闲来翻阅《唐宋诗词选》，看到一首《游虎潭》，我心里想，这是不是写家乡的虎潭的呢？"崖悬怯吾顾，潭空沁我心。匪斯涉游趣，敬慎识官箴。"五言律诗，借景抒情。作者名叫陆若济，做过龙泉县令。

陆若济是江西金溪人，字邦美，是宋朝第四位皇帝宋仁宗时期的进士。陆若济担任龙泉县令的这一年，正是皇祐二年（1050）。皇祐二年是不算太平的一年，好多地方都出现饥荒，饿殍遍野。而在陆若济治理下的龙泉县，却是一派春光无限的繁荣景象，这应该同陆若济非常重视农田水利建设有关。

陆若济一住进县衙，放下行李，就轻车简从，考察起南澳陂、北澳陂来。见两陂年久失修，溃决壅塞，他决定重修两陂。他将龙泉县城里有钱的富商和士绅请进县衙，请他们捐钱修筑南澳陂和北澳陂。富商和士绅都低着头，没有响应。陆若济大手一挥，说，我捐半年的俸禄修陂。这些富商和士绅一听，这才纷纷解囊相助。

陆若济回到后衙，陆若济的妻子说，你把俸禄都捐了，你不吃，你的孩子总要吃！陆若济却说，有夫人在，办法总比困难多，放心，春天的野菜也可充饥。就这样，陆若济带着民工奔走在南澳陂和北澳陂的工地上，天天忙着对两陂"开筑深浚之"。我相信，《游虎潭》这首诗，也是在工地上构思而成的。北澳陂依虎潭而建，所以他会写"敬慎识官箴"来告诫自己，要坚守内心的规矩。

那些年，有了南、北两陂源源不断的水源保障，龙泉县城南北两岸大片的农田得到浇灌，老百姓的收成有望。再加上陆若济在担任龙泉县令的那六年，在龙泉各地大建义仓，以备凶年。这样多方积谷，遇灾年则平价出谷，平抑粮价，粜谷赈灾的办法使得龙泉县在出现天灾的年份，也"歉岁有恃无恐"。老百姓拍手称好，个个都说，有陆县令在，就能多睡几个安稳觉。

的确，陆若济在龙泉县六年，真正把龙泉县当成自己实现人生抱负的舞台，陆若济曾在考进士的时候就说过，大丈夫出则安邦定国，为一方土地谋福利，退则独善其身，归隐山林。六年过后，陆若济离职的时候到了，他用一根麻绳就将自己的全部家当捆在一起。他的妻子看着，摇头说："君洗手奉职，行道之人皆言清德，今兹解官，宁亦载一清舟归耶？"妻子的意思是，应该告知所有的富商士绅，让他们来送行，顺便收些礼物。陆若济不为妻子的话所动，转身写下："官署常留明月伴，去分一半照归航。"

看到这两句话，就能想到陆若济，想到他才是一位真正的君子，坦坦荡荡。来龙泉县时，他用一根麻绳捆好一床被子和几本书；离任之时，捆走的仍是一床被子和几本书。放眼当今天下，当今的遂川县，又有几位官员能够做到？

陆若济后来还担任过虞部员外郎、德州知府等职，仍是爱民如子，清廉如水。所以，今天我这位龙泉人的后代，也想要好好写一写他，让龙泉人都知道，曾经有这样的一位好官，用心地治理过龙泉这方土地。

一心为了老百姓的龙泉县令

在遂川县将近两千年的历史长河中，做过龙泉（遂川）县令的人有很多，但真正留下名和姓，被老百姓记住的并不多。其中有一位名叫杨大异的，虽然在龙泉任上没有几年，但被记录了下来，并且在清代的《龙泉县志》中，有这样一句专门夸赞他的话："此专城令长之所难能者，今于一尉见之，亦空前绝后者。"

后来，我翻阅《宋史》，才知道杨大异这人的确不简单，他在很多地方做过官，都是一心为了老百姓，没有一点私心。县志上记载他是潭州人，实则是湖南醴陵人。他是南宋嘉定十三年（1220）的进士，先是在衡阳担任主簿，也就是现在的文书、僚属之职。这一做，就是 8 年之久，1228 年，调任龙泉尉，摄邑令，也就是县令。

杨大异一来到龙泉任上，就遇上饥荒。其间，又有别的发生了饥荒的地方的官员向龙泉县征购大米 2 万石。这 2 万石大米一收购，就抬升了整个龙泉县的米价，再加上奸商乘机放出风去，说龙泉的米都被官府收购走了，还得涨价。一时间，老百姓怨声载道，都说我们龙泉县自己都没有米了，怎么还要往外运。杨大异一听，立刻要求官员停收征购粮，还把已经征购来的大米，全部按照原价又卖回给老百姓。这一下，龙泉县的米价稳定了下来，而要求征收龙泉县大米的官员知道消息后勃然大怒，想要置杨大异于死地，却一直没有找到好的借口。

祸不单行，福无双至。也就在大灾之年，龙泉县又起了大瘟疫，这一下，家家闭户，处处关门，人心惶惶。都在传，谁家传染上了瘟疫，全家五口全部死了；有哪个村庄，一早一晚都是有人病死后家人哭叫的声音。这时候，杨大异提出，自己要走上街市，给老百姓信心。县衙里的很多人都劝杨大异在瘟疫正兴的时候，千万不要东走西走，染上瘟疫就麻烦了。杨大异却说，我虽是这天底下最不起眼的一个微末之员，但苍生有难，我就有责，哪能丢下不管？杨大异请来全县有名望的中医，请他们开方子，于城门口设灶煮药，发药汤给老百姓。并让人挑着石灰四处泼撒，四处消毒。还在县城里办起了官办性质的"惠民药局"，专为老百姓抓治瘟疫的药。后来，瘟疫散去，人人得活。人都说，没有杨大异，就没有龙泉一县人！

后来，杨大异还在龙泉县设立"抵挡库"，建立明账，一分一厘都用在民生上，上面摊派给龙泉县的费用，也从"抵挡库"里支出，从不增加老百姓一分钱的负担。

杨大异在龙泉县做了许多好事，后来调往安远县，成为安远县尉。他还担任过四川制置司参议官，吉州户漕，广东、广西刑狱官等职。只是他还不到 60 岁，就已经看透了官场，四次上奏致仕，荣归故里后去世，享年82 岁。他还著有《春秋奥旨》《春秋笺疏》，可见，他骨子里流淌的正是中国传统文化的血脉，"家国情怀"这四个字，始终贯穿他的一生。

狠人刘汝谔

《明季南略》这套书，是清代计六奇老先生编撰的一部历史类笔记，一共有十六卷，上起清顺治元年（1644，明崇祯十七年）五月，止于康熙四年（1665）二月，记述南明史略与郑成功的一些事迹。其中，《明季南略》中有这样一段话："崇祯十五年（1642），流贼破袁州，犯吉安。时龙泉县令刘汝谔请公为幕宾，画战守具甚悉，贼因去。"

这段话中的"公"为何人？

"公"，就是顾所受。

顾所受是明末学者，与刘汝谔一样属江苏人。只是明亡后，顾所受投水而死，而刘汝谔却死在龙泉县任上。在这里先不说顾所受投水的前因后果，且说一说刘汝谔这位龙泉县令。

刘汝谔，号五熏，江南吴县人，举人出身。于崇祯六年（1633）出任龙泉知县。说起来，崇祯六年，也是明朝苟延残喘的年份。李自成渡黄河，过河南，一路喊打喊杀。这是大厦将倾、一木难支的乱世。而刘汝谔，一位小小的龙泉县令，却要在自己的职责范围内，奏出属于自己的悲歌。

刘汝谔一上任，就听说县衙内的主簿、书吏及一应官员串通舞弊，谋取私利，利用手中掌管全县老百姓缴交公粮、苛捐杂税的权力，随意更改老百姓的上缴数目，让老百姓一个个有苦难言，而又报官无门。刘汝谔得知此事后，立刻查办。其中有一位书吏，是吉安知府的姨表亲，知府让说客上门，要刘汝谔网开一面。刘汝谔怒目圆睁，问上门的说客，他们欺诈老百姓的时候，有没有网开一面？说客悻悻而归。刘汝谔担心吉安知府会干涉，惹事生变，决定连夜连审，将涉案的40多人画押收监，并将其中5个获利最多、罪大恶极并主使他人犯案的主犯处以斩刑。处刑之前，刘汝谔将县衙内的官员悉数拉到要斩的人面前，问被斩者，只要你们说出其中还有谁染案，我当即就办！

5个人的人头悬于县城南门之上，刘汝谔对全城的老百姓说："民间完欠出入悉归内署，但凡有违者，依律处理。"

这一下，全城的老百姓都拍手称快，都说，刘县令将龙泉县的城狐社鼠给清理了，这下龙泉县干净了。而那位破袁州、犯吉安的流贼也听说了刘汝谔这个人，知道他是一个狠人，所以不敢兵犯龙泉，而是绕道而走，转而去攻打万安了。

刘汝谔在龙泉知县的任上一共干了5年，他重视理财，又精于算法，对出入的钱粮、仓储积谷，都了如指掌。有一回，几位书吏正在清点仓库里的余粮，刘汝谔来了，让书吏报账。书吏翻出账簿一一报数。刘汝谔说，你报错了，还有300斤黄豆没有入账。书吏大惊，忙和他人一起清查，才发现刘汝谔说出的数字是对的，确有300斤黄豆昨晚刚刚从别的仓库调入，还没有入账。

从此，没有任何一位书吏敢在账簿上做文章，全都知道刘汝谔不但过目不忘，而且一斤一两他都算得清清楚楚。刘汝谔还在全城张贴公告，哪位官吏行为不检，只要有老百姓举报，查证属实，皆严惩不贷。

刘汝谔说到做到，从不含糊，在龙泉县威信很高。只可惜，这样的好官却不长命。崇祯十一年（1638）二月，刘汝谔生了一场大病，咳血不止，最后死在了龙泉任上。县志上记载，听到刘汝谔去世的消息，龙泉的老百姓一个个比自己死了亲娘还要伤心，全都披麻戴孝，给刘汝谔送行。县志上说："士民驰集，咸哭尽哀，唯书更私引以为幸。"

一位龙泉九品巡检的人性光芒

查阅中国巡检司的历史，发现巡检司始于五代，盛于两宋，到了晚清，巡检司数量与日俱增，也足见晚清时人口大增，税事不断。于是，这种类似今天的派出所、税务站的巡检司也因地而设，处处开花。在遂川的北乡，今天的大汾镇，也设立了这么一家巡检司。

只是，铁打的营盘，流水的兵，多少人担任过巡检，但他们的名字都没有留下来，消失在历史的烟云之中。唯一留下的只有一位叫董希圣的人，这位来自浙江绍兴的九品巡检，硬是用自己的事迹，将自己的名字留在后人的笔端。这位雍正六年（1728）担任遂川北乡巡检的董希圣，一看就是一个性情中人。史料中称他"性豪雅，购书盈榻。每酒后作诗，诗才敏捷，被时人所称道"。足可见，这是一位饱读诗书的九品巡检，而不是一个酒囊饭袋，否则，哪还会购书盈榻，持书而卧。

这样一个有文化还豪爽的人，身上自然也就会有许多故事。

世人尽知，遂川原名龙泉，因有"二龙戏于武陵泷，土崩石裂，冲出泉道"，遂有了龙泉之名。武陵泷，就是现在的草林冲。当年从遂川县城到北乡，去湖南，到广东，皆要经过武陵泷这条自古就有的驿道。

　　而武陵泷在当时"峭崖欹径，下临深渊，行者戒心"，让多少人走在这段路上，心惊肉跳。董希圣走过几回之后就召集北乡的乡绅，提议在武陵泷上凿开一条大道。有迷信者一听，立马就说，这可是从古至今的龙脉所在，风水所在。何况，这武陵泷也叫束龙岗，只有它束住龙脉，保住风水，才有了我们的太平日子。这样的太平日子不易，不能动乱了！董希圣听了之后，笑着回答："顽石破，痴龙起，浑浊死，灵轴开，将有大造也。"然后，董希圣带着这群乡绅来到武陵泷，指着武陵泷说："这石一开，才能灵瑞呈祥。"人们一听，又一看，都觉得董希圣说得有理。又见董希圣捐出了自己 3 个月的奉禄，于是纷纷响应。一年多后，武陵泷被凿出一条大道，让崎岖小道成为坦途。后人还建有茶亭来纪念这件事情。

　　慢慢地，好些外地官员都知道董希圣这人能文能武，能言善辩。恰逢安福西乡历年拖欠税赋万余金，而当地官员又束手无策，只能求上级帮忙，借调董希圣来催缴。董希圣受命前往，先是"开诚谕义"，后又与顽犷者交心交朋友，使得"顽犷者皆驯"，不到半年，就把安福积欠的税赋全部收缴上来。

　　一个人拥有这样的能力，自然会被上级赏识，董希圣也不例外。正当上级要委以重任时，哪知董希圣却命不争气，一场突如其来的重病后，早早地就撒手人寰，真是天妒英才。好在，董希圣所做的那些事情，并没有被人忘记，后人在史志中为他记下了一笔，从而让这位曾经沉浸于乡野的九品巡检的人性光芒，不断地照亮后人的路。

穷凶极恶、罄竹难书的一名龙泉知县

遂川建县于 199 年，至今已经有 1800 多年的历史。在这 1800 多年的历史长河中，有太多为官一任、造福一方的官员，被后人所记住。他们在其位谋其政，"先天下之忧而忧，后天下之乐而乐"。他们急老百姓之所急，乐老百姓之所乐，一心扑在老百姓的事业上，自然得到后人的歌颂。在史志书上，他们也留下了浓墨重彩的一笔，真应了古人所说的，一切为民者，则民心向往之。

在这 1800 多年的历史长河之中，也有头上长疮，脚底流脓，坏事做尽的一些官员，他们也被后人记录在史志书上，让人看到在任何一个时代，好人与恶人都同时存在。官员县令也一样，有清廉的，就会有贪腐的；有公正无私的，就会有假公济私的。而这位叫文英的龙泉县令，就应该是贪腐暴虐的官员代表之一。

文英，字铁樵，四川成都人，明崇祯十二年（1639）以举人身份担任龙泉知县，史志书上用"性躁酷异常"来形容他。

说起来，在文英上任的那一年，大明朝已经到了风雨飘摇的末期。其时，清军涌入关内，民间义军四起，整个明朝内忧外患，岌岌可危。

不知道是国家的不稳定、人人自危的形势传导给了这位龙泉知县，还是这位龙泉知县的骨子里，本就充满了不安，喜欢折磨人，尤其喜欢刑讯逼供。在文英主政龙泉县的那几年，整个龙泉县的县监、谯楼、粮库都关满了犯人。这位叫文英的知县，不管大案还是小案，也不管案件的轻重，只要是有人告状，就全部关押，慢慢折磨。

从他审案的时间，就可以知道他有多变态。别人都是白天审案，而他，非在黄昏之后，一直审到黎明。犯人说与不说，都是一样的结果，不死也得脱层皮。文英最喜欢的就是看到犯人被打得血肉模糊昏死过去。

这位知县在他任上的每一个晚上，都兴奋无比，尤其到了半夜，看到烛火摇曳，犯人痛得死去活来，他更是哼着小曲，喝着小酒，一边审，一边让堂下的衙役展示各种刑具，在犯人身上试一遍。有时用到夹棍，文英还亲自上手。这么一晚上一晚上地审，龙泉县的民众受刑而死者，不可胜计。而有些本是犯了鸡毛蒜皮的小事者，也被关进牢里，受到极刑死去。还有只关不放，天天供他审案取乐的。面对如此暴政，龙泉县民众联名向上控告，但上面的宪司却置之不理。民怨越积越深，越积越重。到了崇祯十四年（1641）十一月初一，文英到孔庙上香，有民众见了大呼："尔乃暴吏，孔庙上香，丢尽了孔圣人的脸。"更有民众大喊："此等暴吏，留他何用？"一时间，孔庙周围聚集的民众越来越多。有些民众越说越气，尤其是自己家人被文英折磨死了的，更是追打文英，讨要公道。文英在衙役的帮助下，逃回县衙，躲进厕所，才没有被发现。这一天，还有好多民众于城门上挂起"贪酷激变，愿颁新令"的旗帜。

这时候的文英已经吓破了胆，他这才知道民心不可违，民利不容侵。只是他知道得有点晚。民众久聚不散，在县衙门口大喊大叫，要求严惩酷吏。躲在厕所里的文英冷汗直流，惊吓过度，第二天就躺倒在床上，再也没有起来。

一名龙泉县守备的虐民纪事

那些被载入地方史册的历史人物，都具有鲜明的特色，他们要么为天地立心，为生民立命，要么坏事做绝，头上长疮，脚底流脓，毒害百姓。百姓恨不能食其肉寝其皮，却又拿这样的人没办法，最后只能在史志上写上一笔，让后人知道，曾经有这么一个骄横恣肆、鱼肉百姓的官员。

陈五美，就属于这样一个罪恶罄竹难书的官员。史志上用"既戾官箴，亦干清议"八个字来形容陈五美所做的一切，从字面上能看出，记录的史官对这样的官员也是深恶痛绝的。只是，对他的凶暴猛戾没有任何办法，劝诫也起不了作用，才会说，一切交给历史自己去辨识。就如我们老百姓对人失望至极后说的那句，"随他去吧"。

陈五美是辽阳人，他出生于清八旗里面上三旗中的正白旗。八旗子弟骄横跋扈的一面，在陈五美身上显露得淋漓尽致。陈五美依靠祖父、父亲的荣耀，以监生的身份，于康熙十六年（1677）担任龙泉守备。

一介守备，从不想着保一方土地平安，却天天想着如何搜刮老百姓的钱财，把老百姓的生命当儿戏。这成了龙泉县的悲剧，老百姓做梦都想不到，怎么会摊上这么一个穷凶极恶的守备。

　　陈五美到龙泉才几个月，就有外来的兵匪入侵七都（今雩田镇夏溪一带）。当地的居民无处可逃，纷纷跳入水中，被淹死者不计其数。地方上的官员急忙向守备陈五美告急，要求派兵援救。陈五美一听，却按兵不动，还说急什么，本守备自有良策。

　　一直等到探马来报，外面来的兵匪已经离境，前往别地，陈五美才翻身上马，带着兵士，直奔七都。到了七都，不去追赶兵匪，而是纵兵为祸，让兵士大肆抢夺老百姓家中的财产。还把惊恐之中的老百姓押在一起砍头屠村。屠村之后，陈五美向上报捷，杀匪多少。

　　龙泉县自清朝建制以来，都没有属于部队的兵营衙署。在顺治之初，守备齐登科率兵驻县，也只是借老百姓的房子暂用，作为兵营。陈五美从中发现了机会，他为了将这些房子据为己有，就以修葺为名，将原来的房子一拆，再建就变成陈五美所有，是陈五美的私家财产租借给兵营所用。陈五美为了扩大地盘，干脆把房子周边的鱼塘、菜地全部圈了起来，变为个人财产。有一个鱼塘的主人实在看不下去，对陈五美说："你想要，也要吃相好一点。哪有这么明抢明占的。"陈五美一听，当即命令士兵把他沉塘。这下，所有的老百姓都敢怒不敢言了。

　　第二年，陈五美又借建兵营衙署的机会，将顺治年间兴建、龙泉县衙专门用来存放文件、书籍的卷楼给拆了，而当时的知县郝明德连屁都不敢放一个。别人来告陈五美私拆卷楼，郝明德还摇着手说："拆就拆吧，赶紧拆吧。我反正眼不见，心不烦。"

　　到后来，县里其他乡镇闹匪灾，都没有人敢向陈五美报告。人们都知道，陈五美带着他的兵士，不剿匪，专剿老百姓。而老百姓又上告无门，告不动陈五美，因其在旗，又是八旗中的上三旗子弟，哪有人敢动他。这样的结果，使得陈五美更加骄横恣肆地残害老百姓。

　　后来，陈五美去了哪里，怎么死的，史志上皆没有记载。一定是陈五美在龙泉待了几年后，就调走了。只是这几年，却让龙泉县的老百姓过得暗无天日，终日生活在惶恐之中。是陈五美，让龙泉的老百姓这几年都睡不安生！

素有冰声

《宋史》有云："元符二年，以萧世京、张行为郎。二人在元祐中，皆尝言免役法为是，帝出其疏擢之。"

由宋史的文字记录可见，萧世京被宋哲宗提拔为吏部员外郎，非萧世京与蔡京有过节，而是宋哲宗从上万份存档的奏折中看到萧世京言先朝青苗，免役法便民。萧世京的立场是支持新法，与宋哲宗的理念不谋而合，这才被皇帝看上，被提拔为吏部员外郎。

后来，在萧世京的墓志铭上，有这样的文字记载："哲宗亲政，览群臣章疏，得公所奏，嘉叹良久。由是声闻，蔼然动京师，缙绅且器公，有经世达识，忧国付忠……"

萧世京，系遂川县永兴乡人，今天的雩田上洲萧家。

北宋时的雩田上洲萧家，属龙泉县的名门望族，走出过一门三进士的萧世京、萧世范两兄弟，和其族叔萧佐，以及后来的一群进入官场的萧氏子弟。

萧世京曾经对人说，"吾先世皆贫，从来清白，相传不肯苟礼。出仕素有冰声。"同样，在萧家的家谱中也有"我欲儿子苦读书，读书唯恐废三余。但须琢玉方成器，何用临渊却羡鱼。终日送迎开竹径，几时光大变茅庐。平生礼仪于人厚，未必门无长者车"的劝学诗。

也许，正是"忠厚传家久，诗书继世长"的家风，才使萧世京在嘉祐二年（1057）考取进士，进入仕途之后，也一直保持清清白白的本色。

说到嘉祐二年的科举考试，不得不说这是真正的中国科举第一榜。这一年，欧阳修当主考官，从考场走出了唐宋八大家中的苏轼、苏辙、曾巩，还走出了宋代理学家程颢、程颐两兄弟。自然，萧世京也在里面，这才有了苏东坡与萧世京的私交。

说到萧世京做官，史志上用了"公正廉明"四个字来形容。

萧世京做官，从来都是一碗水端平，不管面对的是官还是民，都一视同仁，从不另眼看待。在他担任司理的时候，有一户大姓人家，想要霸占隔壁的一位外姓孤儿的家产，先是以收养为名，想要把这个孩子的财产归为己有。哪知这个孩子年纪虽小，却很有主见，不肯被收养，并说自己有手有脚，还有佣人，不需要被人收养。哪知这大户人家不死心，将孩子扭送进衙门，并栽赃陷害这个孩子，要萧世京治罪。萧世京故意把孩子留在府内，再微服私访，当得知这一切皆是大户人家为了抢占孩子家产，污蔑孩子时，就迅速将大户人家的家主抓来治罪，并当场宣布由官府来代管这个孩子的家产，等到孩子成人，再由孩子处置。这下，没有人再敢打这个孤儿家产的主意了。

后来，在担任史部员外郎时，萧世京执掌着官员的升职调任，常有官员深夜来访，双手奉上金银器物。萧世京说："你难道不知道，但凡送我金银礼品者，我都要在他们名字下点墨点，意思此人身上有污点，等到朝廷要用人之际，我也就不再向上奏报此人的名字。"从此，再没有人敢向萧世京行贿。

萧世京在担任广南东路提举常平的时候，他的眼睛里也容不得沙子，一见到外国商人用奇珍异宝贿赂当地的官员，并且在贿赂之后，经常在商人之间耀武扬威、不可一世时，萧世京就决定大查一批，严惩一批。这下，

所有来中国做生意的外商，都知道萧世京的厉害，都夸萧世京，还了大家一个公平公正竞争营商的好环境。

近两年，随着雩田镇塘背村新发现的萧氏古碑，人们的视线又一次投向了上洲萧家，投向了萧世京，并从这位萧家人的身上，真正读到了"做官要留冰声"、清白一生的感人故事。

真儒者

《礼记·儒行篇》中，哀公问孔子何为儒者。

"儒有可亲而不可劫也，可近而不可迫也，可杀而不可辱也。其居处不淫，其饮食不溽；其过失可微辨而不可面数也。其刚毅有如此者。"孔子答，"儒有忠信以为甲胄，礼义以为干橹；戴仁而行，抱义而处……"

可见，一位真正的儒者，不但要有家国情怀，而且要把老百姓当成自己的亲人，为百姓做事，不遗余力。

更可见，世人被称为真儒者的，不多。

记忆中，在四川德阳的庞统庙里，有一副为庞统写的对联，上联是"真儒者不图文章名世"，下联是"大丈夫当以马革裹尸"。

庞统，真儒者也。

同样，在北宋年间，当时的龙泉县也走出了一位真儒者，他的名字叫萧佐，字公弼，是龙泉永兴乡人，嘉祐四年（1059）考取的进士。萧佐在担任信丰知县时，被北宋著名的水利专家、当时虔州（今赣州）的知州刘彝赏识，并极力向朝廷推荐兼职代理虔化县（今宁都县）县令。

当时的虔化县，被县令治理得一塌糊涂，让为政有方的知州刘彝下决心，非换了他不可。于是刘彝看中信丰县令萧佐，委以重任，让他先代理虔化一应事务。萧佐一到虔化，就遇上一件醉酒杀人的案子。一开始，被杀者的家属认为这是过失杀人，彼此能够和解就行，不愿意将杀人者送往官府。这本身也是一件"民不举，官不究"的事情。谁知却遇上虔化县尉这样一个喜欢搬弄是非，想要乱中取财的人，他不但不妥善处理事情，反而觉得发财的机会来了，于是极力去挑唆双方的家族，让双方的家族用械斗讨说法。

这下，本来一件普普通通的小案件，一下发展成为两个家族之间的大决战。这让不知其中缘由的刘彝也坐不住了，真的以为老百姓要造反，急忙派兵前往镇压。好在萧佐不是一个听风就是雨的人，而是急忙赶到官兵面前，同他们说："你们辛苦了，本县没有什么事情发生，这都是造谣者恶意中伤本县。相信有我萧佐在，虔化就乱不了。大家请回去，我处理好事情后，会专门向知州汇报此事。"

把官兵劝走之后，萧佐马上命令捕快将县尉押起来一道前往两个家族说和。萧佐对两个家族的族长说："都是这个县尉坏事，火上浇油。他作为一名县尉，不思为百姓代言，为百姓主事，还兴风作浪，唯恐天下不乱，这样的县尉不杀，不足以平民愤。"当着两个家族的面，萧佐把县尉送进牢房。这下，两个家族的人都愿意坐下来化干戈为玉帛了。萧佐见两个家族和好如初，便赶往虔州，亲自向刘彝说明这件事的来龙去脉。

听完萧佐的话，刘彝非常高兴，牵着萧佐的手说："君志欲靖民，真儒者事业也。"

后来，萧佐还担任了咸平（今河南通许）县令。在咸平县，有一条荒废的河道，许多农民都愿意把这条荒了的河道开垦成百亩良田。还有人向萧佐建议，可以将荒废的河道由官府丈量登记，卖给开垦者。萧佐就将这件事上报朝廷。朝廷同意后，派人造册卖给垦荒的农民。哪知道，去办理这件事的官员，却坐地起价，想要多捞油水。萧佐听说了，马上对经办人进行严惩，并且将原来的价格十之减七。真心想要垦田的老百姓都说："这才是真正的好官，懂得我们垦荒之人的辛苦劳累。我们一定不辜负萧县令的好意，一定会让这条荒废的河道，成为良田沃土，造福世人。"

到了宋哲宗元祐年间，萧佐出任汀州（今福建长汀）知州时，发现当地的文化教育落后，决定创办公立学校，并将公田补贴给州学，让汀州的穷苦子弟有学可上，有书可读。老百姓皆说，只有萧佐这样的真儒者，才会做这样的事情。

萧佐早已经不在世间，但从他的身上，人们能领悟到一位真儒者的气质与精神，人们能真正感到"今得见先生儒者气象，不觉功利之见顿消"。

敢于抗上的龙泉知县王卓

雍正五年（1727），从陕西蒲城风尘仆仆走来一人，在龙泉县城，也就是今天的遂川县城停下了脚步。他叫王卓，字立斋，此行的目的，就是来龙泉县担任知县。

王卓初来乍到，立足未稳，县衙内的那些尖滑小吏私下商量好了，当着王卓的面，王卓说什么，他们只管点头答应。离开了王卓，在王卓看不到的地方，那就怎么赚钱怎么来。

这一天，王卓在堂上审案，判了一位犯人，要收监关押。哪知道，当王卓出门，刚走到南门口，就看到该犯人摇着扇子，大摇大摆地对着王卓走来，眼睛里根本没有王卓这个知县。

王卓转过身，回到县衙，叫人击鼓上堂，要提审该犯人。站在堂下的主簿、捕快，都大惊失色，一个个急得如热锅上的蚂蚁，不知道如何是好。

王卓将手里的惊堂木往案几上一拍，大声说道："不想死的，就赶紧说。"

那些怕死的小吏就如竹筒倒豆子，把知道的事情都一清二楚地交代了。原来以前的知县不管事，只管钱，事由底下的人去办，事分三六九等，钱也分三六九等。知县得大头，底下的人得小头，皆大欢喜。现在，他们还想以这种方法办事。

王卓怒拍案几，指着这群奸猾小吏大骂："你们这么欺上瞒下，徇私枉法，让龙泉县的老百姓怎么活？"

事后，王卓将这一批小吏全部清退，换了一批新人，并约法三章，但凡有营私舞弊、中饱私囊者，必严惩不贷。

从此龙泉县的政风大变，尤其是一些陈年底案，王卓都一一厘清，还公正于民，让龙泉的老百姓看到了希望，民心受到了鼓舞。人们都说，这王县令才是真正的好官，什么"衙门八字朝南开，有理没钱莫进来"，龙泉县的衙门，没钱照样进，还照样得到公正。

龙泉县的老百姓生活有了底气，纷纷开起荒、垦起地来，把原来的大批荒地，变为了农田。吉安知府听说龙泉县开垦出大片良田，就一纸公文要增加税赋，并且要求王卓抓紧落实。王卓却拖着不办，并且自己跋山涉水，到各村各镇调查情况，认为龙泉县内土地贫瘠，老百姓好不容易有了种田种地的积极性，生活有了一点起色，此时不能增加税赋，会对老百姓造成打击。于是，王卓上书吉安府要求不要增加税赋，他写道，龙泉县老百姓又穷又苦，此时增加税赋，就如釜底抽薪，老百姓怎么还有心去开荒造田。唯有活水养鱼，才能把鱼养大。此时增加税赋，无异于涸泽而渔。

增加税赋的事，就这么不了了之，但闲不下来的王卓又盯上了龙泉县的屯田。中国屯田的历史，起于汉朝，屯田是为了国家军事的需要。只是，王卓通过调查走访，了解到龙泉县屯军占有大批良田，但税赋却转嫁给了当地的老百姓。王卓决定搞清楚龙泉县到底有多少屯田，应该上缴多少税赋。

接下来，王卓开始组织人员丈量屯田。这一造册丈量，才发现好多屯田其实是私人私产，打着国家屯田的旗号不说，还把赋税转嫁给了当地百姓。可当王卓问这些私产浮田是谁的，却没有人承认。王卓贴出告示，凡没有人认领的屯田，皆作为浮田归为公产。

这下，那些拥有浮田的人，纷纷给吉安知府写信。知府得了好处，让王卓不要插手管屯田的事了。王卓却说："我乃是龙泉县的一县之长，龙泉县的事情，我不管，难道还要由他人来代管？"

此后王卓更是加大了处理屯田的力度，将一些浮田浮产全部收回充公，并且以此来作为县里造桥修路的费用。而那些浮田浮产被充公的人很不甘心，纷纷上告，并且引用清朝建政之初颁布的有关于屯田的一些律条。哪知道，王卓一翻档案，发现在康熙四十年（1701）原县令赵抃就有处理此类事件的一些案卷，案卷中还专门说到，清朝政府一开始就规定了屯田所适用的人群与范围。

这群人再也无话可说了，他们本来想要钻的空子，都被王卓发现。此时的吉安知府也不好再说什么了。

只是，这样的一位好知县，却只在龙泉县任职 5 年，就因积劳成疾，告病还乡。

从此，龙泉县少了一位好知县，蒲城县多了一位真病人。

遂川中学第一任校长

　　遂川中学成立，第一任校长是民国时期的遂川县县长，名叫丘新民。丘新民是一位真正的爱国人士，他曾跟随邓演达创立中国农工民主党，成为早期的民主进步人士之一。

　　丘新民，原名蓼华，是广东惠东县人，毕业于广东公立法政大学。他在北伐的时候，担任过邓演达的随从副官、北伐军的总务处长。后来北伐失败，同邓演达、胡汉民等在武汉联名发表倒蒋声明。丘新民还曾护送邓演达到苏联，护送周恩来从武汉到安徽、上海。后因反蒋遭到通缉，逃亡到香港开起了理发店，自己当理发师，名字也改成了丘新民。后来国民党陆军上将、抗日名将罗卓英的联络官在香港办事，被日本间谍追杀，躲进丘新民的理发店，丘新民曾出手相救。联络官把丘新民推荐给了罗卓英。此时的罗卓英正率领他的第十九集团军，在江西省驻扎设防。正值用人之际，丘新民就此被派任德安县县长。此时是 1936 年。随着德安沦陷，丘新民先是带着地方武装抗日，后又被调任遂川担任县长，那年是 1940 年。遂川中学于 1940 年的 10 月 18 日在江西省政府备案成立，丘新民被任命为遂川中学第一任校长，同时将 10 月 18 日定为该校校庆纪念日。

在遂川任上，丘新民勤政爱民，重视教育，组织乡民为北澳陂、南澳坡清淤开渠，自己扛把锄头走在前面。不认识他的，还以为是哪里的老农民。

有一天，驻扎在遂川的国民党部队抓来 30 多个人交给丘新民，说这些人都是"共匪"，要丘新民处置。哪知道，丘新民将这 30 多个人安置在县衙后的厨房里，好菜好饭地招待完后，全都放跑了。这些人逃走时，丘新民让人对着空中开枪，并且大喊，"人逃光了，人逃光了"。

这一年，江西省主席、国民党中将熊式辉将他在安义县熊氏家族的人都迁往遂川县，想让丘新民安排好的房子作为住处。丘新民两手一摊，说："你是江西省一个省的省主席，我是遂川县一个县的县长，这时期，逃难到遂川的百姓有多少还在街上打地铺，我上哪儿去找好的房子给你用。"熊式辉悻悻离开，一边走，一边骂："姓丘的，你这么不讲面子，有你好看。"

哪知丘新民却无所谓。

丘新民有晨跑的习惯，他每回晨跑都在马路边上跑，如遇上年纪大、体质弱的挑担人，他都会帮忙挑一程。每回晨跑，他还会沿街催人早点起床做生意。有人说丘新民这样的习惯是从他上任德安县县长时就保持下来的。丘新民还动员老百姓抗日，并且经常去安抚家里有抗日战士的家属。

只可惜，丘新民在遂川县县长的任上时间不长，很快就被调往莲花县担任县长。1944 年，丘新民又被派往中国远征军司令部担任少将参议，以及军事委员会干部训练团总务处长。1945 年，日军投降，丘新民随同部队回国，出任广东省政府参事、建设厅人事处处长等职。

1949 年，丘新民患鼻咽癌在上海治疗。正逢上海解放那天，丘新民在护士的搀扶下走到阳台上看到高高飘扬的五星红旗，高兴地说："我一生追求的，是革命的红旗在中国上空飘扬。"1949 年的夏天，丘新民逝世于上海，骨灰由农工民主党中央派员护送到广州安葬。

一个人的一生，说不清楚会在哪里停留。哪怕像丘新民一样，他在遂川县担任县长，担任遂川中学校长的时间，短暂得要用天来计算，但他所做的点点滴滴，所留下的声音，仍在遂川的大地上回响。人们提起他，仍会说，他这个县长不错！即使处于乱世，只要他肯俯下身子，与老百姓站在一起，老百姓就会记住他。他叫丘新民。

遂川中学校长欧阳冰

遂川中学搬到现在的地方，也就是五峰书院内，是第二任校长陈耀中的功劳。但搬入两年多了，遂川中学的经济状况仍是捉襟见肘，举步维艰，经费也是没有着落。这个时期的遂川中学校长虽由县长担任，但县长只是挂个虚名，并没有真正把心思放在办学和教育上去。这时候的遂川中学就迫切需要一个在遂川县内有威望、有魄力、有担当的人来担任校长，有人想到了欧阳冰。

欧阳冰，字慎之，遂川县碧洲镇丰林人，留法博士。1934 年回国后，担任江西省政府秘书处法制室主任，还兼任浙江大学法商学院、中正大学、赣南政治讲习院的法学教授。

抗战期间，江西省政府迁往泰和，浙江大学也在泰和办学，欧阳冰便到了泰和办公。遂川中学校董会就派人前往泰和邀请欧阳冰出任遂川中学代理校长。欧阳冰一听，欣然答应。他说："别的地方请我，我一定要考虑三天，而家乡的中学请我，我责无旁贷，理应为家乡出力尽责。但让我当代理校长，哪怕是代理，我也不想当虚有其名而无其实的校长。我要当，就要尽最大的努力，把遂川中学办好。接下来，请你们董事会答应我三件事，我就接下这个代理校长。"

欧阳冰向遂川中学校董会提出：县办中学，乃我县历史创举，首先应化除地方积怨，同心协力；二是校长应有人事任免权，无论本籍外籍，应按教学需要择优聘用；三是要解决办学基金，政府虽有拨款，但为数甚微，须将五峰、蔚起等书院的学产全划归县中。欧阳冰还提出，他本人只管学校重大事情，日常具体事务需有专人负责。遂川中学校董会全都答应了。

1942 年 11 月，欧阳冰被委任遂川中学代理校长。一进校园，他就召开了教职工大会。欧阳冰说："我来当的是代理校长，所以，我只管事，不领薪。大家都请看着，我欧阳冰每回来学校，从泰和到遂川的车旅费，我都不会报销一分钱，我也不会从学校拿走一分钱。"

接下来，欧阳冰又为遂川中学拟定了《扩充遂川县立中学三年计划》，他开始着手平坟堆、建操场、办农场、兴校舍、聘教师的工作。在扩建校园迁坟的时候，遇上了一个蛮不讲理的人，站在坟前喊："谁要敢推掉我家祖坟，我就敲烂他的脑袋。"欧阳冰听了，走上前去，指着这个不肯迁坟的人说："你如不迁，我就当这是无主之坟，直接平掉。到时候，你胆敢敲我的脑袋，我就敢让全校师生拆你的屋。至于你要打官司，要上告省里，我奉陪到底。"这人一听，不敢说话了，过不了两天，就不声不响地把自家祖坟都给迁了。他私下还和人说："好汉不吃眼前亏，我一打听，这姓欧的小子是法学博士，还是省政府的要员，这哪惹得起。"

欧阳冰还主张县里办中学得兼顾小学教育，应在中学附近设立师范班或另办师范学校，为小学培养有素质的教师。考虑到遂川县是林业大县、农业大县，还应设立农林专科学校。欧阳冰还从遂川中学的教育经费中提取一部分作为高等教育助学金，奖励在各地高校品学兼优的遂川籍学生。

虽然只在遂川中学的任上代理了两年多时间的校长职务，但欧阳冰说到做到，不但让遂川中学各项工作走上正轨，蒸蒸日上，还让遂川中学各项工作成绩斐然，获得国民政府教育部的嘉奖。在 1944 年的首届高中毕业生会考中，遂川中学应届生考出了优异的成绩，并全部毕业，其中 6 人免试进入高校。教育部的督学到遂川中学视察后，大加赞赏，说有欧阳冰校长的努力，遂川中学的变化是看得到的，一年一个样。

只是天妒英才，才47岁的欧阳冰在1944年8月因病撒手人寰，再也不能为家乡的事业做出自己的贡献了。好在历史会有记忆，时间会有记录，在清明节到来的时候，会有很多遂川人想起那些曾为了家乡的事业发展呕心沥血的人。

名　字

王锦法，字式吾，系遂川县枚江乡东塘人，毕业于黄埔军校第四期。王锦法还有个名字，叫沈影。

那一年，王锦法在叶剑英领导的军官教导团当班长，参加广州起义受伤，伤好之后来到南京，碰到永丰人刘芦隐。刘芦隐此时正在国民党中央宣传部担任秘书，他认识王锦法，就介绍王锦法在国民党中央宣传部担任干事，但要求王锦法换个名字。刘芦隐知道国民党在福州"清党"的时候，王锦法被怀疑为"异党分子"。所以，要在国民党中央宣传部任干事，王锦法的名字是不能用的。于是，王锦法想到了"沈影"这个名字。

当沈影的名字出现在他兼职的《洛阳日报》和《民国日报》上后，这世上，就只有沈影，没有王锦法了。王锦法去了哪里，没有人知道，就连史志上也是这么记载的：1942 年 3 月，毕业于黄埔军校第四期的沈影应地方人士电邀，由国民党政府陪都重庆回到阔别 17 年的故乡，到遂川中学担任导师。1942 年暑假，遂川中学三位主任同时辞职，兼校长陈耀中以沈影勇于事，而聘为训导主任。全校学生激增至 632 人，为创办以来最高纪录。陈耀中在沈影的鼎力相助下，校务建树颇多。后来，沈影担任遂川中学校长，更是治校有方，将遂川中学办成优质学校典范。沈影在担任遂川中学校务主任时，就已经主持全校工作，他要求学校要有充足的办学基金，要有良好的学习环境，要有名师严师来执教。沈影招聘来遂川中学教书的都是社会上的精英，其中有通晓多国语言留学归来的辛翔云，有留学日本学习生物的生物学家俞智静，还有当时担任江西省科学馆的马馆长以及担任江西文史馆的杨馆长等人。

如今在遂川中学已经看不到什么坟墓，但在遂川中学刚搬到五峰学院的时候，前后都是坟墓。为了美化学校环境，沈影向县政府呈文要求搬迁遂川中学周围的所有坟墓。有些坟墓的后人跑到遂川中学来向沈影问罪。沈影义正词严地说："如果我祖先的坟在遂川中学周围，我也照迁不误。一个不为子孙后代着想的祖先之坟，留着又有什么用？另外，你不迁可以，但我会将其作为无主的坟强制迁走。"

"你敢迁我家祖先的坟，我就打断你的狗腿！"一位词穷理屈的乡绅恶狠狠地说。

"那在你打断我的腿之前，我也要把你祖先的坟迁走！不信你就试试看，这世上还没有我沈影不敢做的事情！"

不知道是慑于沈影原来的军人身份，还是害怕祖先的坟真的会被作为无主的坟乱迁，这位乡绅一回到家，就组织人将祖先的坟给迁走了。

害怕沈影，对沈影很无奈的还有很多人，尤其是当时的县长曹起鹏，对沈影更是束手无策，一点办法也没有。曹起鹏县长的儿子曹智在遂川中学读书。天气炎热，县长想要儿子有地方午睡，并且睡得凉快，就特意嘱咐下属送了一张竹床到遂川中学，让儿子可以躺在竹床上休息。

哪知有一天沈影看到睡在竹床上的曹智，便火冒三丈，一把将竹床掀翻，对着曹智大喊："你要当公子爷，回你的县府去当。在我的学校里，平民百姓的儿子和县长的儿子都一样，你们都只是学生，没有任何特殊。这张竹床，要么扛回你的县府去，要么我拿去厨房劈了生火。"

最后，县长只能让人扛回竹床，还跟人说，这沈影就是屎坑里的石头，又臭又硬，不懂得一点通融。

还有一位国民党副师长的儿子，在学校调皮捣蛋，不但不听教员的教导，还动不动对教员恶语相向。沈影知道了，二话不说就将这位副师长的儿子开除了。谁知副师长带着两位马弁，骑着马气势汹汹直奔学校而来。一见沈影，就要他收回成命，否则就要带兵围了遂川中学。沈影问这位副师长："你带兵尚且知道要求士兵遵守军纪，我当校长难道就不要求学生遵守校纪？我治校和你治军是一样的。如果你今天带兵围了我的学校，我明天就带着我的学生去围省政府，问问熊式辉主席，我做得有没有错。"

副师长灰溜溜地走了，而沈影从严治校的故事却传到了今天。这也让一代又一代的遂川中学校长明白，唯有治校从严，才能够让这所学校的学生安心读书，有一个更好的未来。

沈影于 1966 年逝世。

我不知道在他老家枚江东塘他的墓碑上，写的是"沈影"，还是"王锦法"。后来，我又想，真正写的是什么，又有什么要紧，名字只不过是个代号。要紧的是这个人来到这世上，为这个世界留下了什么，并让后人永远记得。这才是这个人真正的价值。

三

风土人情

安　席

　　饭可乱吃，席不可乱坐。一旦谁家在酒席上安错了席，把该坐在一席上的客，安到了二席或是三席的位置，坐在一席上的人会越吃菜越觉得没有味道，酒越喝，心越闷，越想越气，怎么能做出这样的事，看轻人！何况看轻的不只是自己，还有整个家族。他不由得会站起来，翻脸不认人，并拂袖而去。或是气从心头来，恶向胆边生，我吃不好，你们也别想吃好，把桌子掀翻，把盆碗砸碎，还气势汹汹责问主人家，是不是瞎了你的狗眼，不知天高地厚，上下高低、亲疏厚薄都看不清。

　　也许，正因为有人家里出现过因为红白好事上没有安好席，而引发了掀桌子，砸饭筷的事件，大家才对安席这件事无比慎重。谁家做红白好事，都得商量再商量，才能定下谁是一席客，谁是二席客，谁可以做前席大东。

　　坐一席客的，一般都是母舅老表，是来自外公家里的老老少少。但对一席客，又要分出亲与疏，一般都不是亲的坐，而是疏的才有坐。原因是亲的更熟悉，更有机会在这个家里走动，他坐横凳凳，坐上屋头的机会也更多。而疏的才来，而且来的次数也屈指可数，如果不是你家里有红白好事，更难得上一回门。自然，要把疏的招待好，让其领略这方土地的热情，这户人家的重情，以便其回到家族之中，言人之好。

在这天底下，恐怕只有遂川人在酒席上最讲究亲疏厚薄，长幼有序，辈分排行。从来都是将一顿酒席上的席位，上升为一个家族的"面光"。

面光，在遂川人的语境中，并不是耳光的意思，而是面子、脸面。所以，遂川人会说争面光，也就是争脸面。

到谁家里去吃席，有席坐，都会有老人交代，要坐有坐相，站有站相，不能失了面子。而且会在家里商量好，由谁去坐席。

当主人家开席的鞭炮响过，敬完天地神灵后，安席的人举着饭碗，提着烫壶，来到厅堂门前。而此时，带席的人早已经来到坐席的人面前，打躬作揖，说声"借光"。坐席的人就知道该上席了。随着带席的人在大门口站住，坐席的人看见安席的人将饭碗放到席位上，便随着安席的人鞠躬施礼而还礼。安席的人，毕恭毕敬，放碗、放筷子、斟酒、挪凳子，再来到坐席的人面前打躬作揖，坐席的人一一还礼，并随着带席的人来到席位上。

一席、二席、三席，中为大，左为二，右为三，一一安排好。遂川人，把这套安席的礼仪叫作"套序"。

人生一世，要讲的套序还有很多，比如在酒席上，安好席，坐好位置，开席上菜，前席大东会站起来，举着酒杯说，感谢各位亲朋好友前来，菜没有好菜，酒没有好酒，招待不周，还请原谅……而坐在席位上的人，会纷纷站起来表示，人情好，水也甜，感谢贤东。而斟酒的小辈，也会请示前席大东，酒如何斟，是一道菜一盅酒，还是一碗到肉，两碗到舵，敬酒另算。还有圆盅圆盅，满满咚咚。遂川人最讲究斟酒的套序，斟酒还必须是双数，吉祥数，要说出道道来，比如好事成双，就斟两下，四季发财，就斟四下。

套序，也是顺序、礼仪、下数，乱不得，一乱就体现不出尊重敬畏。如今的人，不懂得这些，总说套序太多，太过烦人。于是，席也不安了，礼也不讲究了，就来个"缩席"，意思是简单一点，再简单一点，情节减掉，礼仪减缩，直接把人往席位上带，直接让人坐下吃喝就好。一个个还大言不惭地说，要那么多套序做什么？却不知，你我皆是普通得不能再普通，平凡得不能再平凡的人，如果连一点套序、礼仪都不要，我们更会不懂得尊重，不懂得敬畏，没有本分，也没有担当。要知道，饭不乱吃，事不乱做，唯有发自内心的真诚、尊敬，才是最好，才能把席安好！

遂川人的饭局

遂川人的饭局，一般5天前就开始邀约。先是确定此次请客的主客与次客，然后在电话中与人约定什么时间、地点，敬请你来赴席。遂川人的话里话外，满是尊重。什么"打坏你的脚""耽搁你的时间"的话都从嘴里吐出来，就不像是他在请人吃饭，而是他在求人办事一样。这也充分体现了遂川人的真诚实在，总担心约好的人不来，所以，还会在饭局开始前的两天再次发短信通知，并再次提醒，在什么时间，在哪一家餐厅准时开席，敬请前来，本人也将亲自迎候。

这也就不奇怪，许多赴过遂川人饭局的外地人都说，遂川人特讲究，特讲礼道，唯恐客人没有吃好喝好。

遂川人的饭局一般都约在晚上，他们喜欢在晚上充裕的时间里，吃得开心，喝得从容。不喜欢在大中午请客，耽误客人的午间休息。同时，这也是一种有礼数的表现，更是一种遂川人请客心里永远只装着客人的表现。

每当到了约好的日子，遂川人在这天的上午还会再提醒一遍，他们不怕麻烦，就怕客人忘记赴约。遂川人爱面子，认为请了客人不来吃，是一件很失面子的事情。而越吃客人越多，才越有面子，说明混得开，混得好，有人捧场。

遂川人总爱说："吃能吃掉你什么？"

吃你一年才大一岁，吃你一餐放个屁。人情好，水也甜，会吃才是看得起你！所以，走遍大江南北，像遂川人这么好客，你还真找不出几个。

在约好的时间内，请客的人会早早来到餐厅，站在门口，把每一位客人都迎进房内。要请客的餐厅也是经过精心选择的，不但有遂川人喜欢的本地特色菜肴，还有过省过府都叫得响的一些硬菜。遂川人从不做"问过亲家来杀鸭""见人下菜碟"的事。他们总担心自己点的菜不够丰盛，餐厅不够档次，怠慢了客人。遂川人的饭局，从来都能让客人看到请客人家大方热情的一面，倾其所有也要让客人吃好喝好的一面。遂川人的热情好客，从来都是以客人为主，只要客人喜欢，自己手心里的肉能炒都会炒给客人吃。

席上的主位，从来都是留给最尊贵的客人。遂川人唯有坐在陪席上把客人陪好喝好，才是遂川人的本分。

饭局上要喝的酒，有从家里带来的去年用糯米酿就的冬酒，也有遂川人自己酿造的米烧，又或是醇香顺口的"雪绞风"。但客人真正想要喝什么酒，还得由客人自己来选，选好之后，开席的第一杯，肯定是会满上的。

满是圆，是完美，寓意好事好头好开始。

饭局上要敬酒，要斟酒，也不能是单数，得好事成双。要嘴里说着四季发财，斟酒四下；六六大顺，斟酒六下；像什么八福寿、久久长，那自然是斟酒八下和九下的意思。

东道不饮，客人不前。作为这场饭局的发起者、邀请人，肯定是要主动向前，向每位客人示好，向每位客人表达敬意与谢意。话在嘴上，情在酒里，先干为敬。遂川人喝酒、敬酒，都讲究实实在在，没有那么多虚头巴脑，只要是说了喝，就一口干。当酒过三巡，菜过五味，该敬的也敬得差不多，该要谢的人也都已经谢过之后，此时又有同桌的遂川人站起来，开始攀起亲戚来。你姓刘，他姓张，就会提到三国时的刘备张飞是兄弟。难道咱不能够是兄弟？为了兄弟感情再喝一杯。于是，一场本来就要偃旗息鼓的饭局，又掀起了新的高潮。县城只有这么大，谁同谁是老表亲戚，谁同谁都有说不清、理不顺、藤连藤的关系。所以说，饭局上喝酒的人，谁还没有一点故事，谁还没有一点传奇？于是乎，这一扯，话就长。从南到北，从古到今，从当年的刘邦，到近代的枭雄；从远去的成吉思汗，到近朝的一代天骄。古今多少事，皆在饭局中。

终于，天下没有不散的筵席，饭局到了最后圆终（盅）酒的时候，坐在陪席上的东道此时会站起来，举着杯说："感谢大家今天晚上能够前来捧场，菜无好菜，酒无好酒，对不起，招待不周，但来日方长。现在，就把酒杯里的酒喝干，作个圆盅。圆盅圆盅，满满咚咚。我们遂川人讲究圆满，讲究有始有终。饭局自然也不例外，酒杯是要满的。大家就请满饮此杯，再要用餐，就请用餐。"

在遂川人的饭局上，唯有喝过圆盅酒后，才会盛饭。遂川人懂得，没有喝完酒，就去吃饭，那是饭（犯）上，对长辈不敬，对父母不敬。所以，遂川人只有把酒杯里的酒喝干净之后，才会盛饭。

老话讲，"十里不同风，百里不同俗"。现在，你就可以从一场遂川人的饭局中，看到遂川人喝酒的风俗习惯，喝酒的豪爽，待客的真诚。所以说，遂川人的酒，永远喝不够，越喝越长久！

上屋头

每栋房子中堂正中的那块壁叫作"天子壁"。天子壁又叫"风水壁""子孙壁",是整栋房子最神圣最庄严的地方。一般这个地方会摆上一面明镜,摆上神台、香炉,摆上列祖列宗及自己父母先人的瓷板画像。

最靠近天子壁的地方,叫"上屋头"。

上屋头,是请客安席坐席的地方。只有最尊贵的客人才会被请到上屋头入座。能被请到上屋头入座的,一般都是母舅老表。老话说,"天上雷公,地下舅公"。唯有舅公才有上屋头坐。除了舅公,也只有母舅老表家里的人最大。

树是有根的,水是有源的。一个人从小到大都要懂得盐打哪儿咸,醋打哪儿酸,没有舅家,哪有自己?于是乎,红白好事,舅家成了最尊贵的客人。谁家办红白好事,都把舅家的人往上屋头领。上屋头,坐横凳凳,也就成了舅家的专利。

好在,他是你的舅,你也是别人的舅。大白好事都有做,人人皆是他舅公。所以,也不存在什么心理不平衡,他在你家坐了上屋头,你到别人家也同样坐上屋头。

在古时候，舅公的权力大，三句话不合，就敢掀桌子。现在的人，一般没有那么大的气性，睁只眼闭只眼也就过去了。要在以前，谁家母亲去世了，外甥前去母舅家报丧，先得跪在门前，把母亲过世前后的各种表现陈述清楚。母舅会问，是吃了走的，还是饿着走的？是笑着走的，还是难受走的？一句不合，没有讲好，大则棍棒伺候，小则耳刮子伺候。到了家里，也得细细看过，但凡听说待母亲不好，有虐待现象，那母舅绝不会善罢甘休，不但不允许匆忙下葬，必须停棺七七四十九天，还得等到母舅家所有的人消了气才行。如今这样的事几乎绝迹，说起来是陈规陋习，但对母舅家的尊重仍在。谁家老人去世，去报丧，家人都会细细交代：到了母舅家一定要好好说。

"好好说"三个字体现了对母舅家的尊重与小心。

其实，在遂川人的字典里，从来都是"饭不乱吃，事不乱做，席不乱坐"。席坐错了，坐乱了，也会闹出大笑话来，还会被人冷嘲热讽。不管是安席的，还是请客的，都会被人拿出来说事。人们会说，一个偌大的家族，难道没有能人？哪有席也安错的？

因为从小就受到这样的教育，我走到哪里，不管是否自己请客，都不会主动坐上屋头。遂川人，没有请客自己坐上屋头的道理。虽然我现在离开了遂川，但在行为方式上，仍然深深打着遂川的烙印。每次请客，我仍按照遂川人的生活习惯，将人请到上屋头坐，而我则坐在下屋头陪席的位置上。

下屋头，是相对上屋头而言。上屋头坐着的是尊贵的客人，那么下屋头坐着的自然就是陪客的前席大东。前席大东与上屋头的客人一样，都是通过打躬作揖请到席位上的。前席大东的任务就是把客人陪好，让客人开开心心地吃好喝好。

上屋头、下屋头、横凳凳，这样的名词如今很少从遂川人的嘴巴里吐出来了，但在遂川人的心里，把客人请到上屋头，坐在上席的习惯永远没变，因为唯有这样，才礼顺人情，天经地义。

韭　菜

　　80多岁的爷爷奶奶年纪大了，种不了更多的地，就把别的地分给了四个儿子，唯独老屋后面的土地，他俩不肯分，留下种韭菜。

　　韭菜，不用搭棚搭木架，也不用像一般的蔬菜那样，只种一季就要换种。韭菜种得好，可以三年五年才换新种。所以老话说，"韭菜割了一茬又一茬"。爷爷奶奶的这块种满了韭菜的土地，就叫作韭菜土。平时要吃饭的时候，看不到爷爷奶奶的身影，父母就会对我说："去韭菜地里把爷爷奶奶喊回来吃饭。"

　　我就到韭菜地里找爷爷奶奶。爷爷奶奶就蹲在韭菜地里，要么拔草，要么施肥。爷爷奶奶的韭菜地并不大，才八九十平方米，只有七行垄，垄台里全都种着绿油油的韭菜。有人说，韭菜不好种，不会种的人种出来的韭菜，像发虫鸡崽一样，长不壮实，又瘦又弱，一场大风就给吹折了，一场大雨就给打蔫了。爷爷奶奶是种韭菜的高手，种出来的韭菜，又粗又壮，迎风而立，笔直笔直。

　　春天气温升得快，韭菜也就长得高，一般长到快30厘米的时候，也就是到了割第一茬的时候。爷爷从床头拿出他的韭菜刀，先磨好。这把韭菜刀是爷爷特意让铁匠罗师傅给打的。

罗师傅的铁匠铺就在路边的池塘边上，原来是四里街上最热闹的地方，谁家的锄头、镰铲、菜刀、斧头等铁器坏了，都提到铁匠铺来，让罗师傅修补，又或是加点新铁，淬几回火，重新打上一把新的。罗师傅经常会拿起人家提来的锄头或是菜刀仔细查证，确认没有那个"罗"字的戳记，就会大声喊道："你这是买的谁家的锄头，这么不经用。要是我的，少说也新旧各五年。"不计较的人，会龇起牙齿来笑笑。计较的人会说："就你的好，上次买你一把新的菜刀，一剁骨头就崩了一个缺口。"罗师傅一听，就像是被开水烫了一样，忙道："你什么时候买了我的菜刀？我的菜刀不要说剁骨头，你斩铁也不可能崩出个缺口来。"那人气不过，回到家拿起菜刀就来找罗师傅。罗师傅不言语，而是拿起菜刀上瞧下瞧，左瞧右瞧，然后肯定地说："一定是你记错了，这不是从我这里买的菜刀。从我这里买的菜刀，这里有个'罗'字。"说着话，罗师傅从铁匠铺拿出一把菜刀，递给那人看。那人发现，菜刀上还真的有一个一笔一画写出来的"罗"字戳记。

可是，罗师傅打出来的菜刀贵呀，商店里一把菜刀才 10 块钱，罗师傅打一把菜刀要 30 块钱。30 块钱，能买 3 把菜刀，3 把菜刀还用不过你一把菜刀？于是，罗师傅没人喊了，提起他就是"老罗仔、老罗仔"，没轻没重，没高没低。罗师傅的铁匠铺从此三天打鱼两天晒网，有时候一个月也见不到一点烟火冒出来。

爷爷倒是对罗师傅的铁匠铺痴心不改，韭菜刀还非罗师傅打的不用。还说罗师傅打的韭菜刀顺手。好奇怪，就这么薄薄的一块铁片上一道斜口的韭菜刀，有什么顺不顺手的。可爷爷心里清楚，"工欲善其事，必先利其器"。他每回割韭菜之前，都要把这道斜口磨得锋利。在割韭菜的时候，一刀下去，韭菜被齐根割下，齐齐整整，茬口不拖泥不带水，没有一丝粘连。唯有这样，韭菜才能够长久地割下去，割了一茬又长起来一茬。割第一茬的时候，不要贴着根割，这样第二茬才能够长得快。爷爷的手知道轻重，更知道"留得青山赢得未来"的道理。所以，每回割韭菜，都得爷爷亲自操刀，他担心别人动手割，不懂得轻重，一刀深一刀浅，一刀就让韭菜伤透了心。

爷爷在前面割，奶奶在后面收。爷爷割下来随手摆放在垄沟上，奶奶一把一把收整齐放在竹篮子里。爷爷割好了，奶奶也收完了。接下来，就要开始择韭菜。

韭菜不好择，要一根一根梳理，要把藏在韭菜中间的烂叶子、黄叶子、枯叶子全部给择出来择干净。应该说，择韭菜是世上最麻烦又最枯燥的一件事情。我每择一把，都会想起身离开。爷爷奶奶就坐在边上，像是入定了一样，他们左手拿起一把韭菜，右手一根一根地梳理，先是把黄叶子、烂叶子清理干净，然后顺着韭菜秆用食指和大拇指轻轻一抹，雪白雪白的韭菜秆就露了出来。爷爷奶奶知道我们小孩子没有定性，坐不住，就采用奖励的办法让我们帮着他们择韭菜。爷爷奶奶说："不管是哪个，择一斤韭菜就给 5 分钱。"

择韭菜有奖励，帮爷爷奶奶挑河沙护养韭菜也有奖励，每挑一担沙，就给两分钱。相较于坐着择韭菜，我更愿意挑河沙。我们去挑河沙的时候，爷爷拿一个板凳坐在韭菜地旁边，我们挑一担，他就画一横，不一会儿，一个"正"字就完成了。为了能偷懒，我们会故意挑少一点，爷爷就会说，这担沙只值一分钱。

一听只值一分钱，我就想撂挑子，不挑了。可我不挑，别的孙儿都排着队等着挑。爷爷有 12 个孙子，13 个孙女，每一个都想着赚挑沙和择韭菜的钱。爷爷会说："饭要一口一口地吃，事要一件一件地做，韭菜要一根一根地择，不要急，都有份。"

可我那时候年纪小，心急，哪懂得爷爷奶奶是通过挑河沙、择韭菜来锻炼我们的心性。我们不择韭菜，爷爷奶奶也会择好，我们不挑河沙，爷爷奶奶买糠头谷壳灰也能够养护韭菜，还更有肥效。

每一年，谁挑了多少担沙，谁择了多少斤韭菜，爷爷奶奶的心里明镜似的，没挑河沙的，只要肯挑，都能轮到挑。爷爷奶奶说："不要急，慢慢来，就像割韭菜，一茬一茬来。"

又一年韭菜开花的季节，奶奶不行了，父亲与伯父、叔叔打开奶奶床边上的那只箱子，里面全是一毛两毛、一块两块的零钱。他们数了一个下午，终于数清楚了，1400多块钱。他们说，想不到这七行韭菜，竟然卖了这么多钱。他们拿着这1400多块钱，在说说笑笑中，把87岁的奶奶送上了山。

从此，爷爷奶奶的韭菜地，再也没长出过韭菜，而是建起了一栋房子。房子里有孩子在追来追去，传出开心大笑的声音。

堂伯的丝瓜

那些年，别人家的菜地种有苦瓜、南瓜、冬瓜、黄瓜、佛手瓜等，丝瓜只是其中的一部分。而堂伯家的菜地，放眼望去，搭起来的竹架子上，尽是一些晃晃荡荡的丝瓜，丝瓜占据了堂伯家的整个菜地和院子，以及房屋四周边边角角的土地。

在家里走进走出，全是丝瓜。这对堂伯这样爱丝瓜爱到骨子里的人来说是养眼，是开心。可对堂伯母来说却是单调、烦心。于是，在堂伯的家里老听见堂伯母开骂，骂堂伯种瓜种绝，想要吃点苦瓜、南瓜，还得去街上买。这可真是木匠门前无凳坐，篾匠屋里被晒谷。好在，堂伯任由堂伯母骂，也只是对着她嘿嘿直笑。伸手不打笑脸人，堂伯母拿堂伯没有办法，只能任由他把应该种别的瓜的土地，全都种上丝瓜。这些丝瓜悬挂于堂伯家的院子里，长长短短，招惹大群的野蜂飞来飞去，堂伯就坐在竹椅上，抽着铜烟杆，看着眼前长短不一、被风吹拂得摇摇晃晃的丝瓜，满脸都是笑意。

父亲说，堂伯之所以这么喜欢丝瓜，是因为丝瓜救过他的命。小的时候，堂伯经常肚子痛，痛得在地上打滚，呼天号地，他奶奶用丝瓜瓢烧灰喂给他吃，吃过几回就好了。从此，堂伯就爱丝瓜爱得要命，非得把家里的地全种上丝瓜不可。母亲则说，根本就不是这么一回事，而是有一年，堂伯种的一个丝瓜，足足长到一米多长，轰动了整条四里街，人人都争着抢着看稀奇，他们到了堂伯的地里看到这个丝瓜，都是一边看一边夸堂伯丝瓜种得好，会种菜。这让一生都站在低处，看人脸色的堂伯享受到了丝瓜传递给他的自信。从这之后，堂伯的生活里就少不了丝瓜了。

我不知道父母说的这些对不对，但我对丝瓜却颇有好感，觉得丝瓜在众多的蔬菜之中，算得上是一道好菜，不管是做汤还是素炒，都有一股子清甜而独特的味道。

《本草纲目》中记载："丝瓜，唐宋以前无闻，今南北皆有之，以为常蔬……嫩时去皮，可烹可曝，点茶充蔬。老则大如杵，筋络缠纽如织成，经霜乃枯，涤釜器，故村人呼为洗锅罗瓜。内有隔，子在隔中，状如栝蒌子，黑色而扁。其花苞及嫩叶卷须，皆可食也。"

陆游也说："丝瓜涤砚磨洗，余渍皆尽而不损砚。"可见陆游不是一个四体不勤的人，他懂得世间的事，知道丝瓜能洗砚台，还不损伤砚台。丝瓜络用来洗碗洗锅，那是再好不过的。现如今，网上还有好多商家卖丝瓜络洗碗刷，比清洁球好用得多，人人都喜欢它天然无污染、不粘油，能把锅碗瓢盆清洗得干干净净。

有一年，堂伯生了一场大病，在医院住了大半个月，哪还顾得上那些丝瓜。出院后回到家，只见一院子的丝瓜都老了，都成丝瓜瓢了。堂伯不由得有些伤心，觉得太可惜。原来卖不了的丝瓜可以自己吃，吃不完的，可以切好拌上面粉，放锅里蒸煮好之后，拿到太阳底下晒；晒干晒透之后，收藏好，等要吃了，可用油煎，也可用油炸，都是上等的下酒菜。可现在好了，都成了丝瓜瓢，谁还会要？哪知道，一个开杂货店的老板有一天来四里街吃酒，相中了堂伯一院子的丝瓜瓢，用5块钱一个向堂伯买。堂伯一算账，比直接卖新鲜丝瓜还划算。

从此，堂伯再不担心丝瓜变老的事了。

前不久，我回家，遇上堂伯母在街上卖丝瓜，我随口问她："堂伯在家里干什么？"堂伯母说："他还能干什么，种丝瓜，守丝瓜，画丝瓜。"我不由得惊着了，问堂伯怎么还画上丝瓜了。

原来，一个在村里驻点的大学生，看到堂伯一院子的丝瓜，不由得手发痒，便拍成短视频放到了网上。视频被一位画家看见，说太难得了，就跑到堂伯家里来写生，画丝瓜。画家还说齐白石画的一条丝瓜市面上要卖1000万，齐白石最好的学生娄师白也喜欢画丝瓜。堂伯哪里知道齐白石是谁，娄师白是谁，他只知道画家画的丝瓜也没有什么特别，他自己也能画。

于是，他还真的买来画笔，天天坐在丝瓜棚下画丝瓜。

那天，我在堂伯家里看到了他画的丝瓜。还别说，一条一条的丝瓜悬挂于藤蔓之上，一群小鸡正在丝瓜藤下追逐觅食。虽说堂伯的画比不上专业画家的画，但也妙趣横生，有一股子特别的野味。我问堂伯："画这么多的丝瓜画，你想干什么？"

堂伯一听，十分吃惊地看着我说："干什么？能干什么！不就是喜欢！我想画一画，觉得丝瓜在画上也让我开心，让我舒服。"

看来，堂伯是真的喜欢丝瓜。而我，想太多，想复杂了。

饭 甑

饭甑，又叫饭桶，只是"饭桶"常被用来骂人。说一个人像个饭桶，除了指他特能吃之外，也指他除了吃，任何本事都没有，无能又无用。

在这个世上，谁也不想被人骂作饭桶，谁都想在这个世界上找到自己的立足之地，立身之本。于是，一个个躬下身子，靠近土地，像一头牛一样深耕那片只属于自己的土地，等到回家了，就可以理直气壮地从饭甑里盛饭吃，而没有人敢骂你"饭桶一个"了。

一般人家里的饭甑都是用杉木做成，才能在被蒸煮之后，不翘不裂不变形，还有更重要的一点，杉木不会像杂木那样有异味；杂木在蒸煮时还可能会渗出树脂，从而出现"一颗老鼠屎坏了一锅饭"的事情。而杉木的香味与大米的香味，却是互相成就的，人也喜欢。一般的饭甑都呈桶状，上大下小，两侧各有托手的木耳。也有一些大的饭甑，像蒸米酒、做红白好事的饭甑，都有两块挖了圆洞的木板，从甑盖上伸出来，以便饭熟之后，插入扁担、竹竿，好扛起饭甑。

在以前的岁月里，家家户户都用饭甑蒸饭。老人说，用饭甑蒸饭，米才有堆头，才有嚼劲。用饭甑蒸饭，才能够让大米的作用最大化，让更多人吃饱饭。在那个以追求吃饱为生活第一需求的年代，唯有饭甑才有这个功能。别的蒸饭方式，都不能让大米的作用最大化。

用饭甑蒸饭，先得将大米淘洗干净，然后放入大铁锅里，加上水，用大火煮至七分熟，再用竹捞捞起，放入饭甑。然后将饭甑放入大锅，再在饭甑底部加水。加水也是一门技术，水少则易烧锅，水多却要浪费柴。

也有火再大，水再滚，蒸汽却到不了饭甑盖上的情况。此时，就必须要用长筷子插入米饭里，挑开几个洞，通了水汽，才能不吃夹生饭。

一大早，谁家要是饭蒸不熟，要吃夹生饭，那是大忌，这一天就会怄气，会吵嘴。我们家里每遇饭没蒸熟，老人都会夹起一筷子米饭，放入饭碗底下，由碗压住。也许，同时要压住的还有这一天的脾气，争取与人好好说话，好言好语好面色，从而可以不用怄气，不用吵嘴。

捞出大米之后的米汤，就像纯牛奶一样乳白，盛上一碗，与刚刚采摘回来的木槿花一起煮汤，那是再鲜美不过的。就算只喝纯纯的米汤，也胜过当下那些商店里卖的各种有机奶。

在夏天的早上，母亲都会将米汤盛在大钵头里，让小孩子当茶水喝。小孩子在外面疯玩渴了，推开厨房，拿起大钵头猛灌一口，此时，凉透了的米汤，甜丝丝地入喉，又解渴又养人。

家里用饭甑蒸饭时，还可以借助饭甑底下的滚水，将刚摘回来的空心菜、茄子、辣椒煮熟，然后捞起来，用油盐一拌，又或是将茄子、辣椒一擂，都是一碗不可多得的下饭菜。

那个时候，缺吃少穿，饭甑里除了米饭，最多的还有番薯丝或剁成块的番薯。偶尔会将腊肉或是米粉肉放在饭上一起蒸，这顿饭就如过年一般，吃得一家人嘴里流油，话里带笑，开心得像捡到了宝。

家里蒸饭的饭甑都比不上办红白好事用的饭甑，红白好事上用的饭甑，又大又笨重，要几个人同时抬才抬得动。这样的大饭甑动不动就蒸几十斤米，可供两三百人吃饭。自然，饭甑大，饭也难蒸，这就需要经常在红白好事上蒸饭的人，才能蒸出一甑好饭。

常言道："人是铁，饭是钢，一顿不吃饿得慌。"蒸饭无小事，吃夹生饭会被人时不时地提起，说是谁家做好事，给人吃的是夹生饭，人穷种变！

好在我们家有两位堂婆，对于蒸饭，有其独到之处。她们在捞饭的时候，用手指一掐大米，心中就知道还要烧几成火，是该抽柴还是该添柴。大饭甑放在大锅里蒸煮，她们拿起甑盖，一看甑盖上的汽水，就知道饭熟了没有，还要不要再蒸。她们蒸出来的米饭，个个都说好吃，吃了一碗还不够。一些客人，一边盛饭，一边说，还是大锅饭甑蒸的饭好吃。却不知道，我这两位堂婆为了蒸好一大甑的饭，早上4点就开始忙了，一身是汗。

我在读小学的时候，洗饭甑是我每个傍晚必做的事情。我将饭甑提到河边，把甑盖放到一边，再把甑底用竹锅刷敲出来。在甑底的缝隙之中，还留有饭粒，我扯下竹锅刷的一根细竹条子，将缝隙中的饭粒一粒一粒挑出来，再用丝瓜络一点一点洗干净。

这时候，落日的余晖正映在河水之中，河里的鱼儿正游来游去，远处的炊烟正袅袅升起，家门口又传来姐姐的大喊大叫："还不回来吃饭，洗一个饭甑，要洗多久？"

现如今，家家用上了电饭煲，饭甑早已经消失，我能记起的还是那河边洗饭甑的日子。

酸菜笋

春雷响，万物生。

惊蛰一过，春天的第一声雷在大地上空炸响，春笋也就从土里冒出头来了。此时，正是吃酸菜笋的好时候。一盘炒得好的酸菜笋，颜色分明，白的是笋，青黄的是菜。吃到嘴里，笋有嚼劲，菜够酸爽。而小竹笋又不同于大竹笋，小竹笋的爽滑、爽脆那是大竹笋所没有的。

一道正宗的酸菜笋，一定要用本地的酸菜。本地的酸菜不用盐腌，不用水泡，全凭自身的发酵，自身的变化。也只有这样的酸菜笋，不管是下饭，还是做下酒菜，都是这春天里的大自然对辛勤的人们最好的回馈。

在春天，一些人做艾叶米果也喜欢将酸菜笋作为裹料，把一道米果做成了艾叶饺子。这下子，艾叶饺子就成了这个春天慰藉自己最好的美食。一个艾叶饺子中，有艾叶的清香，酸菜的酸爽，竹笋的脆滑，吃在嘴里，满嘴都是菜味。此时，再加上艾叶米果特有的黏性，更增加了嘴巴的充实感，越吃越满足，越吃越想吃。

只是奇怪，这酸菜与别的任何一道素菜搭配在一起，怎么都无法产生与小竹笋搭配在一起的效果。只有酸菜与小竹笋的搭配，才是春天里的绝配。

而酸菜与小竹笋的相遇、相恋、相知，也只有在春天才能够上演这样的故事。

春天的蒌菜经过一个冬天的生长，正是做酸菜的好材料。砍回家的大蒌菜，在做酸菜之前，先得把蔸卸下来。蒌菜蔸削了皮，用来煮腊肉，那也是一道非常美味的家常菜。家家户户做酸菜取的都是蒌菜叶、蒌菜秆和蒌菜心。此时有些蒌菜随着南风一阵一阵地刮，开了花。蒌菜的花就像油菜花一样，金黄金黄的。只是，蒌菜如果不做种，蒌菜花是一点用处也没有，要掐掉的。蒌菜花秆，也可以生吃，我们小的时候没有什么零食，经常会到菜地里掐下蒌菜秆，用指甲小心地挑掉皮，然后津津有味地吃掉。

那些年，家里做酸菜都是用专门的坛子来做。酸菜坛子与酒坛子一样大，但做过酸菜的坛子千万千万要分清，不能再去装酒，否则酒就会变成醋。有一年，我父亲就犯了这样的错误，用一个做过酸菜的坛子装酒，等到开坛时，一坛好酒成了醋，后悔都来不及。家里做酸菜，母亲经常拿一个大竹匾，将晾好的蒌菜堆在竹匾里，然后开始用力剁蒌菜，剁得又细又匀称，再把剁好的蒌菜装进坛子里，装一层，用洗衣服的木棒槌用力地往下压，往下挤。有时候，还会让我们洗干净脚，站在坛里往下踩，放一层，踩一层。我们脚上都是踩出来的菜汁。把菜里面的汁水都挤干净，再倒过来放在地上，坛口再堆放沙子。这时候，一坛子剁好的蒌菜就在流逝的时间里慢慢发酵，一直发酵到成为地道的酸菜为止。

酸菜在开坛的时候，也充满了戏剧性。大人往往不知道自己精心制作的酸菜是否已经发霉变质，又或是沤出了长白泡泡的臭菜。如果此时开坛闻香，扯一点菜放进嘴巴里，酸酸甜甜令人口齿生津，那是再兴奋不过了。卖酸菜的时候，人家会问一句："你的酸菜香吗？"又或是："酸吧？"卖酸菜的人都会底气十足地指着自己的酸菜说一句："你吃，不好不要钱！"

这样的酸菜，不管是做酸菜鱼，还是做酸菜炒大肠，都是上等的食材。只是，近些年，很难看到又香又酸的酸菜了。有的也只是一些人放在矿泉水瓶子里，或是可乐瓶子中制作的酸菜。这样的酸菜，远不如陶土坛子制作的酸菜纯正醇厚。

那些年，母亲用大坛子做酸菜，从不担心酸菜吃不完或是卖不完，因为多余的酸菜可以直接拿出来晾晒，晒干后，就是上好的梅干菜。我们也叫它"几菜干"。这样的几菜干，在做扣肉的时候，放在扣肉底下，那是再好不过的。

也唯有这种色泽金黄，香气扑鼻的几菜干放在扣肉底下，才能吸足扣肉的油和汤汁，让自身丰盈起来。夹一筷子放进嘴里，立马就能感觉到此时的几菜既有扣肉的香，又有几菜的脆，还有几菜特有的味道。尤其是将扣肉底下的几菜拌在饭里，霎时间就让人胃口大开，越吃越觉得味道无穷，越吃越觉得香味醇厚。

几菜干汤，也是让人舍不得放下的一道汤。这道汤看起来食材简单，只有几菜干，但在大夏天胃口不好、什么都不想吃的时候，来一碗几菜干汤喝下去，立马就胃口大开。几菜干汤，还能够治腹泻，尤其是放了几年的几菜干煮汤，对小孩子的腹泻很有效果。那些年，我年年夏天都要买好多几菜干煮汤，就为了开胃。只可惜，现在很难遇上那种抓一把，放在鼻子前，香味直冲全身的几菜干了。

春天来了，酸菜炒笋，才是真正春天的味道，家常菜的味道。

走，到农贸市场去看一看，哪家的酸菜好，哪家的小竹笋鲜。

木槿花

　　中国人种木槿花应该很早，《诗经》里就有"有女同车，颜如舜华。有女同行，颜如舜英"的描写，舜华、舜英指的都是木槿花。"槿篱疏复密，荆扉新且故"，是南朝诗人沈约的诗，可见南北朝时期，就有人懂得种木槿做绿篱墙。

　　四里街上，以前经常能见到木槿篱笆墙，挡禽畜进菜地，还可以当作围墙界址。

　　记得有一年，父亲在右溪河岸边上开出了一块菜地，可惜菜地离河太近，每年春夏之交一发洪水，菜地就被沙土掩埋，还把界址冲得无影无踪，与别人的菜地扯连到了一起。父亲为了这块菜地的界址，经常同人争出牙齿血。

　　后来，父亲学乖了，也沿着界址种了一排木槿花。木槿花皮糙肉厚，遇土就长，很快就长成了篱笆墙，再大的洪水退去之后，木槿花照样生长。这块菜地再也没有出现过为了界址争闹的事情。

　　看来，中国人种木槿花，不是为了观花，而是为了实用。种木槿花，只要砍下木槿花的枝条插在土中，一下子就活得比任何植物都有生机。虽然到了夏天一树的花朵很好看，但没有几个人会前去欣赏，都已习以为常。木槿花可食用，味道好，也没有几个人会去采摘用来做菜打汤。

唐代诗人孟郊写过"小人槿花心，朝在夕不存"，这也就不奇怪为什么有人把木槿花称为"朝开暮落花"，意思是木槿花大清早含苞待放，到了太阳落山，木槿花就跟着凋落。李时珍在《本草纲目》中也说："此花朝开暮落，故名。日及，曰槿、曰蕣，仅荣华一瞬之义也。"也正因如此，要采摘木槿花来食用的人，都是一大清早就去采摘。将采摘回来的木槿花清洗干净后，就可以做成一道道的美食。

那年夏天，我在闽北的一个村庄里，每个早上，都能喝上浓稠的米浆和木槿花熬出来的米汤。这样的米汤喝在嘴里，爽爽滑滑，充满了木槿花特有的清香，尤其是木槿花咬在嘴里的时候，更有一种特别清爽的口感，以及一嘴的花香。

回到遂川后，在夏天的早上，我也学会了从父亲的菜地边上的木槿树上采摘木槿花用来熬粥。添加了木槿花的白米粥尤其清爽，吃在嘴里格外滑腻，尤其是夏天的早上，有这样的一碗木槿花粥垫底，一整天都神清气爽。

木槿花还有与南瓜花一样的做法，沾上米粉，做成花蔬，用油炸，吃起来又脆又香，像是吃炸薯片一样。

在接下来的日子里，我还吃到过木槿花炒肉、素炒木槿花。去年，和一位中医一起喝酒，他听说我酒一喝多就胃酸反流，对我说："你可以多食木槿花，木槿花治反胃有奇效。"我去翻书，才知木槿是个宝，它的花、果、根、叶和皮均可入药，均可治病。

只是，现在的日常生活中，已很少见到木槿花的身影，饭桌上更是难以碰到。不知道是土地都盖成了房屋，人们不再需要用木槿花做篱笆墙了，还是饭桌上有了更多的奇花异草，早已经不再需要木槿来凑数。唯一让我欣慰的，是在我想起木槿花的时候，唇齿间还能一下子想起那种滑滑爽爽的感觉。

苦　瓜

小的时候不爱吃苦瓜，嫌苦瓜太苦。虽然父母老说，夏天吃苦瓜好，能清热解毒，能消火祛暑，能养肝明目，能益气清心，能……父母说了那么多的好处，但我仍然不肯吃，每看见桌子上有一碗苦瓜，就皱眉。父母干脆就说："这么一点苦你都吃不得，你这一辈子会讨饭。"

我这辈子，饭倒是没有讨过，却慢慢发现生活中比苦瓜苦的事情实在太多。吃点苦瓜的苦又算得了什么，于是吃起苦瓜来了。慢慢地越吃越爱吃，越吃越觉得在所有的蔬菜里面，苦瓜才是真正的君子，它与什么材料一起搭配，一起炒，一起蒸，一起煮，都不卑不亢，不争权，不夺势，不随波逐流，更不带偏别人。苦瓜与肉也好、鱼也好、海鲜也好一起烹煮的时候，苦瓜仍是苦瓜，它苦的是自己，香的是他人，绝不越界，绝不传染。

人生在世，直到现在，我还没有听说过，苦瓜炒肉，肉变苦了，苦瓜炖鱼，鱼变苦了。苦瓜就是苦瓜，苦自己，绝不影响他人，更不因为自己苦，而想着也让别人跟着苦。这也就不奇怪那么多人都喜欢苦瓜，把炒苦瓜当作君子菜了。

由苦瓜我想到一个叫老拐的邻居。他惹事不断。父母经常交代我，少和老拐来往，可我又爱和老拐玩，总觉得老拐身上有我没有的江湖气息。可每回跟老拐玩，老拐都和我说，你可别学我的样，我是没有办法，身在江湖，心不由己。小学五年级，我见老拐在学校外游荡，也想跟着他一起逃学，他却凶我，不但不肯带我，还说我要是跟着他，他就不和我玩了。后来，我初中毕业，见老拐在社会上打打杀杀，当大哥，到哪儿都吃香的喝辣的，屁股后面跟着一群小弟，就觉得这样的生活才过瘾，这样的生活才是一个男人应该拥有的。于是，我也想混进去。老拐把我请去喝啤酒，对我说："我是没有办法，才走上这一条路，你如果也要这样，以后就别怪我不讲兄弟情分。"他还说："我不但会让你混不下去，我还会不理你了。"我很倔。老拐火了，指着一箱啤酒说："你全喝了，我就同意。"我自然是喝不下去，回了头，不再想打打杀杀的事，也不再做混社会做大哥的梦。那一年，老拐进了班房，我去看他，他笑着对我说："这就是我的命，你现在看到了。"

我是看到了，也看到了像苦瓜一样的老拐，虽然自己苦，却不愿意我也跟着苦。

去年，我在医院住院，医生对我说："回去以后，多吃些苦瓜。苦瓜对心脏好，对高血压也好。"我说："苦瓜真的有这么好吗？"医生说："苦瓜有这么好。不但苦瓜好，可以入药，苦瓜藤也可以入药。"

苦瓜藤能入药，我还真的是第一回知道。我只记得小时候，爷爷奶奶爱种苦瓜，一种就是几行菜畦，菜畦上搭起的苦瓜架，爬满了长得疙疙瘩瘩、风一吹就摇摇晃晃的苦瓜。到了秋天，苦瓜藤干了，就扯下来烧成灰，又撒在土里，也不见爷爷奶奶拿来做药用。看来，苦瓜藤入药，是只有医生才知道的事。

今年夏天，我记住了这位医生交代我的话，就时不时吃一顿苦瓜，越吃越觉得苦瓜的苦是真正苦口婆心的苦，是清苦，是可以言说的苦，这样的苦能让人接受，让人喜欢。它不像我们生活中的苦，许多都是说不得的苦，只能一个人默默承担，于深夜辗转反侧，暗自叹息。

　　但不管是哪一种苦，一个人承受了，就还真得像苦瓜一样，只能苦自己，不能苦他人。这才是真正的君子苦，君子所为。也不知道为什么，写到这里，我又想起了老拐，不知道走出班房的他，现在过得怎么样了。

家族里的文化人

　　一生大字不识一个、扁担倒了都不知是个"一"字、吃饱了没文化的哑巴亏的爷爷，一口气把我大伯、我爹，还有我三叔都送进了私塾，让谭润之先生开蒙。哪知没过一个月，谭先生就对我爷爷说，万坎公，不是我驳你面子，令长子和二子真的不是读书的料，你领回家去，唯有三子，才是孺子可教也。

　　接下来，大伯跟随爷爷挑脚，成了一名走乡串圩的脚夫；我爹拜师欧阳铁，成了一名大字不识一个的木匠。而三叔，先是读私塾，后又读师范。师范刚读完，就在省城遇上了解放军，三叔家也不回了，就一头扎向了解放军，跟着解放军向海陆丰进军，成了部队的一位文化教员。海陆丰一解放，他又跟随部队到了鸭绿江，军服的胸口上刚缝好"中国人民志愿军"的标识，就传来板门店谈判成功的消息。板门店签订了停战协议，三叔不用入朝了，他回到了家乡，成了一名小学教师。

　　三叔先是在泉江小学教书，后来又去了盘珠小学，又从盘珠小学到了底下的村小。别人是越教越接近县城，三叔是越教越在远离县城的盘珠乡打转转。有人说，这与三叔的性格有关。他性格太硬，宁折不弯，领导不喜欢。好在三叔也不计较这些，他总认为，到哪里都是教书育人，只要行得端坐得正，又何须屈尊畏谗言？

这是文化人的性格，也是三叔的性格。

那些年，家族中有任何需要写字的地方，都会想到三叔，把三叔找来，听听三叔的意见，或是由三叔来执笔，写下令人信服的文字。有些不是我们家族中的人，也很认可三叔的文笔，也会把三叔找来执笔。

记得有一年，四里街上的一伙当家人坐在我家老屋的大厅里面，让三叔帮忙写上访信，申诉我们四里街吃商品粮的问题。我们四里街原来是吃商品粮的，可由于一位领导要出成绩，要在"下放"的人数上放卫星，超过别的县，就硬是自作主张把四里街一条街的人改成了定销粮，变成蔬菜大队的社员。定销粮一毛四分七，商品粮一毛三分八，一斤粮食相差九厘钱的差价。九厘钱的差价伤透了四里街一街人的心，更难受的是从此县里招工，再也不会向四里街吃定销粮的人伸出橄榄枝了。

三叔在信上写道："多少四里街的孩子因为定销粮而害了一生，他们在大街小巷里游游荡荡，神出鬼没，有些走上了歧途，跌落了深渊……"那些孩子走上了歧途的家长，听着三叔念出的上访信，不由得流下了眼泪，说："定销粮害死人啦，招工都没人要，我们土地又少，自己都不够种，让我们的孩子去干什么，干什么？"他们一边说，一边抹眼泪。

那些年，三叔到底写了多少封这样的上访信，没有人统计过。同样，三叔给多少家族里的人写了多少信，也没有人统计过。

其实，到了二十世纪七八十年代，家里读书的人慢慢多了起来，也懂得了一些文字上的处理，但家族里的那些老人，还是选择三叔，他们认为三叔才懂得人情世故，懂得高低上下，懂得文字的力量与温度。尤其是一个人老了，需要祭文时，更是会想到三叔。三叔笔下的祭文，更有人情味，更能够写出那些在世人内心深处的哀思与真情。

现在我仍然记得，奶奶的葬礼没有请"礼生"，而是三叔与三叔的同学，也是我们大家族中的那群文化人之一，他们站在奶奶的灵前，用声情并茂的哭腔念出祭文，直达人心。他们一唱一应，哭喊出："鸣炮三声，鸣金三点，吹大乐一曲……" "呜呼我母，驾鹤归真……谆谆教诲，耳畔犹闻；音容宛在，笑貌永存。母亲恩德，山高水长；乌鸦反哺，羊羔跪吮。生离死别，忧心如焚；不孝儿女，刻骨铭心。已失天颜，无处觅寻；呼天不语，唤地无音。顿足捶胸，回天无门；纸灰飞扬，地暗天昏……呜呼！尚飨！……"是他们作为人子，是他们内心深处最真实的声音，这样的声音才能够引发共情共悲。

泪涕俱下几时休，何家没有痛心人？

好在那样的日子里，有三叔这样的文化人，让深陷悲伤的人看到这人世间别样的温情。三叔他们的身影总是出现在家族中的各类红白喜事上，他们总是用最慰藉人心的语言来安慰那些不知所措的人们，告诉他们，月有阴晴圆缺，人有悲欢离合，此事古难全。

三叔他们这样的文化人还是一个家族中的礼道维护者，他们在一场红白喜事中，身体力行地告诉晚辈或者同辈，要有敬畏之心，要有上下高低，要知天知地知道醋打哪酸、盐打哪咸。

三叔走后，我的一位堂哥又站了出来。他读过中专，深通人情冷暖，他愿意俯下身子为这个家族服务，为家族凝聚人心，让温暖伴随同行。

记得父亲在世的时候说过，一个家里，兄弟姐妹再多再少，只要有一个人站出来抵门风，这个家就不会散。

的确，当我这位堂哥也离开人世后，我的四哥又站了出来，他也是老师，也读过师范，在他的骨子里，也有古代文化人的情怀。他知道，一个家族中一定要有人站出来！

也不知道是哪位名人说过，一个人有没有文化，并非看他的学历高低。有学历的人，不一定有文化，没学历的人，不一定就没文化。读很多书，有很高的文凭，和有没有文化，有时完全是两码事。

　　而我更想说，那些行走在这个世上的文化人，他们真正具有的不是知识，而是大爱、仁义、和谐、勤俭、质朴、哲理法则、东方君子精神、圣人思想等光明正大的能量。从他们的身上，我们能够看到人性的光芒，正在照亮我们前行的路。

刀 豆

这世上，每个人都具有两面性或是双重性格，一面是魔鬼，一面是天使，就看自己如何把握，是魔性多一点，还是人性多一点。刀豆也一样，也具有两面性，一边是《本草纲目》中的"温中下气，利肠胃，止呃逆"，是"益肾补元"的良药，一边又身含毒蛋白"凝集素"，一旦没有煮熟，就能毒翻一群人，让你上吐下泻，天干地漏，不死也要脱层皮。

而刀豆的吃法实在是乏善可陈，除了炒就是凉拌，或是泡在泡菜陶罐里，让刀豆的身子慢慢变软，让醋入味，变成人人爱吃的酸辣刀豆。可还是有许多人认为刀豆皮糙肉厚，煮起来比别的菜更浪费柴火，都不爱种它，都觉得有它没它无所谓。

我们家也不爱种刀豆，尤其是父亲完全把控了家里的菜地之后，更是根据自己的喜好来种各类蔬菜，他喜欢的就多种，他不喜欢的就丢开。父亲原本是一个木匠，但在他退休之后，迅速成了一名菜农。这应该归结于他的血脉里有菜农的基因，他从小到大的生活都与菜园子息息相关。他的父母，也就是我的爷爷奶奶，一辈子都是种菜的，一辈子都在侍弄土地，春种白菜，夏种茄子。只可惜，父亲有这么得天独厚的优势，他种的菜还是没有大伯种的好。

　　大伯对菜园的喜欢，从他抽支烟都要站在菜地才能够抽出笑脸，就能够窥见一斑。大伯抽的是自己卷的喇叭筒。以前大伯喜欢抽烟斗，抽完就挂在厅堂里的墙壁上。一天，我和堂哥忽然对墙上的烟斗产生了兴趣，就用锄头把把烟斗给弄了下来。我俩先是学伯父把烟斗叼在嘴里，得意地走来走去；后来觉得不过瘾，就把烟斗伸进尿桶里面吹泡泡玩。吹够了，吹累了，又把烟斗挂回墙壁上。伯父从菜园里回来，没有发现烟斗有什么异常，他仍是不紧不慢地拿起烟斗，装上烟丝，一抽，才发觉有一股子尿臊味直冲喉咙。他立刻明白了是怎么回事，跑进房间揪出我来，狠狠地在我头上给了两个"板栗"，还要我把烟斗拿到河里洗干净。

　　被尿浸泡过的烟斗又怎么洗得干净，何况一想起来，也没有再抽下去的兴致了，于是，大伯就卷起了喇叭烟抽。每回要抽烟的时候，他都蹲在菜园子里，慢慢卷，卷好后叼在嘴里，点着后，狠狠地抽上一口，再徐徐地把烟雾吐出来，然后无比满足地打量着自己的菜园子。菜园子就是他的命，一天不进菜园子，他一天都难受。唯有进了菜园子，他才全身都是劲儿。哪怕是生病了，起不了床，他心里惦记的仍是菜园子，仍是哪个地方的苦瓜要摘了，哪块地里的白菜要浇水了。

　　大伯种菜，在四里街上都算得上是一号人物，他种出来的任何菜，都比别人的水灵，看着都有一种垂涎欲滴、想要送进嘴里的感觉。

　　自然，如此热爱种菜的大伯，菜园子里什么菜都有，除了有刀豆，还有黄瓜和甜瓜。好多人都说，大伯种这些，是为了讨好大伯母。大伯母喜欢制作刀豆浸坛，也喜欢吃黄瓜和甜瓜。

　　大伯与大伯母的爱情故事，有点像富家女和穷小子的故事。大伯母家是地主，大伯却是一穷二白的贫农。当年两个人怎么会走到一起？大伯沉默寡言，三棍子敲不出一个响屁来，自然不会说。大伯母则说是父母之命，媒妁之言，否则哪会嫁给这么一位"木牯苊"？大伯母说的时候，无比后悔，仿佛不与大伯一起，她的人生会更精彩。

　　大伯在大伯母的嘴里，从来都是以木兜、木人、木牯兜来代替。一说起大伯，大伯母就满是火气，满是委屈，她说这辈子瞎了眼，怎么就嫁给这么一个木人。这时候，大伯没有言语，只是用很无助的眼神看着大伯母，就像孩子一样。

　　说起来，大伯应该是我们家族当中最寡言的一个，也是最老实的一个。没有几个人能够走入他的内心世界，他一辈子除了与菜地打交道，勤勤恳恳种菜、卖菜之外，就真如大伯母说的一样，是担粪都不懂得偷粪吃的那种人。可又正是这么一个人，懂得大伯母爱吃什么，该种什么。

　　每当大伯将收获的鲜嫩黄瓜、甜瓜洗干净，摆在大伯母的面前，大伯母就变得无比温柔，看大伯父的眼神也变得娇媚。

　　有一回，大伯母将浸泡好的刀豆给我吃。我看着手里的刀豆，一边吃一边问大伯母，你还说大伯不好，不好怎么会种刀豆给你？

　　大伯母一下子笑了，笑得那么开心。笑过之后说："他知道我好这一口，才种的。他也就这么一点好，才让人舍不得。"

　　看着开心的大伯母，我忽然间想，人也好，刀豆也好，都是一样。不管怎么被人认为不好，但只要他身上还有一点好，有一点让人舍不得、放不下的内在品质，人就会记住他一辈子，也就因为这点好，而不放弃他。

　　否则，今天，我们就有可能看不到刀豆的影子了。

冬　瓜

有一件事，我一直弄不明白，同样是瓜果蔬菜，为什么冬瓜要搭架子，丝瓜要搭架子，要拉绳，苦瓜也要拉绳搭架子，南瓜却不需要，西瓜更不需要，可以满地爬，满地长。

这到底是为什么？

我问正在给冬瓜搭架子拉绳的父亲，父亲很不耐烦地对我说："去拿把锄头来，刨根啦。"然后朝我一挥手，意思是走开，少烦他。父亲一向不喜欢我问一些让他答不上来又莫名其妙的话。

我也觉得自己够莫名其妙的，冬瓜搭不搭架，南瓜要不要搭架，这种事有那么重要吗？谁家种冬瓜种南瓜都只是指望收成好，多结瓜，结大瓜。

有一年，我家有一个冬瓜长得比小猪崽还大，70多斤，摘下来，要两个人抬。这么大的冬瓜，成了稀罕物，许多人都跑来我家上屋头看。上屋头还摆了一排冬瓜、南瓜，有我们家的，也有伯父家的，还有叔母家的。摆在一起，却从来不会乱掉，或者是拿错。只有我们小孩子怕弄错，在自己家的冬瓜、南瓜上做个标记，用小刀刻一个"森"字，因父亲的名字中有"森"字。而大伯家刻的是"椿"字，叔父家刻的是"林"字。看着用小刀刻出的字，大人会笑着骂我们："蠢咯蠢绝，几个瓜，谁会拿错？"
何况，伯父家的永远会放在左边，左为大，我家留下一些空当依着伯父家
的摆放，然后都是按顺序来，从左到右，依次是"椿、森、林、根"，哪
会乱？就算是真的乱了，也不就是几个瓜吗？可小孩子哪懂得这些，只会
一味地护着自己家的东西，生怕有个闪失。

瓜大好做种。

这个 70 多斤的冬瓜，好多人都向母亲建议要留下来做种，明年好来讨
点冬瓜苗。母亲愉快地答应了。可怎么把这个冬瓜卖出去，取回籽却成了
一道难题。这么大的冬瓜，拿到市场上去卖，一刀切开来，卖不完，一不
新鲜，就讨人嫌，最后就得烂。这不比平时，瓜小，自己家想吃，或是拿
到市场上没有卖完，拿回家里，可以分着吃，每家送上一块，先送伯父、
叔母家，送了还有多的，就往左邻右舍送。这天晚上，就能闻到好几户人
家炒冬瓜、煮冬瓜的香味。

白水煮冬瓜，自然是没什么味道的，要是放点儿精肉或是排骨一起煮，
那味道一下就鲜美了起来。肉里有了冬瓜味，冬瓜里有了肉味。说起来，
夏天吃冬瓜，除了能清热解暑外，还能利尿消肿。只是冬瓜的做法比较单一，
除了红烧冬瓜，或与排骨煮汤外，还真的想不出有什么特好的吃法。但我
的一位邻居大婶，她会做冬瓜糖。

每年夏天，她都把自家种的冬瓜切成条，放进锅里煮，等冬瓜肉煮到
透明透亮时就捞起来，放在清水里洗去黏质，等到这一切做好并控干水分
后，就放到太阳底下暴晒。当晒到半干半湿的时候，再把冬瓜条放进面盆
里面拌白糖。一边撒白糖，一边搓冬瓜条。当所有的冬瓜条都有了糖味后，
才在团箕里摆均匀放到大太阳底下继续晒。

每回见到邻居家开始扛着冬瓜条放到院子里晒，我就开始谋划，怎么
样可以神不知鬼不觉地把她们家的冬瓜条偷到手。我总是趁大中午她们家
的人都去睡午觉的时候，以百米赛跑的速度翻过她们家的围墙，跑上前去，
抓上几根冬瓜条，又迅速翻过墙，跑回家，找个没人的地方，拿出冬瓜条，

慢慢放进嘴里，细细地咀嚼起这种已经没有了冬瓜味，变得软绵爽口，又有一股清香清甜的滋味在喉咙间游走的冬瓜条。

每回被偷过冬瓜条之后，邻居大婶就会站在她家的院子里破口大骂，而我，从来都是左耳进，右耳出。

有一天，我又偷了邻居家的冬瓜条，刚要把冬瓜条塞进嘴里，母亲就推开了房门。看到我手里的冬瓜条，母亲不由得叹气道："你做一些让人骂的事干什么？家里是少了你的吃，还是少了你的穿？"我不知道怎么回答，竟然说："谁让你不做冬瓜糖？"

第二天，母亲将那个70多斤的大冬瓜都切成冬瓜条放进大锅里煮，然后也像邻居大婶一样，拌上白糖，用力地搓，搓好之后放在太阳底下，足足暴晒三天后，全部堆到了我的面前，对我说："这回让你吃个饱，让你吃个够！"

从此，我见到谁家晒在外面的东西，都不会乱动，更不会想着偷回家。因为，我总觉得母亲的眼睛，就在我的身后看着我！

苋　菜

　　有一天我走在路上，忽然听见一个父亲对自己的儿子说："我现在嘴巴都说出了血，你还以为是苋菜汁，等以后你长大就晓得苦了，你……"一下子我就呆住了，不知是为这么形象的语言文字，还是为如此苦口婆心的父亲，反正我的大脑之中一下子就出现了红红的苋菜汤的画面。

　　这种像血一样红的苋菜汤，是小时候的最爱。我喜欢把苋菜汤拿来拌饭，让一碗白米饭霎时间全部变成红色的。我觉得吃红米饭是一件很爽很酷的事情，可以端着碗向小伙伴炫耀，问小伙伴知不知道这是什么菜。只可惜，家里不常吃苋菜，不知道是苋菜不好种，还是苋菜没来头，又或是苋菜在炒不好的时候，还会发苦发涩，不好吃。而我为了能满足自己吃上苋菜的愿望，老是在春天播种的时候，故意问正在撒菜籽的母亲有没有下苋菜种。母亲会说："种什么种！苋菜又没来头，又卖不起价钱。"

　　的确，作为菜农的母亲，她想得更多的是种下的菜能有多少收成。像瓜类，摘了又会长；空心菜，也一样，是摘了又长，长了又摘；韭菜，更是割了一茬又一茬；只有苋菜，只长一季，还没长多高就得拔了。人吃苋菜，也就是吃个鲜，老了，就没有人要了。也有人说："鲜苋菜是个宝。六月的苋菜，胜过鸡蛋；七月的苋菜，金子不换。"可就算是个宝，谁买菜也不会把苋菜当成宝贝来买。卖苋菜的更是用草绳一绑，论把卖，称都懒得称。

这世上，与苋菜一样不受人待见的还有马齿苋。直到现在我也想不明白，从不见马齿苋的种子，可是在被父母翻过好几遍的菜地里，每当下过一场大雨过后，就会有马齿苋冒出来。这种像野草一样，叶片扁平，伏地而长的植物，通常会长在种了茄子和辣椒的垄沟里面。一开始长得无声无息、谨小慎微的马齿苋，一旦所有叶柄像八爪鱼一样长开，长出长长的触须，并深深地扎入土地的时候，就变得肆无忌惮起来，像是所有的土地都是它的一样。

父亲见不得马齿苋的身影，一见就当成野草给消灭了。而我每次都对父亲说："马齿苋是很好的东西，你让它长，长好之后，会是一盘好菜。"

"好菜？"

父亲总是轻蔑地看我一眼，然后当着我的面，把马齿苋连根拔起，丢到院子里与别的野草一起在太阳底下暴晒；晒干的马齿苋又和别的野草一起被点燃，烧成灰烬，再被父亲撒在菜地里。

后来，我用实际行动打破了父亲对马齿苋的成见。分家之后，我每次到菜市场去，看到有马齿苋卖，我都会买回家，炒着吃，拌着吃，煮汤喝。我还对几岁大的儿子说："马齿苋真的是好东西，很神奇，有清热利湿、解毒消肿、消炎、止渴、利尿的作用。你多吃一点。"

说这话的时候，父亲就坐在另一张饭桌上，他听着我的话，看着我把马齿苋夹进儿子的碗里，看着儿子津津有味地吃。我不知道父亲当时是什么样的感觉，但从这以后，他就不再把马齿苋当成野草，而是在马齿苋长好之后，拔回家丢在我的面前，一句话也不说，转过身就走了。

我每回看着父亲转身离开的背影，就会想起他当年拔马齿苋丢到太阳底下时的情景。我做梦也想不到，年纪越长的父亲，心反而越柔软，终于听得进别人说的话。

在四里街上，有一个姓马、外号就叫"马齿苋"的女人，有人说她的命同马齿苋一样硬。她从深山里嫁到四里街上的那一年，才20岁，正是大好年华，却因为家里穷，嫁给了比她足足大15岁，还瘸着一条腿的男人。这个被人叫"拐子"的男人，不喝酒的时候，同四里街上别的男人一样，日出而作，日落而息；可一喝了酒，就像变了一个人一样，耍酒疯，打马齿苋，把马齿苋打得鼻青脸肿，好几回都要去跳泉江河，还好被另一些女人拉住了。马齿苋对着这群女人大喊："不要拉我，让我去死！"拉她的女人说："要死还不容易？活，才难！可再难，也得活呀。"

于是，马齿苋就咬着牙忍受着活。

没过多少年，拐子在一次喝醉酒后，一脚踩空，滚进一口水塘里再也没有起来。许多人说，这下马齿苋好了，可以再嫁了。可马齿苋却没有再嫁，而是又当爹又当娘，把年幼的儿女拉扯大，把家中的老人送上山。

终于，马齿苋的儿女都大了，娶的娶嫁的嫁。人都说，马齿苋的好日子要来了，守得云开见月明了。谁知道，马齿苋的儿子有一天开车回家，觉得累，就把车停在马路边上，说歇一下。这一歇，就歇过去了——心肌梗死发作，救都来不及救。

儿子走了，儿媳妇跑了，丢下了两个孩子，马齿苋又像是转起来就停不下的陀螺，天天围着这两个孩子转，都已经70多岁的人了，还天天在地里忙。有人说，人生最大的不幸，是丧夫丧子之痛，马齿苋都经历了，然而马齿苋却没有倒下。两个孩子跟着别人一样，"苋婆""苋婆"地叫着，马齿苋张着一粒牙齿都没有的嘴，笑着回应。

最快的就是日子，不知不觉马齿苋已经90多岁了，两个孙子也结了婚，过上了越来越好的日子。

人都说，马齿苋的命是最硬的，只要给一点风、一点阳光，它就疯长起来。

太阳肉

太阳肉。

也不知是谁给它取了这么一个充满诗意的名字，让外地人一听，就问，太阳肉里会有阳光的味道吗？

有的。

太阳肉经过一天天阳光的照射抚摸，从里到外都浸透着阳光的味道，再经过茶油的浸润，每一片金黄色的肉块，吃起来真的就像是有一道阳光照进心灵，霎时间就觉得生活无比美好，身心极其愉悦。

说起来，太阳肉应该是米粉肉的延伸品，都属于赣菜系列。清朝诗人、散文家袁枚就曾在他的《随园食单》里记载过粉蒸肉，他写道："用精肥参半之肉（五花肉），炒米粉黄色，拌面酱蒸之，下用白菜作垫，熟时不但肉美，菜亦美。以不见水，故味独全。江西人菜也。"说是江西菜，但别的地方也有，重庆、河南、福建，都对粉蒸肉情有独钟，杭州、武汉也流传着粉蒸肉的各种故事。

好在谁都明白，粉蒸肉起源于江西，流行于南方。

粉蒸肉，糯而清香，软而爽口，有肥有瘦，红白相间，嫩而不糜，香味浓郁，一直受世人追捧。现在有些人还会用荷叶、竹叶垫在底下用大火蒸熟，这样，米粉肉里又会含有荷叶特有的清香，以及竹叶独有的馨香。而太阳肉，蒸着吃的会少一些，更多的是用油炸。油炸出来的太阳肉，香味才更加悠长，脆嫩爽口，满嘴流油。

在那些年，物资非常匮乏，谁家过日子都精打细算，都懂得"吃不穷，穿不穷，无划无算一世穷"。于是，在大街上，一旦见到有肉跌价，就有人会连忙掏钱称上几斤，提回家。此时却不是为了让家人解馋，而是将肉切成四四方方的一块一块，然后拌上各种佐料，像桂皮、茴香、盐酱等，再拌上糯米粉或者粳米粉。这些米粉，都是用石磨慢慢将米粒磨成粗粉再磨成细粉的。

拌好米粉的肉块，一块一块摆好在竹团箕里。竹团箕就放在太阳底下的露台上、晒台上暴晒。早上端出去，晚上收回来，晒两天之后，还得给肉翻上一遍。有时候，担心猫狗或是小孩子起了贼心，大人还会把装肉的团箕放到厨房顶上，要扛梯子才端得回来。

肉在太阳底下一天天享受阳光的照射，慢慢地由粉白色变成金黄色，有些肥肉更是透明冒油。我们一见，口水直流，直喊要吃肉。父母却不理，还骂我们，说："不打不骂还想油搭脑，你是不是想多了？"

直到某一天，有客人上门，要留下来吃饭，母亲才会拿出早已经晒香的太阳肉，放进锅里去炸。肉还没有熟，整个厨房已经香气扑鼻，左右邻居都闻到了肉香，都说太阳肉实在太香，实在诱人。

一块太阳肉，可吃三碗饭。这一天的饭桌上，客人对太阳肉所展现出来的矜持，正好对照了我们对太阳肉的贪心。我们吃一块想两块，太阳肉还在嘴里咀嚼，筷子又伸进了装太阳肉的碗里。父母说："你们有太阳肉吃，就像是在过年。"的确，这一顿，就是在过年。

太阳肉除了能解馋，还能作为思乡菜，解乡愁。

每当子女身在异地，久不归乡，父母就会晒上一点太阳肉，等到煎炸晾好之后，一块一块放入瓶罐之中封存好，寄往远方。远方的游子，打开装满太阳肉的瓶子，用鼻一闻，香气扑面，再夹起一块，放入嘴中，满嘴生香，此时，家乡的味道就在眼前，太阳的味道，就在嘴里、心里慢慢激荡开来。

如今，太阳肉成了一道最好的下酒菜，谁家要是端出一盘太阳肉，喝酒的人酒都能够多喝两碗。都说，太阳肉太好吃了，又脆又香，还有阳光的味道。

一想起家乡的太阳肉，我就想起身一路奔回家乡，大快朵颐一通。

酸辣"鸭五件"

鸭头、鸭翅、鸭掌，明明是"鸭三件"，怎么就成了"鸭五件"？还有鸭舌和鸭眼睛？

有这五样，就是鸭五件？

当然不是，真正的"鸭五件"一开始是指两个鸭翅、两个鸭掌、一个鸭头，加起来五件。后来，厨师有意识地要区别于外地的"鸭三件"，就特意加上鸭脖和鸭下巴，将一个鸭头变成两吃，从此，"鸭五件"就成了地地道道的赣味家乡菜、特色菜。

曾经，不管走到世界的哪一个角落，只要有人一提到酸辣"鸭五件"，眼前就立马浮现出一大盘由鲜红的辣椒作为底色的鸭头、鸭掌、鸭翅，马上就全身发烫，口舌生津，就想着也要叫上一大盘，吃上一回。

只是，在外地，每回端上来的不管是"鸭三件"还是"鸭五件"，早没有了家乡的味道，不要说吃在嘴里的鸭肉松弛，就是口味也变得薄淡。特别是外地一些不会做酸辣"鸭五件"的厨师，先是将"鸭五件"卤上一遍再来炒，这让出锅后的"鸭五件"哪还有鸭肉应有的鲜嫩，总是柴得咬一口就直塞牙。

　　有人想不明白，为什么按照自己口述的方法，厨师就是做不出地道
的酸辣"鸭五件"呢？这很大程度上与原材料有关系，真正的"鸭五件"，
取自遂川本土的红毛鸭，而非别的鸭种。要知道，遂川红毛鸭的祖先是
大雁，它们经过遂川人千百年来的驯化和改良，才拥有皮薄肉嫩，骨脆
鲜香的特点。红毛鸭除了是做板鸭最好的材料之外，还是烹饪最好的食材，
自然，做"鸭五件"也不例外。

　　鸭肉味甘，入肺胃肾经，有滋阴补阳、养胃补肾、除痨热骨消水肿之功效，
自古就受到人们的喜爱。遂川人喜欢食鸭，更是在一只鸭子上做足了文章，
通过烹、煮、煎、炸、蒸、炒、清、水、合等各种手法，能做出一桌以鸭
子为主材的鸭全席，也能够端上一盘老少皆宜、全民皆欢的酸辣"鸭五件"。

　　酸辣"鸭五件"，酸要酸得甜爽，辣要辣得通透，吃起来，还得汤色鲜美，
鸭肉有嚼劲。这似乎不难做到，可往往看似不难的东西，在这世上却是最
难的。真要说起来，酸辣"鸭五件"的做法并不复杂，只要先将鸭头、鸭掌、
鸭翅、鸭脖、鸭下巴（现在也有一些外地的餐馆不用鸭脖，用鸭胗或是鸭肠）
过刀、洗净放入锅中，加入清水、生姜片煮至六七成熟后取出。也有一些
厨师说："哪需要先煮，先煮会变得绵烂，反而失去了'鸭五件'的筋道
与口感。"

　　这样看来，先煮或是不煮，全看厨师自身功力，火候到了，不先煮也
自然入味，还充满余味。

　　最难掌握的就是火候，大一分容易烧焦，小一分容易失味。而酸辣"鸭
五件"要的就是大火，大火一烧，铁锅见红，旺油下锅，下"鸭五件"爆炒，
再加辣椒、蒜子、姜丝、八角、米醋等一应佐料。米醋，既让人开胃口，
又能提出鸭肉的鲜劲。但不是什么醋都可以，一定要用最醇最正宗的遂川
本地米醋，这才足够酷爽，才能酸得全身放松，余味无穷。辣椒也要用本
地种植的小米椒，这样的小米椒才辣得透爽，辣得带劲。

　　走遍全国，也许只有在遂川人的摊位上才有专门卖"鸭五件"的。
他们贩卖的"鸭五件"按套称着卖。一般一套炒一盘，但也有人想吃过瘾，

就买两套、三套。

遂川人都会自己炒酸辣"鸭五件"，只是口味各有不同，有爱辣的，就辣味足一点，有爱酸的，就酸味猛一点。但不管怎样，酸辣"鸭五件"都是一道开胃的下饭菜，端到桌上，再没有食欲的人都能吃下三大碗饭。女人说，一个鸭头五层味；小孩说，鸭翅吃了长高飞；好酒的男人说，鸭掌越吃越有嚼劲；没牙的老人说，有点汤，就能吃下这碗饭。他们一个个吃得满头大汗，直呼过瘾。

所以说，酸辣"鸭五件"，才是最地道的家乡味道、家的味道，是过日子的味道。

盐子豆腐

盐子豆腐，有些人又叫盐蛋豆腐。制作时得先有浸泡豆腐的盐子罐。这种用最纯正的雪水，加上石榴皮、团鱼蛋以及炒盐、草木灰制作的盐子罐，只要懂得继续添炒盐、草木灰和雪水，可以传承上百年而不坏。

我家的盐子罐，是母亲出嫁时从家里抱来的，母亲从小就爱吃盐子豆腐、盐子蛋。可惜有一年发大水，父母搬东西上楼，忘记了放在厨房里的盐子罐，大水冲进罐里，好好的一罐卤水全臭了。

从此，母亲一提起这个盐子罐，就后悔不已。好在自家没了盐子罐，还能买好豆腐放到有盐子罐的人家里泡上三四个小时，再取回来。在我们四里街上，一家有罐，百家上门的事，那是再寻常不过的。我们家有盐子罐时，同样是左右邻舍买了豆腐就直接送到我们家来，放进我们家的盐子罐里浸泡。

人们常说，夏天没有盐子豆腐下饭，整个夏天都没有滋味。盐子豆腐是夏天最开胃的下饭菜。尤其是中午最热的时候，没什么胃口，此时夹起一筷子盐子豆腐含在嘴里，那种经过卤水浸泡后独有的一丝凉，就在齿唇之间激荡，再加上米粒大的辣椒、姜蒜深含其中，这样的味道，只有吃过并喜爱盐子豆腐的人才会知道，用文字描写，是写不出那种特殊味道的。

那些年，我还住在四里街上，在夏天的清晨，总能听到从远处传来的"卖豆腐、煎豆腐、水豆腐"的声音。想买豆腐的人只需要拿着盛豆腐的容器站在家门口等。当看到挑着豆腐挑子的人来了，就喊上一句："买豆腐。"卖豆腐的把挑子挑到买豆腐的人跟前，问："要什么豆腐？称多少？"

"不要多，就两块，我放盐子罐里，做盐子豆腐。"

买了豆腐的人，就有可能来到我家，喊我母亲："顺仔姑姐、顺仔姨娘、顺仔大娘……"顺仔是我母亲的名字，姑姐、姨娘、大娘是转弯抹角攀上亲戚的喊法。家乡的人喜欢转弯抹角攀上亲戚来喊人。喊完，就会说："我放两块豆腐在你盐子罐里。"母亲总是来者不拒，总说："多大点事，只要你喜欢。"

一个盐子罐除了能泡豆腐，做最简单的盐子豆腐外，还能泡鸡蛋、鸭蛋，制作盐子蛋。盐子蛋，又分好的鸡蛋、鸭蛋浸泡，和一些散了黄、寡了汁的鸡蛋、鸭蛋浸泡。我父亲喜欢用寡了汁的蛋去泡盐子蛋。他老说："臭鱼烂肉，下饭十足。"也许父亲同许多中国人一样，喜欢这些闻起来臭、吃起来香的食物。一个盐子蛋，他能喝下三碗酒。我看过他把一个盐子蛋拿在手上，喝酒之前，先用筷子轻轻夹起一点蛋，放进嘴里，细细咂巴，然后再美美地喝上一口酒。想来，天下美味，莫过于此。我不知道是不是受了父亲的影响，对盐子豆腐、盐子蛋也是爱之入骨，总觉得那臭中含香、嘴里丝凉的盐子豆腐、盐子蛋，才是世上真正的美食。

盐子豆腐的制作方法特别简单，最要紧的就是家里得有浸泡豆腐的盐子罐。我家的盐子罐在被大水冲过之后的好多年，才重新做回来。隔那么多年，是因为那几年没有下大雪。当有一年大雪纷飞的时候，母亲交代我的第一件事就是"明天去挖两桶干净的雪"。所谓干净，是表面的这一层雪不要，底下的这一层也不要，只取中间最纯最白最净的雪。只有干净的雪才能熬制出最明净的卤水。

当雪备好后，母亲也不用草木灰，而是用芝麻秆烧成的灰。母亲的意思是，芝麻秆有更好的寓意，寓示着日子节节高。芝麻秆灰烧好后，就炒盐，炒桂皮、八角、花椒等。母亲并没有用上石榴皮和团鱼蛋。

母亲做好的盐子罐，父亲首先用它来泡盐水鸭蛋。当第一批盐水鸭蛋取出来，父亲一边吃一边说自己的感受，盐放多了还是放少了，配料的味重了还是轻了。当第二批鸭蛋放进去，这个盐子罐，就开始正常使用了。第二年、第三年……第十年，再添点炒盐，添点配料就可以子子孙孙一直往下用了。也只有在这样的盐子罐中浸泡好的豆腐，才入味有型。从罐里捞出来的盐子豆腐撒上辣椒、蒜子、姜丝，就是整个夏天最开胃解暑的一道家常菜。

只是，这道盐子豆腐，喜欢的人喜欢得不得了，不喜欢的人如见毒药，捂着鼻子大喊"臭，臭死了"。但真正喜欢上了，就再也放不下了。就如我，每次回家，都想要吃盐子豆腐，只是父母已不在了，盐子罐也不在了。如今在市场上，盐子豆腐容易买到，盐子蛋却难见到。看来，盐子蛋只能活在我的记忆里。想吃时，就闭上眼睛，慢慢回味起它在唇齿间的香味与丝凉。

父亲的斧头

父亲手上的这把斧头，足足有 8 斤重，谁拿在手上都沉甸甸的，一般的人抡得起，挥不动，更无法像父亲那样运用自如，进退有度。父亲从 13 岁学木匠做徒弟起，到他 80 岁生日之前的那段日子里，他都抡着这把斧头，一路劈出我们一家人的吃穿用度，以及对美好生活的渴望和向往。

父亲做木匠的工具很多，有刨子、锯子、凿子、铲子，还有曲尺、直尺、鲁班尺，刨子也分为长刨、短刨、中刨、圆刨、扁刨，锯子分长锯、短锯、宽锯、窄锯。但父亲唯独对斧头情有独钟，万分看重，从不轻易让人使用，就算是我，有时想拿起父亲跟前的这把斧头劈点什么东西，父亲也是指着另外一把锈迹斑斑的斧子对我说："你就用它吧。"

有一回，父亲不在家，邻居来借斧头，说是家里买了猪脚，菜刀砍不动，就想到父亲这把锋利的斧头。母亲顺手借给了他。父亲一回来，听说自己的斧头竟然被借去砍了猪脚，便埋怨母亲说："你怎么这么不懂事，什么都往外借。要借也不能借这把斧头，这把斧头可是我吃饭的家伙，你难道不知道？"

原来，木匠的斧头、厨师的菜刀，不能动，不能借，不能摸，是真的。

直到现在，我仍清楚地记得，父亲手里的这把斧头，比别的木匠或是捻匠手里的斧头更重，也更宽，尤其是斧背，平平整整，翻转斧背，就可做锤子用。这把斧头的锋口足足有 5 寸宽，是单向开锋，这样在砍木板、削木头时，就能砍出一个平面，而不至于毛毛糙糙、凹凸不平。

在那些年，父亲给人打嫁妆，帮人建房子，用的全是这把斧头。在二十世纪七八十年代，家家户户盖的还是土木结构的砖瓦房，木匠属于建这类房子的绝对权威，小到一扇门、一扇窗，大到栋梁、房梁，都必须要木匠一手一脚制作出来。人们将木匠请到家里，除了好酒好菜招待的正餐之外，在正餐之前的一个多小时，还得来一顿闲餐，也就是"点心"。大家都知道，木匠手里的斧头劈正一点，家和事兴，劈弯一点，家不和，事不顺。而我的父亲，他手里的斧头从来都是一视同仁，做出来的东西谁都很放心。父亲说："人心正，斧就正。"

要建房子，首先要下料，要知道这一堆木头里头，哪些是门窗料，哪些是梁檩料。一栋房子，无论多大多小，需要多少木料，都在父亲的心里装着。父亲将木头扛起，放上木马，拿起墨斗，将墨锥往木头上一扎，然后左手拿着墨斗，右手大拇指将画线用的竹签牢牢地将墨线按在墨仓之中，让墨线沾满墨汁，一路走线，走到木头尾处，右手拿起墨线，轻轻一弹，一条笔直的墨线，就清晰地印在木头上了。父亲放下墨斗，拿起斧头，双手紧握住斧柄，一下一下横着劈，很快，一根木头就有了形状，有了梁子的样子。盖房的木料，讲究榫卯，用斧头的地方多，用刨子的时候少。父亲身材瘦小，却能将一把斧头上下挥舞、左右劈划，运用自如。

做家具，同样需要用斧头来给板材修边，将一块块板材的边角劈平劈直。父亲没有手里的板材高，他就站上木匠凳，将木板对着自己，三下两下，就将一块木板劈好，然后用刨子刨上几下，一块光滑平整的板材就出来了。

斧头看起来十分笨重，尤其在我小的时候，想要举起都非常难。在父亲手里，却举重若轻，用斧头劈竹钉，都非常顺手。我曾试过，我拿父亲的斧头想要劈出竹钉，斧头在手上总是没轻没重，劈出的竹钉忽大忽小，而父亲劈出的每一眼竹钉，都大小如一，齐齐整整。父亲爱用竹钉，愿用榫卯，愿用木拉手、木雕花，而不像别的木匠，随着铁钉、拉手、合页、铰链出现，整个家具，都是这些东西。

父亲手里的斧头好用，除了铁匠师傅对这把斧头的火淬得好之外，也是因为父亲磨斧头的功夫好。他蹲在磨刀石面前，手里的斧头一来一去地磨，一磨就是老半天。磨好的斧头，锋利无比，能看到刀锋发出的让人胆怯的光芒。

父亲的斧头，从它到父亲的手上后，就没有被放下过，它劈出了我们家红火的生活，也劈出了 7 个孩子结婚用的家具、出嫁用的嫁妆。父亲一直到 80 岁，都能抡起斧头，给我们每个儿女制作一张长凳、一张板凳。

如今，父亲早已经不在了，但他用斧头和汗水劈出来的光明大道，我们却一直在走，并且走得越来越稳当，越来越舒心。

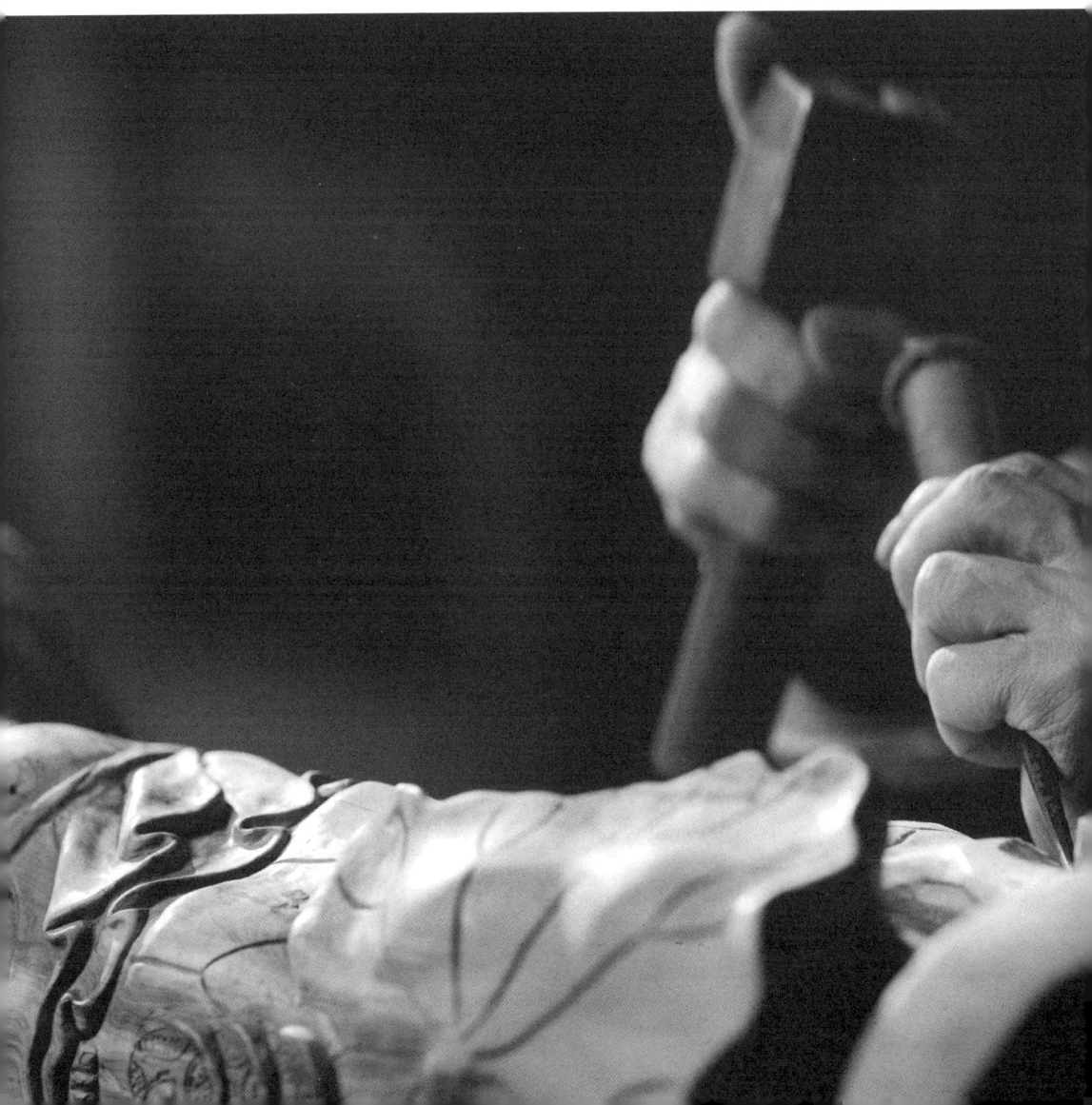

四

手艺人

捡瓦匠

文友陈志宏曾写过一篇散文《江南瓦》，在文中他写道："瓦是江南的帽，楚楚然，如片片暗玉点缀屋上。瓦是风雨之中最玄妙的乐器。风在瓦缝中穿行，声如短笛，拖着长长的尾音，是底气充足的美声。雨点落下，清越激昂。雨越来越大，击瓦之声，与飞流的雨声汇聚成一曲浑厚的交响乐。"

整篇文章文字优美，读起来朗朗上口，美感十足。只是在我的印象之中，再好的砖瓦房子，一旦青瓦开裂漏雨，就毫无美感可言，尤其是诗人笔下"屋漏偏逢连夜雨，船迟又遇打头风"的日子，更是让人心情美不起来，阴晦无比。

我到现在还记得，家里那栋在爷爷手里建的老屋，有一年夏天遇狂风暴雨，大漏小漏漏个不停，床铺被窝都漏湿了，我用大盆小盆接雨水，心情无比糟糕，一心盼着这雨水早点结束，太阳早点出来。如遇上下冰雹的日子，那更是灾难，大如鸡蛋、小如指头的冰雹猛砸在屋瓦上，一砸一个眼，一砸一个洞。

我相信，和我一样有着屋漏偏遇连夜雨，一心只盼雨水停的经历的人不少。这些人家应该同我家一样，当年住的都是土木结构的砖瓦房。我们相信诗人笔下的"夜雨响屋瓦，曙烟遮树林"很美，可实际生活中的骤雨敲屋瓦，冰雹下不停，实在是一点也不美好，因为又得把捡瓦匠请上门来，又得花费不少的捡瓦费。

捡瓦翻栋，比一般的工匠做一天活的工资都高。不但是他们爬上屋顶有安全问题，而且捡瓦是一个苦力活。揭起老瓦来，灰尘扑面直钻鼻孔；捡瓦也是个"蹲"活，得蹲在屋梁上，半天也直不起腰来，这不但考验捡瓦匠的蹲功，还考验捡瓦匠的耐力。有些人家的屋高，不要说捡瓦，就是爬上那晃动的梯子都叫人心惊肉跳。

晴天捡瓦，雨天和泥。一般的捡瓦匠都是由泥水匠转为捡瓦匠的。盖房子，泥水匠自然也要会盖瓦，于是乎，盖瓦的技术就在心里装着。泥水匠知道瓦分阴阳，沟瓦为阴，大头朝上，小头朝下；盖瓦为阳，小头朝上，大头朝下。不能乱，乱不得，一乱就不齐整，一乱就出岔子。也有些捡瓦匠学的就是捡瓦，天生就是吃捡瓦这碗饭的。一些粮站的仓库、供销社的仓库、百货公司批发部的仓库，那是坐等着他们上门来捡瓦，只有他们捡过的瓦，翻过的栋，才任凭下多大的雨，刮多猛的风，屋顶上都能够片瓦不乱，滴水不漏。

这样的捡瓦匠上请下迎，四处留名。

自然，我们家请来的捡瓦匠，就是拥有这等本事的师傅。真正要捡瓦的日子，一般都要到夏天或是秋天，要晴上一段时间之后，才能把捡瓦匠请来。

捡瓦匠来了，先并不着急看哪儿漏，而是沿着房屋四处打量，看水路如何走，然后再到有漏的地方，仰头仔细看。此时漏雨的地方，会有光线透过漏孔直射进屋。

看好之后，捡瓦匠会问："你是翻栋，还是就捡漏？"爷爷说："你看了，你说。"捡瓦匠说："咱们也熟，我也就不转弯抹角，有一句说一句。你这房子，有好多年没有捡瓦了，我觉得你还是多花点钱，全栋翻一下。"

全栋翻，自然是要添好多新瓦。这又得先买好瓦，再来翻栋。于是，先定日子，再说翻栋。等到翻栋的日子，捡瓦匠带着一位小工，一大早就来了。夏天捡瓦，只能一早一晚翻捡复盖。大中午太阳暴晒，屋顶上又滚又烫，谁也吃不消。

一天四顿，除了晚上捡瓦匠会喝酒外，吃点心，吃中午饭，捡瓦匠哪怕是酒瘾上来，也会忍住不喝一口。捡瓦匠说："酒是你家的，命是我自己的。酒醉莫登高，登高有烦恼。这可是师父嘴打铁一样交代过的。"

替人捡瓦，磨洋工不行，太快了也不行，这得胆大心细，全凭良心。

捡瓦匠上了屋顶，先揭开一行瓦路，然后从左到右，从前到后依次边揭边翻边盖，边把屋顶上的杂物清除。一天做好一天的事，只是老天爷的事，谁也说不准，也担心天气有变，有可能一场大雨，就措手不及。天黑前，揭开的瓦片都得盖好。揭开的瓦片下，如檩条腐烂，还得换好檩条，再盖上新瓦。如此这般，大房子三五天才能翻好，小房子，也就一两天。当一栋房子的瓦都翻盖完一遍，老房子又能够经历几年甚至十几年的风风雨雨。

现如今，新的房子已经不再需要瓦片，砖瓦房逐渐淡出了人们的视线。那戴着草帽、一脸黝黑的捡瓦匠也一样步入历史的尘埃之中，再也难以看到他们的身影。

刻印章的人

印，乃信也。

人无信不立，业无信不兴，国无信则衰。大到历朝历代皇帝手中的玉玺，小到普通人手上的姓名章，都代表了"信"。所以，印章，又叫印信。自从有了印信，就有了专门制作印信的人，又叫刻章人。

刻章人，也是手艺人，被称为师傅，也要有师承，也要拜师学艺。跟着师傅，先从设计印稿开始。刻章师傅的字，一般选择的是宋体、楷书，不像一些书法家、画家的名章、闲章，要有艺术性，要有创造性，不仅是篆体，而且讲究朱文、白文，朱线，还有什么虫草印、单面印、多面印。

早年间，县城最热闹的南门口往老街走，在老新华书店边上有一家刊印社，专门帮人刻字刻印章。在当年，刊印社与理发社、裁缝社、照相馆一样，都属于县服务公司。只是刊印社与这些单位比起来，人数少得可怜。记得最多的时候，也就几张桌子，到了 20 世纪 90 年代后，就只见一两张桌子了。

说是桌子，其实是玻璃展示柜，柜子里放着的全是印材，有木头的，有石头的，还有牛角和塑料的，最多的还是圆圆的塑料公章。公章印材已经刻好了中间的那个五角形，边上的单位名称还没有刻。在那个年代，刻公章要有上级主管单位或公安局的证明信。国家对公章的管理非常严格，全县所有的公章都必须到这家在公安部门已经备案的刊印社刻，在外面乱刻，会以伪造公章罪论处。

一般的私人印章，就随意得多。到了刊印社，把自己的名字一说，刻章人写在纸上，问是不是这三个字，或是两个字，问清楚了，就让人选印材，是要石头的，还是要牛角的，最普通的就是木头的。木头的刻 3 个字，5 毛钱。5 毛钱，当年也是大钱，那时候一个包子才 5 分钱，一个油饼才 3 分钱。刻个最普通的木头章，就得 5 毛钱。可见，刻章人还是活得挺滋润的，赚了钱也没几个人知道。

当你说好了名字，定好了印材，刻章人就写收据，先把刻章的钱收了。刻章人从来不会一手交钱一手交货，更不会讲价。他们总是先收了钱，然后说，三天后，凭此收据来取印章。或是五天后，凭此收据来取印章。

三天后，你来到刊印社，虽然刻章人对你有印象，但也得先看收据，拿着收据，才把章给你。

你把章拿在手里，有些兴奋，也有些激动。从此，有自己的姓名章了，要写名字的时候，就拿出印章来，往纸上一盖，比自己写的名字还管用，这里面代表了一个人的信义。那时候，不识字的人很多，要写自己的名字，写不出来，就只有掏出自己的名章来，也许现场红印泥也没有，就会把印章放在嘴边呵气，嘴里呵出的气体滋润了章体，使盖出的名字，鲜活了许多，不再是干巴巴的。

真论起来，刻印章的师傅也只是手艺人、匠人，要说多有文化学识，也不见得。他们刻出的印章，自然多了一些匠气，少了一些灵气。真正会刻印章、有艺术性的还是那些篆刻家。他们被称为"刀锋上的舞者"，他们将中国人的文化情怀，在一枚小小的石头上展露无遗。

刊印社的师傅，做事一板一眼，规规矩矩，不敢僭越。而真正的篆刻家，从来都是"小心落墨，大胆走刀"，刀在手上，字在心里，如行云流水般一气呵成。唯有手劲大，功力厚的人，刻出来的线条才浑厚雄劲，让人看到线条之美。手劲小，功力差的刻章师傅，刻出的线条纤细、柔弱，毫无美感。刻完之后，真正懂篆刻的人，会用刻刀去敲印章边沿，创作出残缺之美、沧桑之美。这一敲，就有了这世上独一无二的作品。

老话讲，悟道为师，技熟为匠，匠与师，技与道，缺的往往就是悟。当年的齐白石，一开始学的是木匠，于刀具并不陌生，以刀刻石，刀法娴熟，但除了匠气，还是匠气。好在遇到了黎铁安，对他说："南泉冲的楚石，你挑一担回去，随磨随刻，刻满三四个点心盒，都成了石浆，就刻得好了。"

从此，齐白石边刻边悟，刻了磨，磨了刻，又何止一担楚石，十担楚石也不止，这才成了篆刻大家、画坛宗师。足可见，一个人成匠易，成师难，成大师更难，除了自身的努力，还得有天赋才行。

上门厨师

早年间的厨师，一般出自勤行，或是厨行，必须得有师承。一般都是从端茶摆碗的小伙计到厨房切菜的帮刀，再到后来由师傅手把手地教，从三灶、二灶到头灶，再到一家店里的掌灶师傅。

以前大饭庄里的掌灶师傅，就等同于现在的大宾馆、大饭店、大餐厅的厨师长。这样的厨师长，是厨房里的大拿，灶上的十八般武艺，煎、炒、烹、炸、煮、熬、炖、溜、烧、氽，样样精通。真正值得炫耀、让人追捧的，是厨师长有一样或是几样最拿手的招牌菜。这招牌菜，虽然人人会做，但唯有厨师长亲手做出的这一道，才真正是天下一绝，不但让人欲罢不能，还让人吃过一回想两回，总觉得这辈子吃不够。

他们这些师承有道的厨师，自然是上门厨师比不了的。

上门厨师，又叫家宴厨师、乡土厨师、家政厨师。这类厨师，最早是不开工资的，多半是去帮忙，只不过结婚嫁女又或是别的好事，人家都会准备一些烟、酒、红包、礼品去"谢厨"。厨师若是自家亲朋好友，或是家族中人，一般不会要任何东西，只会带点红纸，沾点喜庆。

到了 20 世纪 90 年代初，社会上承包之风猛刮，人人向钱看，帮忙也没有白帮的了。于是，谁家办红白好事，办家宴，就开始请厨师，让厨师承包整个"吃"上的事。上门做厨师，也就有了自己的舞台，从而成为一门正当的职业。

这些上门的厨师，非常熟悉本地人红白好事家宴上的菜谱，不但知道当地人流行吃什么，而且深谙世道，懂得如何让东道有礼有面，吃什么样的菜，让吃的人觉得好吃，还能给东道省钱。虽然说，一样的菜，千样的人，众口难调，但真正会做菜的上门厨师，还是能够获得大部分人赞许的。尤其是一些在县里有名望的上门厨师，客人动起筷子，吃下第一口菜，就能够明确地说出厨师的名字，说他做的菜就是味道不一样，就是好吃。

在我们四里街上，就有这样一位专到人家里做菜的姓高的厨师，她一年四季都穿梭在县城周边的各个乡镇，走进每一位需要做家宴的人家里。她像一位指挥家，指挥自己带去的人手。她炒出来的菜，就是让人觉得清爽干净，吃在嘴里，余味悠长。

一桌多少个菜，头菜要什么配料，一桌需要多少斤肉，肚丝要几斤，以及辣椒要多少，红的、青的又各要多少，她都能张嘴就来。她在这行做了几十年，什么都装在了心里。

这些年，她的身边有很多弟子，跟着她，东家进，西家出。这家的满月酒还没有清场，那家的婚宴又等着她掌灶。有时候，同一天有三五处家宴，她只恨分身无术，只能打仗一样，精确到分秒。这边刚刚放下锅铲，坐上车到那边又开始了。而她的那些徒弟，虽然也能独当一面，但还是要她前来，哪怕是只看一眼，也更放心。

说起来，她也没有师承，也没有真正的师傅，全凭她的喜欢和对味道的追逐。一开始，她只是一名帮厨，哪家有红白好事，提着一把菜刀，她就去了。帮着厨师打打下手，切切菜，她的眼睛却看着灶边的掌灶师傅怎么做。有时候，厨师正炒着菜，忽然内急，就喊她。她说："我哪会炒。"厨师却说："看，你也看熟了。"于是，她就炒起菜来。厨师回来，见她在炒菜，干脆就由她来炒。没想到，她炒出来的菜比别人的都好。如此一来二去，后来人家请厨师，就请她了。

那时候，很多在乡间行走的厨师，都同她一样，就是这样学会上手炒菜的，只是她的天赋更高，人也更加勤快，而且愿为东道省钱。她常说："做事不由东，累死都无功。"

现如今，她手把手带出的徒弟，在县城各个乡镇崭露头角，人人吃了她徒弟炒的菜，就会提到她，说她的菜炒得好。

她是四里街的上门厨师，乡土厨师中的代表人物，她凭着一把菜刀、一把锅铲，让很多吃过她菜的人，都说好。

她还是我的堂婆，我每次回到四里街，她就会叫我的小名，问我还好吗？我说："好！"她就说："好就好。"

我心里知道，她是一个追求好上更好的人。

修单车的人

　　修单车的人，一定很少知道单车是谁发明的。他们也许不知道，在1790年的法国，有一个叫西夫拉克的人，因马车从自己身边经过，溅起来的泥水打在自己的身上，他开始思考，路这么窄，马车这么宽，真的有必要吗？可不可以将马车的四个轮子变成两个呢？看来，西夫拉克也是个"轴人"，别人想了也就想了，不会付诸行动，西夫拉克却犯起了轴劲，硬要自己动手设计出他心里想要的一款车。最后，一辆既没有传动系统，也没有转向装置的木轮单车，竟然被西夫拉克做出来了。

　　然后又过了几十年，在德国，一位叫德·莱斯的看林人，觉得每天从一片森林走到另一片森林太过辛苦，他决定发明一种能够坐在上面用脚踏的交通工具。他开始不断试验，不断改进，最后他又向前迈进了一步，发明了有车把手的自行车。

　　这样，又过了几十年，改进自行车的人不断出现，从德国人到英格兰人，又到法国人，然后出现了一个做兽医的爱尔兰人，他叫邓洛普。他从膨胀的牛胃上得到启示，把家中花园里用来浇水的橡胶管粘成圆形，打足气，装在自行车轮子上，去参加自行车赛，居然跑赢了其他选手。这一下，这个划时代的创举，让充气轮胎成了自行车的标配。

清同治七年（1868），中国有了第一辆自行车。到民国四年（1915），上海已经有了20多家自行车店。然后，全国各地，一些有钱人的家里，也有了自行车。而我们遂川，一直到中华人民共和国成立前后，才在南门口开了家单车行。单车行其实就是修车铺。

改革开放之前，买单车要凭票，只有商业部门、供销部门才有权卖，而且属于紧俏商品。只有有门路、有级别的人家里，才有可能有一辆单车。那时的单车就属永久牌、凤凰牌最好，谁家有一辆永久二八，那骑在大马路上，就像今天的人开一辆奔驰或宝马一样。

那时候，邮政人的单车，也令人羡慕。它们颜色统一，后轮两边还有放邮袋的支架，小孩子坐上去，车架一打开，架脚的地方都有。

到了二十世纪七八十年代，结婚的三大件，自行车、缝纫机、手表是标配。多少人为了一张单车票，看人脸色，给人好处，走关系，送礼。

好在，市场经济的大门终于打开了，人们买单车终于不用凭票了。百货公司、五交化大楼都摆放着一辆一辆崭新的自行车，只要你有钱，就可以把自行车推回家。我现在仍清楚地记得，1987年，我用从河里挖沙赚来的钱，在五交化的蓝天大楼买了一辆二八的双雁自行车。

没过两年，单车店就如雨后春笋般出现了，各种牌子的单车层出不穷，除了人们喜欢的凤凰、永久、飞鸽，还有飞鱼、大雁、跃进。

骑单车的人一多，修单车的人也就多了起来，一开始还只在桥头、马路边上，后来发展到农贸市场口、各条马路边。都是将几个外胎或内胎往树上一挂，在自己的工具箱边上竖一块牌子，牌子上写着"修单车，补胎"几个大字，人们就知道，这是修单车补胎的摊位，谁的单车坏了，就会送过来。

这些修单车的人，基本上不用拜师学艺，都属于无师自通。好多都是一个人在家里，将自家的单车拆装几遍，然后补几回胎，就全会了。以前的人，出外搞副业拉板车，也都是自己补胎，都是一回生二回熟。

修单车补胎，第一本钱小，买几样工具，买一瓶补胎胶，也就几十块钱的事。第二是自由，有人来补胎，来修车，就动动手，没有人来，自己想干什么就干什么，可以和人下象棋，也可以自己看武侠小说……没有人管，没有人说。自己不会修单车，不会补胎，就坐在修单车的人边上，看两天，就全看会了。

老话讲，有样学样，没样看世上。何况单车坏了，又不是什么复杂的工程，哪坏换哪，真正要补的，就是扎漏了的内胎。

有些修单车的人，心没有长好，尤其是农贸市场口上那些修单车的人，经常是看人下菜碟，一看是学生，就想把人当猪往死里宰。一个胎眼，明明说好的 5 毛钱，补完后，却要 1 块，或是 2 块，还说多补了几个眼。

还有一类修单车的人，身体有点残疾，但往往是这类人，反而心地善良，从来说一是一，说二是二，你把单车往他的摊上一放，说补胎，又或是哪坏了，转过身，去忙自己的事，等到事情忙完了再去把车接回来，人家给你修得好好的，价钱也是说好，多少就是多少，很公道。

住在罗汉寺的两个兄弟，以前在东路大道上修单车，他俩就是老少无欺，谁的单车交他们手上，都仔仔细细，认真修好。哪里要换什么，要到哪个店去买什么配件，多少钱，都与人说得清清楚楚。单车有什么小毛病，哪里需要动手调调，哪里需要加点润滑油，兄弟俩都是随手调，随手加，然后大手一挥，一分钱不要，就让你走。用他的气筒打气，也不要钱。不像农贸市场口上那些修单车的，你借他的气筒打气，他一脸不高兴，就像是你借他的米还回的是糠一样。有时候，还不肯借，巴不得你的单车扎个大洞才好。

如今的街面上，修单车的人也难得见到了，而像那两个兄弟那样的热心人，也不知道还有没有。

师　父

　　天地君亲师，师是老师，师是恩师，师是师父。显然，师父不同于师傅。你见到拥有一门手艺的人，或是年纪比自己大的男人，都可称之为师傅。尤其是在厂子里面，更是张师傅、李师傅、刘师傅地喊。但师父就不同了，一日为师，终身为父。师父必须是那位真正能够传授自己知识技术，帮助自己答疑解惑的人。

　　师傅可以乱喊，师父不能乱拜。真正认定了想学什么，想拜哪位为师，还得请出介绍师，获得师父认可，然后选好日子，请来"引保代"三位师父，一起见证自己的拜师。

　　学木匠、漆匠、捻匠，一般都要办拜师酒，等到出师的时候，再办出师酒。也有人虽在别人那里做徒弟，学过几年，但学艺不精，还想向别的人学习，就得"参师"，意思参进去学习，也就不需要拜师酒和出师酒了。参师的师父，得一样对待，尊敬有加，诚心相待。

　　做徒弟，还得有"三节两寿"。三节是端午、中秋、年，两寿是师父的生日，师娘的生日。这"三节两寿"，都必须准备好礼物，给师父送到。

否则，师父会说这样的徒弟不懂事，礼数不够。

以前，但凡一个人想学一门手艺，都得先有引师，也就是介绍人。介绍人把想做学徒的小伙子的家庭背景、性格秉性一五一十地同师父介绍清楚。师父听了之后，觉得与这小伙子有缘，可以收他做徒弟，那还得请出一位中间人，担任保师，意思让他来担保两边的利益，不出差错，让徒弟圆满出师。师徒之间真正有什么事，中间有什么差错，也不用和徒弟的父母说，而是和保师说。有些学徒学手艺，也是心血来潮，学过几个月之后，嫌苦嫌累嫌师父话多，更有一些心术不正、打师骂娘的徒弟，师父也管教不了，只能请出保师，逐出师门，一了百了。

当下，拜师父，学技艺，只有相声界讲究师承，注重传统，除了引师、保师之外，还有一位代师，代替师父授业传艺。

中华人民共和国成立前，学相声，学书法，学画画，学艺术，拜师父时，要摆知，意思要摆酒设宴告知众人，让大家都知道你拜师这回事。

摆知，又叫摆枝，还有枝繁叶茂，又长新枝的意思。

在摆知的现场，师父、师娘端坐正中太师椅上，“引保代”三位师父坐于一旁，徒弟先把茶水递到师父、师娘手中，然后三鞠躬，将自己的礼物奉上。师父再将自己准备好的礼物赠送给徒弟。然后徒弟说一通拜师的话，师父说一通鼓励的话，这才坐到酒桌前，把酒言欢。等到出师的时候，又是一顿酒席，师徒互送礼物。此时，师父会将一套吃饭的家伙送给徒弟。学画的，学书法的，有笔、墨、纸、砚；学木匠的，有一套锯、斧、刨、凿；泥水匠，则是泥刀、泥架等一应物件。

师父领进门，修行靠自己，但也得眼勤、手勤、心勤。师父家里的事，就是自己的事。以前的学徒，第一年在师父家里，就等于师父家里的帮工，不但要挑水种菜、挖土砍柴，还得照顾师父起居，帮师父喂马、养狗。否则，师父凭什么把自己毕生的手艺，都传授给你！

只是，现在的人不讲究，都是自己喜欢就好，哪里还讲什么师承，讲什么敬畏，都是乱来一通，师父乱叫，徒弟乱做，也不懂得什么摆知，更不讲究什么传承，只知一味乱来。这让我学书法之后，想要好好拜一位师父、好好做一回徒弟、真正学些书法知识、让自己也有师承的想法一次又一次放弃，最后只能对自己说，也许是缘分未到，慢慢等吧。

八　仙

八仙，自然不是八仙过海中的铁拐李、汉钟离、张果老、吕洞宾、何仙姑、蓝采和、韩湘子、曹国舅这八位神仙，也不是打八仙里操持吹打乐器的那八个人，而是丧事中抬棺木的那八个人。

八仙，又叫杠夫。曹禺先生在他的《北京人》中说："那是杜家派的杠夫，抬寿木来啦。"王统照的《生与死的一行列》中也有描写："一群乞丐似的杠夫，束了草绳，戴了穿洞毡帽……大家预备到北长街为一个医生抬棺材去。"

八仙叫作杠夫，同八仙抬棺木的木杠有关。这些抬棺木的木杠，大多是15厘米粗的长圆木。只是，有些地方是一根杠，就在棺木的上方，用比大拇指还粗的麻绳一绑，抬起就走；有些地方是两根杠，放在棺木下方两边，也是用粗麻绳绑着抬。而我的家乡却不同，从来都是四根木杠，形成一个"#"字，棺木放在上面，再用粗麻绳绑好，前面四人，后面四人，扶棺的孝子贤孙行走在棺木两边。我们的木杠也不叫木杠，而是称为龙杠，或叫子孙杠。谁家老人去世，要有人去定八仙来扛棺木的时候，管事的会交代一声，一定要问一下龙杠多少钱。意思是八仙抬棺木有抬棺木的价钱，龙杠有龙杠的价钱。

讨饭都要个碗，做八仙的，能没有一副龙杠？到后来，不只是要准备好龙杠，还要准备遮棺木的布罩，都得算钱。

这也就不奇怪有人说抬棺木的八仙，要么不开张，开张吃三年。尤其是有钱的人家，办一场丧事，花钱如流水，像这种"阴顺阳安"的事，是不好去讨价还价的，任由抬棺的八仙开价。如果有东道想要张嘴讨价还价，八仙会回你一句："好的，你给多少就是多少，我们照顾你下回的生意。"这种事情，谁家还会希望有下回？赶紧说，就依你，一口价。

做一回，吃三年，那肯定是夸张的说法，又不是做古董生意。只不过，抬棺木，做八仙，比一般的手艺人要强得多。但是，八仙也不是一般人能做的。毕竟人们还是很忌讳死人的。有些事，也只可意会，不能言传。所以，真正去做八仙，给人抬棺木的人，一般都是结了婚，人到中年，除了有一把子力气，也没有别的一技之长，他也不在意自己时运高低，有钱赚就好。这种人一般都爱喝酒，也是天不怕地不怕，跌倒不怕头朝天还是头朝地。这样的人，义气、开朗，走到哪都大碗喝酒大块吃肉，胃口无比好。

做八仙的都有自己的地域，有些是以路为界线，有些是以河为界线。水南，请的是这伙八仙，水北，请的就会是另一伙，从来不会乱请。也有些地方不用八仙，全是村里的人或是自己家族里的人来做。地方越大，各行各业也就越多，分化也越细，八仙也不例外。于是，就有人把这当成一门手艺，当成谋生的职业。八仙成为社会上的一个小团体，里面会有一两个说话有准头的人，也就是他们的头领。去找八仙，要找他们的头领，同头领一说，讲好价钱，定好日子，别的八仙，头领自会通知。

到了喝入殓酒的那天晚上，八仙扛着龙杠就来了。他们很清楚，头天入殓，第二天还山。他们得问清楚，在哪儿起杠。起了杠，就不能够落杠。棺木不落地，落地就生根。这是从古至今不能破的规矩。破了就出大事，谁家也不愿意有事。

棺木起了，就不能够落地，就算路祭，那也有专人扛长凳架棺木。哪儿路祭，哪儿放长凳。所以，棺木就得绑得又牢又稳，抬棺木的人要肩沉、力大、足力大、手力足，抬起棺木，能走出风来。否则，抬棺木半天抬不动，也是大忌。走得太快，也不行，要照顾到送葬的人。这就要求做八仙的，首先要肩膀稳，肩膀稳才能要快则快，要慢则慢。

这就得练。八仙肩膀上放碗水，往前走，水不洒出来一滴，叫本事。否则，抬一副棺木，晃晃悠悠，一人打晃，七人跟着摇，这哪能行？不要说东道会不高兴，就是一起抬棺木的也受不了，也得张嘴骂。八仙除了练肩膀的稳，还得练系粗麻绳，以及给麻绳打结。等到出殡的那天，八仙往棺木面前一站，听到道士的起棺令一起，麻绳从棺木底下一过，绳往肩膀上一拉，大喝一声"起"，棺木就稳稳地起来，然后从家门口出去，再稳稳当当放到木杠上，将棺木绑好。这时候，前面的三通"埋人鼓"响了起来，又是一声"起"，棺木稳稳地起来，被八仙抬着向山上走。

道士说，棺木要八个人抬，代表了人世间的男、女、老、少、富、贵、贫、贱。这世上，也有些富贵人家，要显摆，路途远，就早准备好了 16 个人抬，又或是 24 个人抬，但那也是抬到路祭的时候轮换，也没有同时 16 个人或 24 个人抬的道理。

现如今，人人都是火葬场里一把火，一烧了事。但入土为安的风俗没改，仍是抬着骨灰盒还山。只是，八仙又变成了双仙。抬骨灰盒的人，也是专开纸马店、卖骨灰盒的人。他们也算是见多识广，吃阴阳饭又久，自然是父子齐上阵，就把原来八仙的钱全给赚了。

修鞋匠

新时代的修鞋匠，不仅要会给人补鞋，还要懂得修补雨伞，配钥匙，修复拉链，修复皮包。否则，光靠修鞋的手艺，实在是难以为继，很难在市场上站稳脚跟，挣够生活费。

眼下，又是一个文化多元的时代，手艺也要多元。以至今天的好多补鞋匠都会用社交软件来记录一天的生活。农贸市场口有一个修鞋匠，他的霹雳舞跳得好，在修补鞋的空当，他会跳上一段霹雳舞在社交软件上展示。我还见过，一些修鞋匠开直播专向别人推荐产品，比如自己补鞋使用过的某款胶水，或是某款男鞋，修鞋、补鞋倒成了自己的副业。

其实，这些都无可厚非，时代在变化，手艺人也要跟着变，否则难以适应这个变化的时代。我们生活的这个时代，好多人的鞋子往往还没有穿坏，就已经丢弃，不再需要修补。在计划经济时代，谁家都是以俭朴为荣，都得新三年、旧三年，缝缝补补又三年。一双鞋子，补了又补，缝了又缝。

在那个缝缝补补的时代，修鞋匠很吃香，他们挑着手摇的补鞋机，坐在街口或是巷道口，脚边是一堆等着他们修补的鞋子。很多时候，你提着一双鞋子到他们面前，他们会很随意看鞋子一眼，然后说："明天来拿。"

你说："我等着穿。"他会说："那你傍晚时分来，我手上还有好几双别人等着要的鞋呢。"

修鞋匠的生意这么好，自然让很多年轻人都将自己的人生规划，定向为一名修鞋匠。只是，要成为修鞋匠的第一步，必须要懂得修鞋补鞋，必须得去拜师学艺。可许多修鞋匠都是没有师承的。我的大姐与大姐夫也当过修鞋匠，我问他俩跟谁学的，他俩说："修鞋还要学？"

原来，他们跟很多修鞋匠差不多，先是坐在一些老修鞋匠的摊子前偷师，再买来手摇的补鞋机及别的修鞋工具，然后就从拆鞋补鞋开启自己的职业生涯。他们始终坚信，做得多，会得多，精得多。只要努力去做，经过日积月累，修鞋补鞋的手艺就会精进。还真的是这样，很多修鞋匠，修的鞋多了，自然也就开窍了。

当然，也有规规矩矩拜师学修鞋补鞋的，那是跟一些老鞋匠学。以前，县城南门口有家专门的鞋店，里面有一群鞋匠是县城最早修鞋补鞋的匠人。这批匠人，对鞋子的认知远超那些在家里摸索的修鞋匠。尤其是皮鞋，只要一上手，他们就知道鞋皮是猪皮还是牛皮，或是山羊皮或鹿皮。他们能说出这双皮鞋的皮子取自动物的哪个部位，还会告诉你，这样的皮鞋应该要怎么保养。他们碰到一双皮子好、款式好的皮鞋，会眼睛发亮。在拿过皮鞋的时候，他们会将双手在自己的工作围裙上好好擦拭一遍，然后接过皮鞋后，很认真地细细打量。修好补完之后，他们还不忘记给皮鞋打上油，擦得锃亮再交回你手上。

天底下这样的修鞋匠是值得人尊敬的，鞋子需要修补的时候你会想起他，找到他，把鞋子交到他手上。只有把鞋交到他手上，才"补有所值"，才觉得这双鞋子又能焕发出它的青春了。

只是斗转星移，修鞋补鞋的生意一下子就不好了。此时，有些修鞋匠又顺带开始修雨伞，换拉链，配钥匙。他们还跟人说，现如今，没有几把刷子，你怎么混？

于是，有样学样，没样看世上。街道上、农贸市场，所有的修鞋匠、

补鞋匠都会多种经营，有多门手艺。

现在的修鞋匠常感叹时代教会人，靠这门手艺谋生，你就得好好守着，守到自己两眼一闭，就不管了。至于下一代，那是下一代的事，与己无关。不过，这世上，只要人还要穿鞋，修鞋匠就少不了！

撑排匠

曾经，只要有河流的地方，就有撑排匠的身影。

大山里那些长大成材的木头、竹子，都需要依靠河流才能运送到外面的世界。撑排，成了一门职业，是许多男人向往的谋生之道。只是水性不好，是吃不上撑排这碗饭的，更无法在水上行走。

懂水性，会游泳，涉水就如行走在大马路上，那是一个撑排匠应有的素质。以前的端午，会有竹木商会的人站出来，将一群肥鸭丢进大河里，锣声一响，谁抢到就是谁的。可面对翻滚着巨浪的大河，许多小伙子都望而生畏。而那些在船排上行走习惯了的撑排匠，一个个喜笑颜开，跳进水里，踩着水浪，就把鸭子追到手了。更有的一个猛子扎进河里，半天也不伸出头来换气，等到伸出头来，双手已各抓着一只鸭子。他立在水中，拿着鸭子，让人看到他像一堵墙一样，胸部显露出来腱子肉。

好多撑排匠，有个小病小痛都不放在心上，从不吃药。等到吃不消了，就光着身子让人拿杉树条抽打自己放血，当一身的肉被杉树条刺破，流了血，就躺进被窝，喝上一大碗姜汤，再发一身汗，病就好了。很多人形容撑排匠是大口吃肉，大碗喝酒，生性豪放粗野，不拘小节，动不动就光着身子，赤身裸体地在木排上行走。其实，他们光着身子一是为了省事，省得时时下水，一身湿重，衣裤成为累赘；二是为了省衣料，木排上爬上爬下，费衣费料。只是后来遇到一个爱管事的官员，在河边见一群撑排匠在木排上竟然光着身子，就一声令下，要所有撑排匠下身得有块遮羞布，否则将以伤风败俗罪来论处。哪知一个撑排的老大一听，心里不服，于一天正午，赤身裸体地手持一根撑排的竹篙气喘吁吁地跑过大街市，一边跑一边大喊："排散了，排散了。"官员气得吹胡子瞪眼，可又拿排老大没办法。有时候，庙堂与江湖，就是隔得那么远，谁也不服谁。

中华人民共和国成立后，一声令下，撑排匠再不敢露出下身，否则给你开批斗会，还有可能被开除出撑排的队伍。这哪个受得了，谁都有个家，家里老婆孩子还等着撑排拿回家的嚼食。

真要说起来，木排被大水冲散，那是撑排人的大忌。一般做得好的木排，是很难被大水冲开的，除非过险滩，打横排，才有可能。

夏天下水，不觉得有什么，冬天下雨，可就苦了，下到哪里，冷到哪里，痛到哪里。老话讲："世上有三苦，撑排、打铁、磨豆腐。"撑排的排在三苦的前面，自然是撑排匠在用生命赚那一份工钱，遇上洪水，木排被冲散，没有点本事，是很难在大江大河里保住一条命的。多少撑排匠，被木排压在底下，抬不起头来，被活活憋死。所以，撑排匠听不得人说"翻"字，哪怕是谐音，也不能当着他们的面说。他们把饭勺都称为"顺勺"。也不能当着他们的面说"散"字，连雨伞，他们都称为"遮子"。

撑排匠不会天天都经历大风大浪，也有风平浪静的时候，也有美丽的故事发生。"睡意蒙蒙唔不见天，大河漂漂水路远。丢只谜语你去解，灯草绞排篙难点。""十字路口要丢青，日头一出晒横排。晒过横排妹捡柴，老妹捡柴哪条路，十字路口要丢青。"这些美好的山歌，都是从撑排匠嘴里唱出来的。撑排要到远方，在排上一过就是大半个月，天天面对的就是一片苍茫江河水，孤独与寂寞顿时爬上许多撑排匠的心头。此时，岸边上的洗衣女，以及岸边走过的其他人，都会成为撑排匠心中的美好记忆。

　　20世纪80年代之前，还是撑排匠的黄金时代，年年有排撑，月月有木运。到了90年代后，汽车运输行业兴起，撑排匠很多时候就只能看着河水发呆。没有排放的日子，他们中有些人撑起了渡船，有些人则做起了小工。

　　到了今天，撑木排的人已经不见了，倒是一些旅游景区里，撑竹排的人不少。这些撑竹排的人，一个个都长着一张好嘴，张嘴就能唱。他们应该早已忘记在大江大河里如何与巨浪搏斗，如何将竹篙顶在自己的肩窝里，身子一路躬下去向前行走，走到自己的身子俯在水面上，融进水中。

瓷板匠

早年，人过了 60 岁就得准备回"老家"的那些事，寿坟、寿木、寿衣一样都不能少，还得有瓷板像。瓷板像能永久保存一个人的容貌，亲人如不记得了，就往上屋头看一看，就一下子记回了原来的模样。

人在 60 岁时准备好的瓷板像，却不会早早地放到上屋头，放上屋头的都是去了"老家"、开始享受香火斋饭的人。

生人备好的瓷像，一般都放在自己房间的衣柜顶上，或者是木箱背后，不会摆在明处，生怕遇上不明真相又口无遮拦的人对着瓷板像说出"节哀顺变"的话来。只有同龄人来了，或是自己家的亲朋好友来了，才会拿出来让人看一看，问人家，瓷板上的像与自己像不像，或是这块瓷板像烧得好不好。

花甲一过，制作瓷板像就成为许多人的共识。早早准备好的瓷板像也显示出一户人家里家和子孝、其乐融融的氛围。否则，一个人死去，瓷板像还要现画现烧，让人措手不及，那会让人对其子女不齿，对他们的孝顺程度产生怀疑。同样，老人自己也会心存不安，他不知道自己的遗像是不是自己最满意的那张，是不是满脸慈祥、幸福感满满的那张。

　　显然，瓷板像画得好不好，不用瓷板匠站在店门口吹嘘，人们一看摆在他店门口的瓷板像就知道。一张好的瓷板像，首先要与本人的相似度非常高，另外是要展现出本人的神态。对画过几十年瓷板像的瓷板匠来说，眼睛是心灵的窗户，也是一幅瓷板像的关键所在。眼睛活了，这幅瓷板像就成功了一半。还有师傅说，眼睛是魂，有魂人物画像就活。

　　只是，说起来容易，做好则难，瓷板匠人也不例外。

　　据传，瓷板像是从南昌传开的，南昌有瓷板像的鼻祖。1892 年，瓷板肖像画的创始人邓璧珊在南昌首次用九宫格画法于瓷板上画出人的肖像，再进行烧制，从而有了最早的瓷板像。后来随着西方珐琅彩传入我国，于是在肖像上添加了斗彩和五彩，从而有了彩色肖像画。但对于民间来说，瓷板肖像画一般是作为本人的遗像使用，所以仍以黑白为主。

　　一幅瓷板像就是一块瓷板，画好烧好之后，要配个底座。配底座自然是木匠的事，专门有做瓷板像架子的木匠。只要你有瓷板像，他就会为你配备好木底座。

　　我爷爷奶奶同我父母的瓷板像是找吉安的瓷像馆画的。那些年，父亲在吉安河东的一家造船厂上班，他每回经过水沟前，都看到瓷像馆里的瓷板像要比遂川一些瓷板像好，画得有形，也传神。于是，父亲决定，以后爷爷奶奶以及他与母亲的瓷板像都请吉安的师傅画。

　　找瓷板匠画瓷板像，只要给他一张肖像照就可以。瓷板匠根据照片的光影，以及眉眼、鼻子、嘴巴和额头的边际线来确定如何下笔，确定哪里该浓，哪里该淡。瓷板匠先在瓷板上画线条，上下为竖，左右为横，横线条、竖线条交接在一起，就成为一个个方格，当280个方格在瓷板上出现，画像也就准备好了。

　　画像不但要专心，而且一定要领会肖像照中最传神的地方。

　　我曾经站在农贸市场一家瓷板店前看瓷板匠勾勒一个人的肖像轮廓，我看着他先用九宫格定位，然后一笔笔地画起来，在他的手边，有大、中、小号的画笔，还有炭精粉盒、画笔盒、尺子、放大镜、橡皮等工具。他一边画一边用嘴吹，我不知道这是他的习惯，还是瓷板画就要在吹的过程中完成。也不知是不是哪一笔没画好，他很快就不耐烦地驱赶我："看什么看，有什么好看的，走，走！"

他的驱赶让我很长一段时间都对瓷板匠没有什么好感，总觉得一位老是给人准备后事、画遗像的人，能有什么大的出息！

现在的我，自然不再有这样的心态，我对所有的瓷板手艺人都抱以尊重。我总觉得任何一门手艺，都有他存在的理由和价值。何况，一位真正的瓷板像高手，不但能画出照片一样的逼真效果，而且能还原一个人精神层面最传神的那一面。真正好的瓷板像，也不是一次就能画好烧好，往往烧完一次之后，还得重新修补添色，然后再入炉第二次烧制，这样才能把一个人的神态展示出来，让后人在尊仰先人容貌的同时，还能感受到他的神采。

只是，在现如今的街头巷尾，已经很难看到瓷板像的影子，一般的人家会用相片作为遗像。但真正要说保存得久，保存得好，那还是得数瓷板像。唯有瓷板像才能体现瓷板匠的价值，让瓷板像上的人更加传神。

打十番

十番，又叫十班，分别是大鼓、大锣、大镲、小鼓、小锣、小镲、长笛、竽、唢呐、二胡或是板胡。有些也会换成别的乐器，但大同小异，怎么都离不开人的吹、打、奏、敲。

有老辈人讲，打十番源自北方，随着客家人南迁，带到了广东、福建、江西等地。也有人说，就是从早年间的打八仙中来的。打八仙，一开始也就七八个人，在别人喜宴、丧宴上，吹吹打打。以前的人执着于酒宴的热闹喜庆，需要乐队来烘托气氛，让客人边吃边喝，还边听边看。而吹吹打打的手艺人，一般又都是同一个村庄里喜欢乐器的那批人。他们从古乐、佛事、道事、汉剧、木偶、醮上慢慢演变成今天的样子。只有在丧事上才有可能看得到打十番艺人，在别的场合，已经很少有打十番艺人的身影。

十番艺人也同扛棺木的杠夫差不多，都是自发组织，都是游走于乡野中的一群曾经无比热爱吹打乐器的人。他们也曾青春年少，心怀梦想，也曾拿着鼓锣当武器，与人比试手下的鼓、手上的锣如何敲出这世间最美妙的声音。他们手中的鼓、锣、竽等乐器，都是村里的前辈教的，也不需要什么拜师仪式。每个村子都会有几个这样的老人，只要有人喜欢吹打乐器，他们都会悉心指教。慢慢地到了某一天，打十番的队伍里忽然就多出一副新面孔。新面孔这回打得好，可能下回就有了生意，这回打不好，那就又得换一个人，或是旧主归位。

《红楼梦》中就有关于十番艺人的描写，书中写到宁国府为贾敬做寿："贾琏，贾蔷到来，先看了各处的座位，并问：'有什么顽意儿没有？'家人答道：'……前日，听见太爷又不来了，现叫奴才们找了一班小戏儿并一档子打十番的，都在园子里戏台上预备着呢。'"可见，打十番不是今日才有，而是几百年前就有了。但我们所看到的打十番，还是丧事上看得最多。在送葬的队伍中，总会让打十番的人跟在最后面，每听到他们一路吹吹打打，就会让人忽然间想到的一个成语——"滥竽充数"。

很快，打十番连充数的机会也没有了，人们开始作兴穿着统一服装的民间仪仗队了。这些民间仪仗队迈着统一的步伐，手里拿着长笛、短笛、大管、双簧管、大号、小号，还真像那么一回事。再加上带着哭腔的主持人煽情，一场丧事，从头到尾都有人哭得稀里哗啦，让一些老人感叹儿女有良心，能哭得感天动地。老人又哪里知道，这全是仪仗队和主持人煽情煽得好的结果。

如今，打十番已经成为昨日风景，民间仪仗队也将成为一段记忆。这不是我们的时代发展太快，而是我们当中的一些人，已经跟不上时代，迟早会被这列时代快车，抛在身后。

打灶匠

"灶门朝东，越烧越空；灶门朝南，越烧越难。"那灶门到底要朝哪个方向呢？这要把打灶的匠人请到家里来才能定。打灶匠会根据房屋的大门、厨房门的走向，定下灶门的方向。在打灶匠的手里，还有一把类似木匠所用的鲁班尺，这把尺一量，就有了"灶长五尺为象眼，灶宽三尺为三才，灶高二尺四为一年"。

只有这样用固定的尺寸打出来的灶才家业兴旺，婆媳和谐。否则，一户人家的灶火不旺，灶头不稳，则家运不济，人丁不兴，六畜不旺。

以前，谁家都讲究"头井、二灶、三门户"，都懂得灶火旺，才日子旺、家业旺。家家户户的厨房里都有一个大锅灶，又叫土灶，一屋子人的吃食，都从土灶上来。蒸饭炒菜，煮猪潲，煎米果，炖猪足，烤红薯，烘花生，前锅炒菜，后锅热酒，小锅烧开水，热气腾腾，蒸蒸日上。

打灶匠打出来的灶好烧，则省柴火，饭菜还易熟，炒菜的人心情愉悦，烧火的人也内心欢喜，三下五除二，几个菜就上了桌，虽是粗茶淡饭，一家人也其乐融融。灶不好烧，就费柴，浓烟往外冒，烧火的人被烟熏得眼泪直流，恨不能把打灶匠找来，捶他几拳，骂他几句。炒菜的人也是心烦意乱，油下锅半天，都不见冒烟，而且是火走一边，锅头半边热半边冷。这时候，打灶匠的名字就被人挂在嘴边，连打灶匠的祖宗八代都要被骂一遍。所以说，灶前无小事，关系一家食。好灶烧三代，坏灶不过年。

只是，谁家也不愿意老是打灶，只有建了新房，才会打一口新灶。一般的老灶，不好烧了，常年在家蒸饭烧菜的主妇，通常都会自己亲自动手，和一团泥，把泥糊在灶膛内，改火道，改风道。这时候，一把泥团下去，刚好弥补灶膛的不足，从此，炊烟袅袅，灶火不断。也有自己动手怎么样也解决不了的，那就只能拆灶，把打灶师傅请来。

拆灶无所谓是不是黄道吉日，打灶之日，却必须是黄道吉日。请来的打灶匠，那是四里八乡都有名的，否则没有人请。这样的打灶匠，有可能是专门拜师学的打灶，也有可能是泥水匠转行打灶的。有的泥水匠会打灶，但并不是所有的泥水匠都会打灶。打灶必须要懂得火道和风道，懂得如何团灶膛。后来，作兴炉条灶，还得会放炉条。

打灶匠上门，首先会问东家，灶打在哪个位置，烧几口锅，烧毛柴多还是烧硬柴多，冬天要不要用烘笼，问清楚才能不打无准备之仗。

打灶匠的工具非常简单，一把砌墙的泥刀，一把尺子，一把抹泥的抹刀。灶打起来并不费事，主要是要省柴、聚火、烧水做饭速度快，不回烟。在20世纪80年代末，节能灶兴起的时候，县科委还专门培训了一批打灶匠，专门教他们如何打出又节能，又省柴，又不回烟的好灶。

不回烟，烟道就很重要。以前的烟道，是一节一节直通厨房顶的烟囱。那时的烟囱，都是用黄泥土烧制的，一头大一头小，刚好可以一个个连着套在一起。后来，就直接用砖砌，靠着墙，一路砌到屋顶上。

会打灶的匠人，不但烟囱安得好，而且会为东家考虑，切菜的案板，装水的水缸，都得依灶而放，根据灶的位置来定案板的位置、水缸的位置。这样炒起菜来，才不会手忙脚乱，更不会多几个人，就转不开身。

以前的灶，还会专门砌一个烘鞋凹板。同样，放火柴、火钳、火铲、吹火筒的位置也得有。有些人家还用风箱，得考虑好风箱如何放才美观又大方。老话讲："好泥没好灶，好心没好报。"打灶的泥巴越烂越好，越烧越硬，越烧越结实。

灶打好了，接下来就得"圆灶"，也叫"试火"。好事好头，新灶的第一把火，一定得烧好菜，好些人家就买一块肉皮，一直在新锅里面慢慢熘，熘得锅油汪汪的，再拿几片菜叶在锅里慢慢打转转。

现如今，城市里很难见到土灶了，都是天然气灶、液化气灶、电磁灶。偶尔一次到乡下吃一回土灶烧出来的饭菜，就觉得好吃得不得了，恨不能回到原来那个炊烟四起、饭菜飘着泥土香味的时代。

打纸钱的人

"打了三通'埋人鼓',身边没个痛心人!"打纸钱的人一边擦眼泪,一边与走过自己身旁在丧事上帮忙的人说。帮忙的人不由得狠狠瞪了打纸钱的人一眼,骂他:"没人哭,你去做噩,你去哭啦!"打纸钱的人不作声了,但眼泪仍从他的眼眶中流出,不时用自己的袖子擦一下眼睛。

以前,家家户户有老人去世,做周年、做阴诞都不会请打纸钱的人,都是自己家里的人就给打了。后来,大家的日子越过越好,人也变得越来越金贵,于是,再有人家里有老人去世,要做七,要摆大祭,就得请打纸钱的人到家里来专打纸钱。打纸钱也就成了一门手艺,一种职业。他们按工取酬。一般的行价是打一天纸,给 100 块钱,这对 21 世纪的人来说,不多也不少,何况还要供一天三顿饭,好酒好烟地招待。只是,再好的工价,一般人也不会上门赚这份工钱,毕竟是赚死人钱,还是有很多忌讳的。

行走于大街小巷之中,专门给人打纸钱的人就那么几个,他们除了打纸钱,还兼做短工,如给人劈一天木柴,给人挖一个化粪池,又或是给人砸几天墙。只要给钱,扛死佬上山的活儿,他们都会接。他们说命是爹娘给的,路是自己走的,脚底下的泡也是自己走出来的,怪不得别人。只要肯做，生活就有着落。虽然他们表面看起来一个个五大三粗，做起事来却有板有眼，很会帮东家筹划，该省则省。他们经常挂在嘴边上的一句话，就是"做事不依东，累死也无功"。

他们是一个群体，又分散在社会各个角落。只要有人家里有事，就会想起他们。然后，在定好的日子，他们一早就会到，从自己板车里搬下吃饭的家伙，一个厚厚的木墩、一张矮板凳、一把木槌以及一把专用作打纸钱的圆凿。圆凿又叫"钱圆"。他们打纸钱的位置一般就在大门口的屋廊下，进进出出的人会喊他们的字号，开开玩笑，还会问上一句："打的纸钱，过得了行道吗？"

车有辙，马有道，老家迷信的说法，去往阴间，也有阴间的道。打好的纸钱，要烧给阴间的人取去，如过不了行道，阴间的人就收不到。所以，要打单不打双，打阴不打阳。打纸钱看似简单，却也有规矩和礼数，不能乱来。先是把一叠草纸放到木墩子上，用两眼固钉把草纸固定好了，再按照阴阳行数一下下地打穿草纸。打一叠，揭一叠，拆一叠。

草纸，在遂川人嘴里，又被称为糙纸或者土纸，是用来做纸钱、冥币的专用纸。在安徽、山东、广东、湖北、台湾等地，都把遂川的土纸称为"江西大裱"。草纸用竹子制作，又厚又黄，人说唯有这种"江西大佬"烧起来才能全都化成灰，"阴间的人才收得到"。不像别的地方的土纸，烧不化，扯不开，揭不烂。

打纸钱的人要将打好的草纸中间圆凿打出来的条状纸揭去，这才显出圆钱的形状。这些揭出的纸条，好多东家都会送给打纸钱的人带走。

很显然，打纸钱的人并不是只打纸钱，他们还得懂装笼装箱。打好的纸钱要一大叠一大叠地装进笼或者箱里面。同时装的还有大额的冥币和逝者的衣物。

不会装笼装箱的打纸钱匠，是不会有人待见，也不会被请第二回的。要知道，装得不好的笼和箱烧起来时间久，火不旺，而且纸会烧不化。装笼装箱装得好，就易烧化，火又旺，烧得也快。

打纸钱的人原本都是做别的手艺的人，在他们的手艺发挥不了作用的时候，只能选择另外一门手艺继续生存下去。比如在我们家打过纸钱的那个汉子，他就曾经撑过排，还撑过渡船，打过短工。像他自己所说，做什么手艺，都是为了生存，只要是渡人渡己，哪怕是渡亡灵，那也是老天爷给的生活。

有一天，这位打纸钱的人作古了，全村的人都去送葬，都说他是一个好人，还有不少人用袖子擦着眼睛说，在他手上送走了多少人，现在终于送他走了。我知道，他再也不用担心"打了三通'埋人鼓'，身边没个痛心人"了。

棺木匠

早年间，水南上街龙家，有做棺木的传统，他们专在街上开棺材店。棺材店，又叫寿木店、寿材店，所以，很多棺材店的门脑上，都有"寿木"两个字。人一看，没有恐惧感，反而会觉得亲切。

这天底下的长寿之人，自然是有福之人，棺木也会更讲究，尤其是木材的选择上，就不会选择松木或杂木。尤其是一些有钱又长寿的富人，一般都会选择楠木或柏木。楠木、柏木制作的寿木，含有一股自然的清香，而且久放不腐，蛇虫不侵。普通人自然是没有这么多讲究，死后能有一副杉木的寿木，就觉得这一辈子没有白活。有条件的，做棺木的杉木会选择红心杉，并且年数够，直径粗。这样的红心杉木做出的棺木，大气、威武，看着让人舒畅。

做寿木，是要把棺木匠请到家里来做。在这之前，先得让棺木匠到家里来看木头，东道会听从棺木匠的意见，要把木头解成几分板，全都一一解好。

论起来，棺木匠就是木匠里面的一个分支，一般的木匠会做木工活，就应该会做棺木。但木匠是不会为自己做棺木的，哪怕再厉害的木匠，他也不会做这件事。这世上有些禁忌，是不会有人去打破的。木匠自然心里有数，自己老了的棺材就得由棺木匠来做。棺木匠同样也是如此，他的棺木也得由自己的徒弟，或是儿子来做。这不但表明香火旺盛，后继有人，更显示自己有福，老了的事有人操持，有人管事。否则，尽显孤苦，无人向前。

我的父亲是一位老木匠，他做过棺木，但他和母亲的棺木，同样是请龙家正宗的棺木匠到我家里来做的。我们这里的人一般过了60岁，就得开始着手准备寿坟、寿木、寿衣等一系列身后才用得上的物件。有些地方的客家人更有年纪轻轻就开始准备棺木的，他们有"三十无副板，看你好大胆"之说，说是棺木备好了，内心才不慌乱，而且备棺木还有添福添寿的说法。

做棺木，不说"做棺木"，更不能说"做棺材"，而是说"合寿木"。合寿木是指人未死，先行做棺木之事。而做棺材，却是人死了才做。所以，东西可以乱吃，话却不能乱讲。一个还在世间的人，你跑去说，你家做棺材呀，人会觉得你这人嘴巴很臭，胡言乱语。

合寿木的日子，一定是一个黄道吉日。这一天一大早，棺木匠会挑着工具来到家里，先唱一声："添福添寿！"东道会回一句："借光，借光。"

棺木的高度和长度都装在棺木匠的心里，乱来不得。木头大，起四角，那是再好不过，木头差点、小点，就得起六个角、八个角。棺木盖在最前面的叫鳌山，那是要翘起来的。鳌，相传"龙生九子，鳌占头"，为龙头，龟身，麒麟尾。自然，棺木中的鳌山是取"龙子龙孙，增福增寿"之意。

棺木匠一般都是先做棺木身，再做棺木盖，最后才是逍遥床。逍遥床做好之后，就得给棺木雕花刻字。花是棺木边上的祥云图案，或者男的棺木画龙，女的棺木画凤。还有"福"字和"寿"字，也代表了男棺和女棺，乱不得。棺木做好后，有些会请釉匠上门来给棺木上漆，有些也会自己动手上漆。棺木是黑色的，除了"福"字、"寿"字和一些边角画要描金粉、描红外，别的地方都是一黑到底。

那时候，谁家的楼上都会放上几副棺木，有爷爷奶奶的，也有可能是年长的父母的。棺木在，老人心里不愁，小孩子心里有福。

　　现如今，棺木早不见了。一个人老了，再不用管自己的身后事，都知道，一把火，烧个精光，赤条条地来，赤条条地走。这也就不奇怪，总有人说："人出生的时候，手握成拳，以为能抓住什么，哪知到死了，才摊开五指，撒手而去。"我这才明白，人生在世一辈子，什么也抓不住，又何况棺木？

制烛人

不知道是不是从小到大父母都给我讲我家大婆是浇蜡烛的，在点蜡烛的时候，我自然而然地就会想，蜡烛到底是怎么浇出来的，是蜡水像水一样往上浇，还是？

这样的疑问伴随着我长大，直到有一年我在木匠街上，看到一户人家制作蜡烛，见到他们手拿铁勺子，一遍一遍往模具里浇蜡水，我才知道，原来这就叫"浇蜡烛"。我才记起，小时候过年过节，父母手里的蜡烛，就是大婆浇出来的。

这种蜡烛以竹子、灯芯草、石蜡为原材料制作，不像现在机器制作的蜡烛那么圆整，它有一个竹头突出来，底下还有长长的竹把。因为原先的人喜欢"讨喜"，做什么事都要有一个好兆头。带把的蜡烛对应着早生贵子，生的是"带把的"。这也就不奇怪，早先的蜡烛都是长长的竹把，蜡烛全烧完了，还留着竹把。

做蜡烛要用灯芯草，要将灯芯草缠在竹条上。做蜡烛的竹条，全是用的成年人拳头般大的楠竹，这样的楠竹韧性大，燃点低，烟雾小。父亲曾说："你大婆这么大的年纪，哪能让她砍竹子，全是我去山上砍了扛回家里，削成一根一根竹条子，拿到太阳底下去晒。"晒好后，将一根根雪白的灯芯草绕到竹条上。说是绕，不如说搓，将灯芯草缠在竹条上，再轻轻一搓，一根蜡烛就有形了。这样上灯芯的工序，叫作做烛芯。当烛芯全部做好之后，接下来就得化蜡了。化蜡的锅是一口大铁锅。下锅的石蜡都是白的，要做红蜡烛的话，还得加色。白蜡烛只有白好事才用得上，过年过节谁会用白蜡烛呢？

我们家大婆只做红蜡烛。大婆说："红蜡烛喜庆，做着开心。不像白蜡烛，一想到要送人走，心里就不好受。"

化蜡和加色很考验一位制烛人的手艺，这全靠制烛人日积月累出来的经验。石蜡属于易燃固体，火大了容易将锅里的蜡直接点着，火小了，蜡又不易化。这有点像做菜的厨子，说是盐少许，味精少许，只有厨子的心里知道，少许到底是多少，手上炒菜的勺子一抖，少许就是刚好的量。制烛人也是一样，用眼睛盯着锅里的颜色，用勺子不断搅动锅里的蜡水，三下五除二，红色的蜡水就出来了。

接下来的蘸蜡，同样考验制烛人手上的轻重。我们不懂得蘸蜡的人，没轻没重，也不懂得火候的把控，蘸出来的蜡烛总是厚薄不一，有大有小，有厚有薄。真正会蘸蜡的手艺人，手又快、又稳、又准，将烛心轻轻往锅里一送，就起来了，做出来的蜡烛大小一致，粗细均匀。这才是真正的手艺。

那什么是浇蜡烛呢？

浇蜡烛，浇的是大蜡烛，是那种寿礼上，婚礼上，孩子满月、做周岁的宴席上，要办大事的人家点的大红蜡烛。制作这样的蜡烛，一般都是上门去定，并交定金。大寿烛都是点在上屋头敬祖宗神灵、取个好兆头的。浇这样的蜡烛就得格外用心。虽然浇这样大的蜡烛费时费力，要一遍一遍地浇，一层一层地浇，但一想到别人家的红好事中，有自家的蜡烛在那里发光发亮，心里就充满了甜蜜。

现如今的大蜡烛都是用模具塑形，冷却后用印好的金字贴纸轻轻往烛身上一贴一揭就好了。而手工制作的大蜡烛，要用金粉一笔一画自己写上去，要写"寿比南山、福如东海、吉祥如意、招财进宝、新婚大喜、百年好合"这样的吉利字眼。

我的大婆不会写字，父亲也是文盲，所以，他们一般只做小蜡烛，这种大的蜡烛，极少做，做了还得求人来帮着写字。写一回，得好酒好菜招待一回，母亲说："卖了还不够一顿饭钱。"大婆却说："会吃就是人情，计较这些干什么？吃你一顿放个屁，吃你一年才大一岁！"后来，母亲像大婆一样大方，谁来了都当作客人，好酒好菜招待。自己没吃都要省着给客人吃。这也就不奇怪老有人说，你母亲就像你大婆一样，太大方了。

现在，大婆早已经不在了，父亲母亲也已逝去，家里浇蜡烛的那些事再也没有人提起。我能看到的，全是用机器模具制作的各种各样的蜡烛，为数不多的几个制烛匠也已年岁渐高。我不知道，还有谁会从事这种辛苦无比、利润微小的手艺；还有谁在阴冷的黑夜点亮一根蜡烛的时候，会想到，制烛的人都已经远去。

脚　夫

脚夫，又叫担脚的、挑夫、力夫，也属三百六十行中的一行，也有行规，也有帮会。在中华人民共和国成立前，脚帮，更是不逊色于别的组织。世人都知道，光脚的不怕穿鞋的。脚帮就是光脚的那一群人，整天打着一双赤脚，行走在这世上。

应该说，我的血液中就流淌着脚夫的基因，我的曾祖父曾是脚帮中的老大，家族中现在仍盛传他的许多传奇故事。我的曾祖父名叫刘隆煌，原是清朝道光年间赣州勇字营五品武官的儿子，他像他的父亲一样，身怀绝技和一身武功。只可惜，他的武功没用对地方，还非常喜欢赌博。他在输光了所有家产之后，还卖了自己的三个儿子，当他要卖我爷爷时，我那眼睛都哭瞎了的曾祖母站了出来，一把将我爷爷搂进怀里，哭喊道："要卖，就连我一起卖了！"

然后，我曾祖母又说："你死了，可以打了三通'埋人鼓'，身边都没个痛心人。我不能也像你一样，死后没有人流眼泪，没有人敬斋饭、烧纸钱。"曾祖父这才松了手。但他仍爱赌如命，没有了钱，就只能靠一身力气到中渡码头上挑货物，做脚夫。

　　曾祖父是怎么成为中渡码头上脚帮帮主的，没有人告诉我，但就凭他那一身武艺，再加上他那刚烈如火的性格，自然会有人拥戴。曾祖父成为脚夫后，中渡码头上，他不来，没有人敢上船去挑第一担货物。挑第一担的永远是曾祖父，他挑第一，就能多赚一担的钱，他还能抽船主给的头子钱。

　　曾祖父在中渡码头一呼百应，但他从来没有丢过一件货物，更没有拿过盐包里撒出来的一粒盐。他曾跟爷爷说："做脚夫，卖的是力气，赚的是良心钱。少了货主的一两货物，都是我们脚夫的责任。"

　　显然，说这些的时候，我的爷爷已经长大，也像曾祖父一样，已成为一名合格的脚夫了。后来，我总结爷爷的命运，感觉他像一些文学作品中所描述的脚夫一样：他们在走投无路的时候，就到街上替商家挑脚，把盐、海带、虾米、带鱼、煤油挑到山里商家的分号里去卖。

　　一来二去，爷爷就长了心眼，懂得在挑盐、挑海带的时候，夹带一点自己投资的货物。慢慢地，爷爷挑脚的货物之中，有一半都是自己的货物。又过了些年，爷爷挑的货物全是自己的，而且他在遂川县城和乡下的圩场上都拥有了自己的杂货摊位。爷爷挑自家的货，大伯父就挑别人的货，爷爷还想把父亲也培养成脚夫，哪知道父亲只挑过一回货，就大喊受不了这般苦，宁愿去学木匠。

　　父亲后来跟我说，挑脚看起来就一根扁担，扁担上套着两根麻绳出去卖苦力讨生活，其实这里面的门道还是很多的。走在路上，什么时候该停，什么时候该歇，什么时候该打尖，都有讲究。不说别的，就说一根绳子的结头该怎么打，怎么打得又结实又美观，这都是学问。

　　难怪有人说，外行看热闹，内行看门道。脚夫看起来应该是入行最容易的一门求生存的职业，但精于一件事，读懂一本书，真正要把一件事做精，做到极致的人却很少。就如船上装货卸货，如何又稳又快还让船不摇晃，就有诀窍；还有装盐包，装粮包，通过翘板，如何用巧力越装越高，就是一个合格的脚夫应有的本事。

　　"累死力，赚苦钱，石头送饭，船钉下酒"，似乎是那个时代脚夫最好的写照。现在的人肯定理解不了石头怎么送饭，船钉怎么下酒。其实是脚夫为了省钱，吃饭喝酒不用菜，就拿石头和船钉放到盐水里面去煮，让石头和船钉都有了咸味，在吃饭喝酒时候，就含一下铁钉喝一口酒。

好在那年代的脚夫从来都不怨天怨地怨父母，从来都是坚信"吃得苦中苦，方为人上人"。只要努力肯干，就有改变命运的机会。哪像今天，多少年轻人望"苦"却步，对职业挑肥拣瘦，这不愿干，那不愿做，却不知道，这世上只有不好的人，没有不好的职业。

好在社会的发展和进步，从来都不缺少脚夫的身影，他们从最开始的挑夫、力夫、棒棒、搬家工、搬货工变成了今天的快递员、外卖骑手。但不管时空如何转换，名称如何更改，他们依靠自己勤劳、自立的精神，永远没有改变！

解板匠

"介（我）不去，你还提介（我）去解板？"

相信，很多人在说这句话的时候，早已经不知道解板是怎么一回事了。如今，也见不到解板匠的身影了。电器、机器的普及，已不需要这种手艺人了。只有在早些年，一根木头要变成木板，才需要解板匠。

我的父亲是一个老木匠，在我的大脑深处，对解板一直保留着很深的记忆。

那时候，一棵大树在山上被放倒，如果不是做长料，而是做板材，就必须请来解板匠，用板锯将木头锯解成板材。

一位解板匠，有可能是木匠，也有可能不是木匠。但一般的木匠，都是一个合格的解板匠。解板对于木匠来说，并非什么难事，但对于没有手艺的人来说，也算是一门手艺。只是解板不需要拜师学艺，而是命运使然，自己无事可做的时候，恰巧有人要去解板，于是跟着入了伙，先是抬木头打杂，然后才拉起锯子，解起了板，一来二去，人说越解越好，也就无意当中成了一名解板匠。再有要解板的事，就会有人来请。但专业的解板匠还是少。解板是大多数木匠的兼职，毕竟解板对于木匠来说，是手到擒来的事情。

　　父亲和几位兄长在井冈山的深山老林里解过板，也在遂川的新江、五斗江解过板。这些深山老林里的杂木，需要有人在山里面就将它们解开成一块一块的板材，才好运输，才节省成本。

　　父亲和一些解板师傅住在杉树棚里面，他们每天一大早敬过山神之后，就得扛起木头往两张高矮相同的特制的木凳上放。放好木头后，再用长马钉将木头固定死，有些还得借助沙袋的力量固定。在木头上钉几个马钉，将沙袋挂上，锯起来的时候，木头才不会晃荡夹锯。

　　木头固定好后，就要请墨斗师傅来弹线，要解的是八分板，就得按八分来弹，四分板，就按四分来弹。墨斗师傅会先用量尺分好等距，然后让帮手牵着墨线在等距上按好，墨斗师傅轻轻拿起墨线，顺手一放，沾满了墨汁的墨线就弹出了一条笔直的长线。一根木头要弹两边，解板的师傅就顺着墨线往前锯，锯一段，打一个木楔子，锯一段，打一个木楔子。木楔子隔开板子，才不易夹锯滞锯。

　　任何事只要头开好了，就能一顺百顺。所以，开头的第一锯，都得墨斗师傅来把控。一般不会开锯的人，几锯下去就锯偏了。会开锯的墨斗师傅，几锯就能开出一个长长的口子。

　　开好了锯，就交给解板的师傅上手。解板都是一主锯与一副锯，两个人面对面，主锯带节奏，主锯推，副锯送。解板讲究的是配合，是协调，是和谐，是融入，是和解。会解的，两个人有说有笑，有来有回，一天就能解几方木板出来。不会解的，硬拉强扯，三下两下，两人就得起火，就得骂娘。要知道，解板最讲究的就是同心协力，步调一致，愿意将就，愿意配合。

　　真正解板解得好，还得靠锯子。解板的锯子都是板锯，也就是宽锯，比做木匠的锯子长了许多，也宽了许多。解板的锯子，解过两天，就得磨锯齿。磨锯齿的事也是墨斗师傅的事，墨斗师傅将板锯固定在长木凳上，手拿着锉刀，一个锯齿一个锯齿地锉。墨斗师傅眼里有厚薄，手里有分寸，

懂得这个锯齿该锉几刀，那个锯齿要锉几下。一把磨好、开过锋的板锯，解起板来，声音都不一样，听得让人舒畅。

真要说起来，解板的活计很苦，不但需要一把子力气，还需要耐得住寂寞。在深山老林中，两个人一推一送，一来一回，一整天都在重复着这样简单乏味的动作，有几个人受得了？父亲的几个徒弟都是受不了这个苦而离开的。他们做不到像父亲一样，每天都解得津津有味，并且每回解开一块板，都伸过脑袋，俯在板上，用鼻子深深地闻木头的香味说："这才是木头应有的味道。"

篾席匠

有人说，篾匠是篾匠，席匠是席匠，不能混为一谈。

其实，不要说篾匠、席匠，就是早先编草鞋、做风筝、做纸马的那些匠人，也都是同一个师父、同一个祖师爷教出来的。有人说他就是鲁班的师兄张班。张班心灵手巧，见到什么都能随手编织出来，有模有样。传说有一回张班编了一张篾席，鲁班见到，便给篾席安了四条木桌腿，并将篾席嵌在木架子中，就成了一张漂亮的桌子。于是世人皆夸鲁班的手艺好，而忘记了篾席是张班编的。张班气不过，找鲁班论理，说你改桌子可以，但还得按我原来的"席"来叫，哪能有了桌子忘了席？从这以后，谁家请客入座，都喊作"入席"。

以前，编草席，也不叫编草席，而是叫"打席"。我小的时候，坐着打瞌睡，大人就会说，快去床上，看洋湖人打席。

珠田洋湖，两大姓氏，一姓张，一姓廖，一直都有"张屋专打席，廖屋吊青蛙"的说法。姓张的人家，编织出来的草席，做工精细，质地柔软，冬暖夏凉。

我曾有幸看过别人打席，看到他们将织席机抬到厅堂。其实所谓的织

席机，就是一个笨重的木框子。

在打席之前，他们先将麻皮编成麻绳，一根根准确地穿过洞眼与凹槽系在顶上的木杠子上。等到所有的麻绳都穿系好之后，他们会端起茶缸含一口水喷在麻绳上，这样的麻绳才不易断，才不会扎手。然后他们以麻绳为经线，席草为纬线，将席草夹入一个类似于织布用的梭子的卡口之中。当席扣上翻，席草便由头到尾穿纲而过。当席扣下翻，席草便由尾到头穿纲而过。这样交替往复，两个人一正一反，一拿一送，草席便一寸一寸往上长。老话说，"打席是抬轿子的生意"，意思是两个人要配合得好，要心平气和。只有和气才能生财，若心情不好，手忙脚乱，那是肯定打不成席，也吃不成席的。

除了打草席，还有人会打荸荠杆席子，这全看打席人的喜欢。当席子打好之后，还得拿到院子里晾晒。晾晒好了，才能拿到街市上去卖。

至于篾席、藤席，那也不需要什么织席机，而是一条条篾片，或一根根藤条，像编织竹篮子一样，编出来的。此时需要的是一把篾刀。

篾刀，又叫厚背刀，可以削，也可以砍。篾匠手里的篾刀能够让一根竹子要圆就圆，要扁就扁。篾匠的一生，也是同篾打交道的一生。如何把一根完整的竹子剖成长篾、短篾，宽篾、窄篾，粗篾、细篾，圆篾、扁篾，是一个篾匠的基本功。篾匠的基本手势，就是砍、锯、切、剖、拉、撬、编、织、削、磨。织的凉席，编的竹團、竹筐，唯有光滑温润，方圆周正，刚韧恰当，才显出一位篾匠的真本事。

好的篾匠，看的就是篾功，一把篾刀拿在手上，要篾成丝便成丝，要篾成片便成片。早年间，谁家的生活都离不开竹器，从竹凳、竹椅、竹床、竹席、竹簸箕，到厨房里的竹捞篱、竹锅刷、竹筷子。我现在仍清楚地记得，就在农贸市场门口的马路边上，有个专门做竹锅刷的，一块钱一个。他就一把篾刀，在一根短竹上左一下、右一下地劈，慢慢地就做成了一把刷条像牙签一样细的竹锅刷。

随着塑料制品在乡村大量出现，篾席匠渐渐淡出了人们的视线。唯一让人欣慰的，是今天人们的环保意识越来越强，人们开始把目光重新投回到竹子身上，觉得手拎一只竹篮子买菜，比拎着两个塑料袋更让人心安，篾器又一次受到了人们的欢迎。

泥水匠

泥水匠，又叫瓦匠，最早应该出自宋代朱熹的《宋名臣言行录·张咏》。这个时期的瓦匠与今天的泥水匠有很大的差距，他们主要的工作是制瓦和盖瓦。瓦匠，还叫瓦作，从周朝开始，管房屋建成之后的铺瓦，和瓦饰的确定。瓦也分九等，不能乱来，什么画饰配什么房子，僭越不得，但凡僭越都是杀头之罪。以前的瓦匠只管房顶上的瓦，别的都不是他的事，所以，建一栋房子，更受人尊敬的是木匠，而非泥水匠、瓦匠。

瓦匠、泥水匠真正行时走运、吃香的、喝辣的，应该是在改革开放之后。随着钢筋水泥在一栋房子中的占比越来越大，到后来，房门、窗户都可以是钢的、铝合金的，木匠在一栋建筑的面前越来越显得可有可无，泥水匠却唱起了主旋律，扛起了大旗，在所有的工匠中崭露头角，开始了有头有脸的生活。社会越发展，分工越细致，慢慢又从泥水匠中分化出弯钢筋的钢筋工、砌墙的砌匠、粉壁的粉刷匠。打铁卖糖，各干一行，从此，贴瓷砖的不会刷墙粉壁，打灶的不会建房子，都是各有各的专业，各有各的强项。我在 20 世纪 80 年代，就差一点成为一名泥水匠。

那时候，身边的好多人都去学做泥水匠，一把泥刀往单车的斜杠上一插，你不知道他是吃几两米饭的人。在那个年代，学做泥水匠，首先得与泥打交道，和泥是必不可少的工作。我看见过一个给我们家盖房子的同龄人，天天挑水和泥，同泥浆打交道，手脚都开裂长冻疮了，看得我心生害怕，就再也不敢有学做泥水匠的想法，生怕长冻疮，再吃两道苦。可现在想想，哪个事业有成的工匠，不是吃苦走过来的？

在那些年，全国就像是一个大工地，谁家发了财，想到的第一件事就是盖房。没发财的，哪怕是省吃俭用，欠下一屁股债，盖起来的小洋房天天养麻雀，也要盖房。人人都执着于有一套或是一栋属于自己的房子。于是，风水轮流转，泥水匠的春天，也终于来了。

建一栋房子，自然不是一个泥水匠就能完成，必须要有大师傅和小工。大师傅，就是这栋房子的总包工头，任何事同他说就行，他在工地上说了算。一般来讲，为头的泥水匠，就是这群人中的大师傅，还是这群人中最会精打细算的，手艺也是最好的。

20世纪80年代末期的房子，还是土砖房居多，砌房用的是土砖，和的也是黄泥。慢慢地，土砖房不再作兴，和泥也用上了水泥，和泥的人也变成了小工。有些小工很会和泥，懂得放多少方石、多少方沙，要掺多少水泥，和出来的泥干湿正好，一抹就匀。

一个小工要管几个大工，和泥、搬砖、挑沙、挑水都是小工的事。做小工的一般是某个大工师傅的老婆，这样的夫妻档很多，直到今天的好多工地上，仍然看得见，老公在砌墙，老婆在边上递砂浆。夫妻同心的日子，再苦也甜。

如今的泥水匠工价很高，动辄三四百一天，却还是很少有年轻人涉猎，一如当年的我，吃不得那种天晴晒、下雨淋的苦。真正在工地上弯下腰做活的还是20世纪70年代那批人，鲜有更年轻的面孔。

看来，有一天泥水匠也会退出历史舞台，一切将由机器来操作。只是当这一天真正出现的时候，我们的房子也会如俄罗斯方块一样，拼起来就行了，再也没有人的气息与温度，一切只是机器的味道。

捻　匠

说到各式各样的手艺，造木船的手艺应该比其他好多手艺都历史悠久。《山海经》里就已有"坐而削船"的描写。显然，人类由混沌走向文明，舟船的出现，是一项跨越时代的科技发明。随着舟船向前推进，捻匠也就应运而生了。

捻匠是制造木船和维修木船必不可少的工匠之一。在捻匠的工具箱里，躺着同木匠师傅差不多的工具，有墨斗、斧头、锯子、刨子、凿子等。但捻匠的斧头又不同于木匠的斧头，捻匠的斧头更小更轻。刨子也是，没有木匠要用的长刨、短刨、圆刨，他只有一把中等长的刨子。另外，必不可少的还有捻凿、竹麻、桐油、石灰。

一艘船去往再远的城市，都会像游子一样要回到家乡，回到当年建造它的码头。人老病出，船老钉脱。一条木船，经历过几年的大风大浪，雨水侵蚀，慢慢地，船体会铁钉脱落，木板霉烂。此时，就得把捻匠找来维修。

会做船修船的捻匠，一个县就那么几个人，扒拉着手指都算得过来。谁的船造得好，谁的车角仔打得好，谁造的三块板不吃水跑得快，都在船老大的心里装着。船老大把捻匠找来，捻匠上了船，船老大小心翼翼跟在身后。捻匠手拿着一把锤子，这儿敲敲，那儿听听，然后问船老大："是大修，还是小补？"船老大把烟递到捻匠的手上，说："听你的。"

木船被拉上了岸，用木板一块一块垫了起来，得先晾干再说。等到晾得差不多了，捻匠就开始着手将一块块沤烂的木板凿下来，换上新的木板。换木板的同时，还得沿着船体将所有渗水或是漏水的竹麻石灰膏细细抠出来，清理干净。当所有该换新木板的地方都换好，就得开始捻缝了。老话讲："九叠十八捻。"一层竹麻一层石膏，唯有这样捻出来的面才与船板浑然一体，船体才韧性强，密封严实。

剔缝、塞麻、碾灰、上桐油石灰膏、刷桐油等这些工序看似简单，但是对捻匠的技术要求很高，一道工序做不好，木船下水后就会渗水，这会危及船员的安全，更会坏了捻匠的名声。

锤打，锤打，千万遍地锤打，才能将一条船由旧转新，然后一艘维修好的船就会散发出一股子好闻的桐油香，整条船就获得了新生。

那些年，有河流的地方就有船只，有船只的地方，就有捻匠。捻匠是船的医生，也是船的安全员。

杀猪匠

我的一个同学，读初中时曾跟我说他人生最大的愿望就是成为一个杀猪匠，可以天天有肉吃。我也想过上天天饭碗中有肉的日子，却不如这个同学意志坚定，选择杀猪作为自己的职业。

当然，也有其他同学一开始也像这个同学一样，选择成为杀猪匠，但在杀猪卖肉赚到第一桶金后，纷纷离开了这个血腥的职业。而我的这个同学，现在年过半百，仍在屠宰场，从事与猪肉有关的职业。

杀猪之人，很少有人称呼他们为杀猪匠或是屠夫，而是叫杀猪佬，与剃头、剔脚的一样，都带有一个"佬"字。佬，指的是成年男子。在古代，佬和匠都是指具备专业技艺的手工艺人。所以，并不像有些人所认为的，叫"佬"就一定含有不敬或轻蔑之意。

二十世纪八九十年代，每家都养猪，猪是一户人家里的储钱罐。等到猪养大了，过年的日子也就要到了。杀年猪过年，成为家家户户的一件大事。杀猪，自然就得把杀猪匠请来。

那个年代的杀猪匠，还是上请下迎的职业，非常吃香。一般人家要请个对路的杀猪匠，也不是那么容易就能请到，还得送几个口信，或到街上的肉场，找到杀猪匠当面敲定日子。

有些杀猪匠为了不走错门，会先来看一看，抽着东家递上的好烟，喝着东家端上的好茶，到猪栏外面打个转，瞧瞧即将被宰的猪，顺便估一下毛猪的重量，让东家心里有底。临走的时候，杀猪匠会挥着手说，到那天早上，你烧好水等着，或交代头天下午到杀猪匠的家里去挑木盆、木架子。

杀猪的时间，一般定在凌晨的四五点钟，那是人们睡得最香的时候。每一回我们家杀猪，我都会被父亲一遍一遍从床上催起来，然后和四哥一起陪着杀猪匠去把猪请到家里的大门口来。猪哪有这么蠢，早就闻到空气当中的杀气了。尤其是杀猪匠一走到它面前，它就会像发神经一样，乱蹦乱跳。这就考验杀猪匠的本事了。会哄猪的杀猪匠，一边用手在猪背上挠痒痒，一边使眼色让我站到猪身后抓住猪尾巴，让四哥站到前面抓住猪耳朵。说时迟，那时快，杀猪匠一用暗劲，就把猪掀翻在地，然后拿出拇指粗的麻绳套在猪腿上。躺在地上的猪只能发出撕心裂肺的嚎叫。我们才不管猪叫成什么样，把竹杠往肩膀上一升，就把猪扛了起来。

猪被我们几个按到了长板凳上，仍在死命地嚎叫。杀猪匠取出杀猪刀，一刀捅进猪的喉咙，然后又顺势转了一下刀把，那滚烫的猪血，顺着刀就往外奔涌。杀猪匠用手在装猪血的盆里搅了搅，然后把手上的血洒到地上早就准备好的纸钱上。

老话讲："家里杀猪，一刀见血，一刀毙命，血如泉涌，家运定当不错。"所以，谁家杀猪，都重视好事好头，都要一刀毙命，一刀见血。如果屠夫杀猪不见血，东道便会黑着脸说："你的手艺跟谁学的，二把刀吧？"所以，二把刀，永远是说那些本事没有学足，技艺不精的人。

猪杀好了，接下来就得用开水给猪褪毛。把几桶刚烧开的水提到猪的面前，杀猪匠就亲自上手，将水浇到猪的身上。哪儿多，哪儿少，杀猪匠心中有数。

刮掉了猪毛，在猪后腿上打两个洞，插上挂钩，杀猪匠一声令下，"起"，猪就头朝下、屁股朝上被挂了起来。然后，杀猪匠拿着一把锋利的杀猪刀

从猪屁股开始开膛破肚，将猪油、猪肚、猪肝、猪肺、猪心、猪大肠、猪小肠、猪脑子等一一放进团箕里。

当一切都收拾好了，就开始上秤。称好之后，杀猪匠会任凭东道选择，是贩给他卖，还是由东道自己守着杀猪匠帮着卖。贩给杀猪匠卖，杀猪匠只得杀猪的钱；守着杀猪匠卖，杀猪匠就还得收卖肉的钱。

那年代，杀猪匠不但能吃上好肉，还能跷起二郎腿来赚钱。只是风水轮流转，再红火的职业，也会被别的职业取代，再会杀猪卖肉的杀猪匠，也要面对家家不养猪，想要买肉就去市场随便挑的时代来临。

阉　匠

陈尚古的《簪云楼杂说》中记载，明太祖朱元璋定都金陵时，有一年除夕，见一户劁猪的人家，竟没有张贴对联过年，一问才知劁猪的不识字，写不了对联。朱元璋大笔一挥，写下了"双手劈开生死路，一刀割断是非根"的对联，让劁猪匠将这副对联贴在自家大门两边。从此，劁猪的人家，就会贴这样的对联过年。

老话说："猪不劁不胖，公鸡不阉不长。"只是，猪不分公母，只要是家里不想养种猪，也不想养母猪，就都得劁。不劁，猪会越长体味越重，而且爱打群架，爱趴胯。一劁掉猪身上的念想，猪立马就变得温顺起来。阉鸡，却只对公鸡下手，母鸡得下蛋。公鸡阉了，不但长得更快，而且肉质会变得更鲜嫩。

我小的时候，四里街上家家户户都养一大群鸡。鸡从小鸡崽开始养起，等养到羽毛换齐，重量在一斤左右的时候，就得请阉鸡匠上门来给公鸡崽做手术了。这些会阉鸡的阉鸡匠都是县畜牧兽医站的兽医。兽医中有男的，也有女的。他们的兽医技术和阉鸡劁猪的技术，有些是从兽医学校学的，有些是跟着师父学的。其中有一个女的，她的名字我早已经忘记，但她的儿子后来成了一个很有名的歌手。我现在仍清楚地记得，她骑着一辆二八自行车，自行车的把手上挂着一个黑色的手提包。这样的黑色手提包，人们都叫作"阉鸡袋"。"阉鸡袋"里有扩张器、细线、钎匙、小勺子、手术刀、镊子等工具。

阉鸡之前，阉鸡匠会先让人打来一盆清水，将皮革包着的所有工具放进清水里泡着，取出一块皮革的围裙垫在自己两腿之间，然后把公鸡崽抓到手上，把鸡头一扭，就别到了鸡翅膀下。接着就在靠近后腿的鸡肚子上拔起毛来，当把要做手术的地方的鸡毛拔干净了，就从盆里捞出一把锋利的阉鸡刀，迅速划开一道口子，然后拿出扩张器，将那道口子撑开，再取出一把一头带钩一头带勺子的工具，用勺子把公鸡崽的睾丸从里面掏出来，用阉鸡刀轻轻一切，丢进早准备好的饭碗里，然后将扩张器一松，针都不缝就把鸡丢到一边。不放心的人会问："这就行了？"阉鸡匠头也不抬，回一句："放心，你人娇贵，鸡没这么娇贵。"

这些不娇贵的鸡，一开始半死不活、昏昏欲睡，过了两天，就活蹦乱跳起来，四处寻找食物。也有些伤口发炎，挺不过去的，就一头倒在鸡窝里，全身发硬。这时候，鸡主人就会埋怨阉鸡匠的手艺不精。但只过一年，见到阉鸡匠在别人家阉鸡时，这人就好了伤疤忘记了痛，提着要阉的鸡，又让阉鸡匠动起手来。人都知道，只有阉了的鸡，才没有腥膻味，才不思不想，一心长肉，肉质鲜美。

会阉鸡的人，一般也会劁猪。只是劁猪远没有阉鸡轻松，小猪的力气大得很，何况小猪又不知道在它身上动手术，并不是要它的命，它挣扎得却像要它的命一样，不仅两腿乱蹬，而且发出撕心裂肺的惨叫。劁猪匠才不管猪发出的惨叫声有多大，拿出劁刀，找准位置，一刀下去，然后用扩张器扩开，轻轻取出猪卵子，轻轻两刀，两个拇指大小的肉蛋就丢进碗中。然后随手抓起一把现烧的草木灰，在刀口上抹一抹，擦一擦。后来科技发展，也不用草木灰了，而是用上碘酒或是酒精了。

看来猪也好，鸡也好，伤口的自愈能力还是挺强的，才过三天，就活蹦乱跳了。

如今，街头巷尾很难见到阄匠的身影，一般人家也不养鸡养猪了，这门从东汉一直延续并传承到今天的手艺，只存在于大型的养鸡场、养猪厂里了。他们也不叫阄匠了，而叫技术员。阄猪、阄鸡也成了一门技术活，而非手艺。这样的技术员，都是十八般武艺样样精通，不但懂得阄猪、阄鸡，还懂得给猪配种，给猪接生，给鸡配营养餐。他们知道，只要肯学，一切都不在话下。

石　匠

从石器时代开始，人们就使用石头制作工具。石头也是天底下最容易获得的原材料，人们建房子、立牌坊、刻碑石，可以就地取材，而且用之不尽。石匠是这世上最古老的职业。

以前，谁家过日子都离不开石器，一般人家里都有石磨、石臼、石辗、石槽、石凳、石锁。早些年，我家老屋里都放着石臼、石磨，做糍粑、辗米粉都得用上它们。尤其是我家的石磨，更是一天到晚转个不停，从早上起就有人来磨大米粉、豆粉、辣椒粉。

只是，再硬的石头，再深的石磨槽，也会被岁月慢慢磨平。这时，就得把石匠请上门来，让他来錾石磨。錾石磨的工钱很贵，相当于买新石磨的三分之一的钱。奶奶觉得心疼，就跟石匠讲价，说："我新买一副石磨才几个钱，你现在錾副石磨就得这么多钱。"石匠一听笑了，跟我奶奶说："老嫂子，我没有要多呀。现在帮你把石磨一修一錾，你就能当新磨使，你又得用上多少年？"

想想也是，石匠也不容易，来一回，得隔上多少年，才能再见上一面。最后，奶奶一咬牙，对石匠说："那可说好了，价钱由你定，石磨你可得修好了，别偷懒耍滑。"石匠又笑了，对奶奶说："老嫂子，你放一千个心，一万个心，我们做石匠的人，说一就是一，说二就是二，从不乱来。"

说着话，我就看见石匠从自己的包里拿出锤子、錾子，沿着石磨上原有的沟槽一下一下往深里錾。我心里想，做个石匠还真简单，不需要什么工具，有股子力气就行。这自然是小孩子的想法。这世上的事，哪有什么是容易的？样样手艺样样难，哪有手艺会清闲？

石匠，分为粗匠和细匠两种。

粗匠，就真的靠卖力气打石头，像是做些石磨、石臼、石凳，以及修条石建房子，那都是技术含量不高的活计，这类石匠自然叫作粗匠。他们的工具也乏善可陈，除了大大小小的锤子、錾子和钢钎，就没有其他工具了。这些年，这样的石匠也是越来越少，慢慢都消失了。

石匠中的细匠，也就是石雕师，他们是要在石头上做出花样的人。这样的人，有些还是国家级的工艺美术大师。他们给石头刻字、刻花，把石头建成豪华的牌坊，把石头雕成石马、石狮、石佛、石貔貅，他们才是真正的石匠。

这些真正的石匠，能把石头玩出花来，能将一块石头变成一件艺术品。有一位福建莆田的石雕非遗传承人，他跟我说："一个真正的石匠，能让石头张嘴说话。"他还说："在中国，石匠的高光时刻，就是建人民英雄纪念碑时，他们受到了周恩来总理的接见，说他们是雕刻历史的人。"

雕刻历史，在历史的时空里留下自己的气息，这是一件想想都觉得不可思议的事情。在历史长河中，石匠还真的是历史的见证者和记录人。要知道，多少文人墨客的思想文字都已经从这个地球上消失了，而那些石匠用自己的心血一笔一画刻在碑石上、悬崖上的文字却一直留存着。

有多少石匠的手艺和故事仍在延续，他们用心浸染过的石头，仍在这个世界上发出属于自己的声音，绽放属于自己的笑容。

裁　缝

我们只知道轩辕黄帝是我们的人文始祖，哪知道，他还是裁缝的祖师爷，他用动物骨头做成针，以麻绳为线，缝树叶、兽皮，让人穿在身上御寒保暖，从而有了后来的裁缝。

在古代，鲜有男人做裁缝，给人量体裁衣，这些都是女人做的事情。男人做裁缝，应该是近代布匹印染业的迅速发展，做裁缝兼带卖布匹成了一个很不错的生意时才兴起的。

改革开放之前，裁缝与别的手艺人差不多，都经历了一段很长的艰难的日子。直到改革开放之后，买布不再需要布票，裁缝才迎来了真正的春天。这时候的裁缝一般都是脖子上挂着软皮尺，左手拿着竹尺，右手拿着画笔，嘴里叼着烟，站在自己布店的桌板面前，一边与人聊天，一边在布匹上画线。

一个人会不会做裁缝，看的就是会不会量体裁衣，裁出的布，是不是又好又省布料。老话说："裁缝剪刀快，全靠心会算。"懂得算计，算得好的裁缝，同样的一块布料，别的裁缝只能裁出一件上衣，他却除了能裁出上衣，还能多出一块短裤的布料。这样的裁缝，自然受到更多人喜欢，都愿意把自己买的布料送到他手上。

只是，裁缝贪布的事，还是时不时会发生。经常在街口上听到人说："我拿去的北京蓝明明可做一件衣服和一条裤子，他现在只给我做了一件上衣。"

过些日子，大家就会看见裁缝的媳妇穿着一条崭新的北京蓝裤子。

20世纪80年代末，是学裁缝的高峰时期。女孩子初中毕业，不上学了，就会去学做裁缝。学裁缝第一步是学做手工，学绞边，用手工针缝裤边，缝裤腰带。这时候，徒弟就住在师父家里，帮着师父家挑水、喂鸡、养猪、种菜。

手工活做得差不多了，师父也瞧出来这徒弟做的活针线严密，心定心细，就开始让她踩缝纫机。缝纫机都是自己家买好，抬到师傅家的。

眼看着一年时间过去了，徒弟已把一辆缝纫机踩得哗哗直响，这时候，师父就开始教裁剪。此时，有些人来做衣服，师父会有意识地让徒弟去量。量好之后，师父会问："你说要做宽松一点，还是做合身一点？"有些徒弟不明就里，张嘴就来："做衣服不就要合身？"师父会说："合身自然是要，但也要想到，人家屋里姐妹多，姐姐穿了妹妹穿，做一件衣服，不仅要姐姐合身，还要想到妹妹能穿，这才是好裁缝，懂得为东道着想。"

那些年，好多裁缝都成了县里的万元户，戴着大红花，风风光光。只是三十年河东，三十年河西，随着服装业的快速发展，各种好看的衣服一下子涌向市场，人们纷纷把目光投向服装店，再也不用自己拿着一块布走进裁缝店去做衣服了。

唢呐匠

唢呐匠、吹鼓手，在以前都属于下九流。家境稍好一点的孩子都不会被送去学这门手艺。但人们的生活中又少不了唢呐匠的相伴相随，不管是红好事，还是白好事，都会有唢呐匠的身影。

客人一来，鞭炮一响，唢呐就得吹奏起来。

会听的，说这喇叭吹得好，客人一个一个进，让他多吹一会儿，多听听。这时候，唢呐匠就得鼓起腮帮子，努力地把手中的这杆唢呐，吹奏出动人的花样来，让所有的客人都能感受这杆唢呐传递给他们的温度与热情。

唢呐吹奏，不怕响亮，就怕曲长，担心一泄气，调不成调，曲不成曲，那会惹人嘲笑。任何一个想要扬名立万的唢呐匠都不敢有这样的闪失，哪怕吹得两眼发花，口腔出血，也要一口气吹到这一拨客人全都进了院子、客厅，才把唢呐停下，等待下一拨客人的到来。

好多人都说，唢呐好听，不好学。看似简单，吹好却难。做学徒的时候，一个音不准，师父的脸就黑了，轻则一个巴掌，重则给上一脚，连人带凳都被踹翻。以前的师父，都没有乐谱，而是言传身教，一招一式，都是手把手教你。但也不是什么样的人都适合吹唢呐。有人想学，师父也有意想教，但收徒之前，还是会拿起唢呐让他对着一张黄表纸吹，虽不成调，但能看出黄表纸是干是湿。湿了的大多不教，还是哪儿来回哪儿去。

唢呐匠真正要掌握好的是换气，不会换气，也吹不成曲。一支曲子，长则七八分钟，短则两三分钟。一个普通人憋在水里，不换气，也就一两分钟。所以，唢呐匠的换气尤为重要。一般的唢呐匠都是鼓腮换气，像蛤蟆一样，嘴里含着一口气，一边吹一边迅速用鼻子吸气，如此往复不断，就能把唢呐含在嘴里，一直吹奏下去。

从前，两家对门做好事，请的不同的唢呐匠，无意中就会形成唢呐匠大比拼。这时候，唢呐匠就会拿出真本事来吹，看谁吹得又响亮又悠长。唢呐匠出师，看重的不是出师酒，而是师父带着，从阳关桥往南门口走，1000 米的路，唢呐匠要一支曲子吹奏到尾，中途不歇，脸不红，声音洪亮，节奏感强，这才真是长师父的脸，也长自己的脸。

石壁猴仔，是唢呐匠中的佼佼者。有人说石壁猴仔精明得要死，但唢呐吹得没有话说，他可以头上顶着一碗水、肩膀两边各顶一碗水吹，从清早吹到傍晚，中途不歇，碗里的水不洒。

顶着碗吹，没几个人看到过，从清早吹到傍晚，也估计是小说的写法。但我看过石壁猴仔的徒弟出师，石壁猴仔站在边上，他跟徒弟说："师父陪你吹一程。"同样是从阳关桥到南门口，石壁猴仔一口气没歇，吹得又悠长又响亮。那一年，他 88 岁了。

88 岁，还能够把一杆唢呐吹得惊天动地泣鬼神，不能不说这是一位神人。

在石壁猴仔出殡的那天早上，他所有的徒子徒孙都来了，人人嘴里含着一把唢呐，对着天空齐吹，吹得一街的人都哭了，都说，石壁猴仔这一辈子值得！

这也不奇怪，没有唢呐吹不出的曲，没有唢呐送不走的人。唢呐洞儿小，腔儿大，一杆唢呐吹走了多少英雄，青山依旧在，唢呐声已远。

现如今，唢呐匠也鲜有露脸的舞台，一般人家的红好事都选择到酒店办，也是越简单越好。白好事，也换成了仪仗队唱主角，唢呐匠站在边上，偶

尔吹出一段长曲，才会让人发觉他的存在。唢呐匠早已经没有了原先的风光，也没有人倾耳一听，没人知道这吹的是嫁女的曲，还是迎亲的曲，或是送葬的曲。

　　知音少，管破有谁听？也许这就是今天唢呐匠最好的写照了。

糖画匠

"天食人以五气，地食人以五味。"五味当中就数甜味最令人难以拒绝。在宋朝以前，糖还是稀罕物、奢侈品，只有达官贵人才有资格享受。后来随着小麦、甘蔗的种植，以及炼糖业的发展和普及，平常人家才有了甜味。到了清末，街头巷尾才有了糖担，以及专门以糖为业的手艺人。

在这些以糖为业的人当中，有用糖专给人塑像的糖人匠，也有专门将糖吹成猪、狗、象、兔的吹糖人，还有手拿长柄小铁勺，在一块大理石板上画糖画的糖画匠。

北方多的是给人塑像、吹糖的糖人匠，南方却是以画糖画的糖画匠为主。

在这世上，不管是什么匠，都要用心去做。如没有匠心，哪怕再好的糖，也成不了画，得不到人的追捧，得不到人的喜欢。

最受人喜欢的糖画匠，糖担还在肩膀上挑着，身边已经围着一圈孩子了。孩子们一个个手里捏着零钱，一副急吼吼的模样，他们的眼睛里只有糖担上的那条糖龙样品，别的什么也看不见。

此时，糖画匠是一点也不着急，他要带着这群孩子，不慌不忙寻找到一个空间大的马路牙子才肯放下糖担。在他的糖担上有熬糖的小火炉，还

有画着各种图案的转盘，以及大理石案板。

糖担一下肩，糖画匠就问："谁先来？"

马上，大点的男孩便会伸出手中早已捏出汗来的两毛钱说："我先来。"糖画匠示意他转转盘。转盘转出来的糖画，是大是小都靠自己的运气，没有人会心里不平衡。男孩用手指迅速地拨了一下转盘上的指针。指针飞速旋转起来。

"停，停！"男孩拼命地叫着。指针停住了，却没有停在男孩想要的动物身上，而是停在一只公鸡身上了。

糖画匠接过男孩的两毛钱，开始熬糖。糖块在炉子上一点点融化后，糖画匠用勺子试了试，糖能扯成丝，牵成线了，他就开始在石板上用糖浆作画。转盘上的鸡、蝴蝶、小狗、兔子、龙、凤都在糖画匠的心里装着。很快，一只活灵活现的公鸡就出现在男孩的手上。男孩举着这只金黄的糖画鸡，想吃又舍不得，只能先用舌头舔上一舔。这一路，男孩都在同糖画作斗争，走几步，舔几口，走几步，舔几口。还没有回到家，男孩的手上就只剩下支撑糖画的小竹片了。竹片上的糖味已经越来越淡，但男孩还是舍不得丢弃。

前些年，在公园和学校门口谋生的糖画匠中，有一位就是我的本家，也姓刘。那时候，每见到他，我都会停下脚步，跟他聊上几句。他跟我说，学糖画，学的是眼力，学的是手劲。一开始，就像书法家学写字一样，在画的空块里，用糖浆描红，手一抖一提，一顿一放，一收一送，时快时慢，时高时低，都有诀窍。

学徒刚学糖画哪懂这个，总是时快时慢，时粗时细。此时，师父也不会容你多嘴分辩，拿起什么，就往手上敲。有多少人学不下去，半途而废，都是因为吃不得这样的苦，受不了这样的难。

糖画匠那长柄的勺子，就是手中的画笔，金黄黏软的糖稀就是颜料，十二生肖、花鸟虫鱼早已在胸中装着。只是，人们品味的是甜蜜，是欢喜，是开心，是快乐，但糖画匠人却很苦。风里来，雨里去，尤其是大冬天，糖画匠守在街头巷尾，顶着寒风冷雨，此时，又有几个人会知道甜的背后，是辛酸，是苦涩？本家说："手艺人、手艺人，靠的就是守。你不守，又怎么会有生意？"

最近这两年，我再未见到他的踪影，倒是在一些店门口看到一些智能糖画机器，想要什么糖画，投个硬币，机器就动起来，倒也像那么一回事。只是一吃才发现，没了糖画匠人的温度，也没了曾经的那种美好。

铁 匠

世上三样苦，打铁、撑船、磨豆腐。

打铁的苦甚过撑船和磨豆腐的。撑船、磨豆腐冬天下水有些冷，却不用承受大锤小锤敲打铁器的声音直冲耳膜的苦，更不用承受大夏天被火炉炙烤的苦。难怪有人说："学什么都别学打铁，天天一身墨黑，还得吃木炭煤灰，不死也要脱三层皮。"

一个村子一般只有一家铁匠铺，多了也活不下去。铁匠不比别的手艺人，能做两回三回。铁匠打一把菜刀，一般的人家要用几年，打一把锄头，没个三五年都不会坏。铁匠手艺有高低，菜刀好不好用，锄头好不好挖，全在铁匠的手艺上。

公私合营的时候，县里把手艺人都组织到了一起，木匠扎堆的地方叫工艺社，篾匠排队的地方叫篾器社，铁匠成伙的地方叫铁艺社。铁艺社里聚集了县里顶级的铁匠，一个个都是好手，有专做锅的，有专打锄头做农具的，还有专做菜刀剪刀的，更有只打船钉的。

一开始，铁艺社有严格的规定，不准接私活，要打什么由领导定，这个星期做菜刀，就专打菜刀，这个星期生产剪刀，就专做剪刀。做好了，再送到商业局、供销社，由他们统购统销。那时候，有人管事，日子倒是好过，反正是大锅饭，出不出力，出不出汗，都有工资。于是，该多淬一次火的不淬，该包钢口的不包，老百姓买了这样的菜刀剪刀，切肉、剪手指甲都用不上力，直骂他们，"活该打铁"。

好在过不了几年，木艺社解散，铁艺社拆伙，铁匠一个个回到村子里，或是留在铁艺社，要菜刀打菜刀，要锄头打锄头。只是，这时候工业化的脚步越迈越快，菜刀、锄头、铁钉都是流水线机械化生产，普通人进铁匠铺的时间越来越少，打铁的人也越来越少。

又过了几年，铁艺社的位置换到了商品房小区，马路边上见不到铁匠铺子的影子了，更听不到在冬天的时候，大人对小孩子喊："要烤火去打铁佬那里，打铁佬的铺子暖和。"再看铁匠，已是某个旅游点上，摄影师面前的摆拍者，长者拿着小锤，年轻人拿着大锤，摄影师喊一声："开始！"你敲我锤，火光四射，汗滴直流。看起来，还真是有模有样，只是手底下的铁，却是越来越冷，越来越冷……

锡　匠

　　九佬十八匠中的金匠、银匠、铜匠、铁匠、锡匠，都是同一个祖师爷——太上老君。传说太上老君的炼丹炉，除了能炼孙悟空、炼丹之外，还可炼金子、银子和锡。很显然，金、银、铜、铁、锡，都少不了要熔炉。

　　熔炉如此重要，就不奇怪，无论是走到哪里揽生意，锡匠的担子上都有熔炉。熔炉不只用来熔锡块，还要给焊接边缝的烙铁加热。烙铁有没有热好，有经验的锡匠是不用眼睛看的，只要拿起烙铁放在耳朵边上，就能感知热度高低，就知道可不可用来焊接。一般焊接的缝隙要平滑如镜，才能体现出锡匠的功夫。

　　好的锡匠除了做锡壶，还做锡水桶、锡茶叶罐、锡烛台、锡花瓶等。早些年，结婚的嫁妆中，作兴有一对锡烛台，作兴有个锡花瓶。到后来，一般人家的锡器都被"破四旧"给破了，家里也没有存锡的习惯，至多有一把锡壶做烫壶。

　　"正月呀愁，愁过年，亲戚朋友呀来拜年。手中无钱没有换来酒，提把烫壶在面前，那亲表妹，高人呀站在矮人前。"这山歌里唱的烫壶，就是锡壶。锡壶都是锡匠一手一脚制作出来的。

　　在做锡壶前，先得熔锡，将锡块熔化成锡水。锡匠将锡水倒入早就做好的模板之中，模板有的是壶身的、壶盖的，又或是做壶嘴的。

　　那一年，我在乡里一家基层供销社上班，供销社原有一套锡制的大型酿酒器。主任决定将锡匠请来把酿酒器全熔了，给每个职工打一把锡壶。那些天，我下了班没什么事，就往锡匠的住处跑，看锡匠如何做壶。我看着他们将锡块熔成锡水，倒入模板中做成锡板，然后一块一块按图纸剪好，再一块一块敲打，敲出来的锤印非常漂亮。接下来就是焊接的环节，将一块一块锡板焊接成壶身，然后再焊底板、壶口和壶嘴。

　　全都焊好之后，就得打磨抛光。打磨的时候，先用锉刀将多出来的锡刺一一锉平，再用粗砂布打上几遍，一把新壶就光彩照人了。最后要做的就是錾上名字。錾刻名字也有讲究，有阴刻和阳刻之分，阴刻更省时省力，阳刻却要下点功夫。

　　这几个制作锡壶的锡匠都是草林人，他们跟我说，当下做锡匠没什么意思，没有人作兴，发不了财，还不如圩场上做马口铁的匠人。我这才知道，原来做马口铁的匠人也起源于锡匠，他们手上用的马口铁是镀了锡的铁。用马口铁做一只水桶，做个下水槽，不用像锡匠那样吸入那么多锡灰乌尘，他们剪好了材料，直接焊接就成。

　　锡匠还告诉我，他们的手艺是从祖上传下来的，以前祖上是挑担走四方讨生活的匠人。那时候，锡匠的日子比现在好过，谁家要做嫁妆，都离不开锡器。哪像现在，锡匠没落得都没有人找了，农闲时挑着担出去，一天也转不出一次生意。

　　如今，我的那把锡壶还在，只是很少用它来烫酒，有人跟我说锡壶含铅，容易铅中毒，我更怕用了。只有偶尔看到壶口自己的名字，才会想起这群锡匠，想起他们把每个人的名字都一笔一画地写在纸板上，再一个字一个字地錾在壶沿上时认真的样子。我相信，这些名字，他们早已经忘记，但他们的匠心，却仍留在这一把把壶上。

郎　中

　　"不为良相，便为良医。"这也是中国古代文化人的心愿，认为做一名中医，可以"上医医国，中医医人，下医医病"。所以，古代没能考取功名的人，成为一名医生，也是不错的选择。

　　古人学医，有大成就者，一般都入门很早，跟着家里的长辈抄方、观摩、临床，从而比别人先知先觉。像李时珍，他的父亲李言闻本身就是名医，李时珍继承了家传医学，再加上自身的悟性，才有了划时代的巨著《本草纲目》。另外，也有因孝成医的，像张仲景，出生于名门望族，偏偏家门不幸，死于伤寒者"十居其七"，从而坚定了张仲景想要学医的决心与恒心。当然也有自己久病成医的，像药王孙思邈就因为小时候体弱多病，还曾"幼遭风冷，屡造医门，汤药之资，罄尽家产""平生数病痈疽"，于是奋发图强，希望通过学医自救。

　　在我们的生活中，中医很多，我曾结识一位自己开中药房的老中医。有人说，他是自我摸索，自我成长，自我成就。虽然他的外公、舅舅都从医，而且是县里的名医，但那个时代，传子不传女、传内不传外的思想仍然严重，他并没有得到外公、舅舅的真传。他的母亲有一次回家吃酒席，偷偷溜进他外公的书房，偷得几本医书塞到他手里，他就凭这几本医书，把自己练成了一位名医。

早年看病，老中医从不张嘴说诊费多少，而是任由人给，给多给少全随病人自愿。有些病人没有钱，拿只鸡，拿只鸭，送他几个南瓜、几把青菜，他也照收不误。

这位老中医，总是笑呵呵地面对每一位病人，他给人把脉的时候，旁边会坐着一个抄方子的徒弟。老中医一边把脉，一边与病人聊天，问近段时间吃了什么，睡觉怎么样，大小便正不正常。把完左手的脉，又会说，把右手也给我看看。看完了，会说，把舌头伸出来给我看看。都看完之后，老中医站起来，还会把病人的眼皮向上翻，看一下左眼，再看一下右眼然后说："没什么大事，我给你三服药，三服药包你百病除！"

也许是老中医爱给人开三服药，他便拥有了一个外号，叫"郭老三"。

谁有病，就说到郭老三那里看看，他厉害，三服药让你百病消。

郭老三，也不是永远就只开三服药，有时候也会开六服。六服也是看什么人，生什么病。郭老三报方子的时候，一点也看不出已经80多岁，仍是中气十足。他的嘴里迅速吐出"陈皮15克、红枣30克、当归15克……"抄方子的徒弟就迅速把郭老三说出的方子写在处方笺上。写完后，站起来，双手递到郭老三手上。郭老三拿过处方笺细细看一遍，点点头，朝站在药柜前的徒弟喊一声："点药。"

郭老三到底有过多少个徒弟，没有人统计过，只知道，找他学医的人从没有断过。但郭老三并不是什么人都收，中医有"十三不可学"："残忍之人，必不恻怛，不可学；驰骛之人，必无静气，不可学；愚下之人，必无慧思，不可学；鲁莽之人，必不思索，不可学；犹豫之人，必无定见，不可学……"这13种人，郭老三也是不收的。

收了那些人，也是先放在家里一边做家务，一边背《汤头歌诀》。有些耐心不够的，就走了；有些耐心够，想要真正学医的人，就坚持了下来。

每天早上，郭老三都会叫来一个徒弟，对他说："升阳益胃汤背一下。"徒弟就摇头晃脑地站在他面前张嘴背："升阳益胃汤出自《内外伤辨惑论》。此汤主治脾胃虚弱、怠惰嗜卧；时值秋燥令行，湿热方退，体重节痛，口苦舌干，心不思食，食不知味，大便不调，小便频数；兼见肺病，洒淅恶寒，惨惨不乐，乃阳气不升也。方剂取黄芪 30 克、半夏 15 克、人参 15 克、炙甘草 15 克、独活 9 克、防风 9 克、白芍药 9 克……"

徒弟还没有背完，郭老三又说："去，给我称 15 克防风、5 克柴胡过来。"徒弟刚把防风、柴胡称好，拿到郭老三面前，郭老三又问："柴胡有什么功效，它主治什么？"徒弟马上答："柴胡的主要功效是和解表里、疏肝解郁、升阳举陷、退热截疟。"

当徒弟能够对所有问题对答如流时，郭老三就会把他送进药房，让他识别中药，同时学中药炮制。

等到在药房里待够两年后，郭老三才会让他坐在自己面前抄方，抄了两年方，才开始放手让徒弟独自看病。

一个人要学中医，跟着郭老三得学 6 年到 8 年，有些甚至要学更长的时间，这全凭郭老三定。每一次有徒弟出师，郭老三都千叮咛万嘱咐："医者仁心，要因人而异，因病而异。中医与西医最大的不同，就是要从病人的生活状态、饮食习惯出发，因四季不同，而要阴阳相辨，一人一方，千万不能死记硬背，误人误己。"

现如今，郭老三已不在了，学中医的人也进了学校。好多人都说，现在的中医，大不如前了，只懂得睁着眼睛默写汤头歌，自己是一点主见也没有。这样的方子，又哪能够真治病！

窑 匠

小时候到泉江河里挑水，一抬头就看见阳关桥边上的那座砖窑冒出滚滚浓烟。到了傍晚，天暗下来的时候，还能清晰地看到火星子从窑洞里往天空飞。

这座建在阳关桥边上的砖窑是四农村集体的。那些年，县城周边好多村庄都建起了村窑，这些村窑成为一村人的收入指望。从窑里烧出来的有红砖、青砖，红瓦、青瓦，还有花钵、把壶、砂瓯，烘笼钵等。

在烧窑的人中，就有专业的窑匠。窑匠是一座窑的大师傅，他可以吃香的喝辣的，不需要做那些打砖坯、和泥的苦活。打砖坯、和泥的都是窑上请来的小工，这些小工有的是力气，他们每次都把和好的泥巴高高地举起来，用力砸在砖模里，然后用一块四四方方的木条子拍打砖模，让泥巴尽可能地舒展，将砖模填平填实。

眼下要做的是实心砖，而非空心砖，就不能够有空心。当泥巴挤满砖模，还有泥巴在外时，用专门的刮板轻轻一刮，砖模就平了。

砖窑一般建在山脚下，以便取土。而烧瓦，烧瓮、烧缸，则大多数在平原上，要的是泥巴好，黏性足。如东皋专做瓦，洋村专烧钵，这都与当地的泥有关。我们常说，"靠山吃山，靠水吃水"，其实靠泥也吃泥，好泥也能让一个村富起来。

那时候，每遇寒头腊月三九天，大街上都会传来"要么烘笼钵的，要么烘笼钵的……"吆喝声。一问，十个卖烘笼钵的，有九个是洋村的。

烘笼钵与花钵一样，都得脚踩拉坯。

烧瓦倒不用拉坯，但也比做砖多一点儿技术含量，要用泥弓锯泥片，把泥片围在瓦筒上，然后一手转动瓦筒，一手从旁边盆中取出半圆形的瓦刀，把瓦的阳面细细地抹平抹均匀。最奇的是，这些像泥瓦桶一样的瓦坯晒好之后，一拍就成了四片。

这样的技术活，同窑匠的火候比起来，那都不在话下。烧砖烧瓦烧各种生活器具的窑匠，最在意的是自己的名声，以及自己对火候的把控。要知道，一窑的砖烧坏了，就等于自己一世的英名没有了。只是这样把砖烧坏的事情很少发生，除非老天爷不赏饭吃，在烧窑的日子里，忽然间下了几天暴雨。一个窑匠对窑火的把控，那是多少代人努力的结果，是一种传承。

在那个年代，烧的都是柴火窑，而非当下的煤窑、电窑、油窑，对窑火的掌控，就显得尤其重要。这全凭窑匠对火眼的火候观察。厉害的窑匠从嘴里喷出的一口水在火眼前掀起的雾气，就知道烧到了几成。

如今，很难再看到当年那些窑匠的身影，倒是一些爱玩泥巴、有想象力的人，自己买了小电窑，在家里成为新一代的窑匠。他们烧碗、烧碟、烧花钵，烧各种自己创新出来的物件，并在自媒体上炫耀自己的作品，说："做个窑匠一点也不难，你也会烧，快点来加入我们……"

釉　匠

漆匠，又叫油匠，还叫釉匠。

早年的漆匠，用的是生漆和桐油，生漆、桐油来源于漆树和油桐树。漆树的叶子有红有黄有绿，有点像现在很多人家里爱养的变叶木，又漂亮又好认。油桐树春开花，秋结果，果子可榨取桐油。桐油可是好东西，以前不管是做船，还是做桶，只要是沾水的，都得刷上三遍桐油。刷上桐油，晾干之后，亮得能见人影，还不渗一点水。

一个真正有本事的漆匠，是最懂得生漆与桐油的比例的。配漆是漆匠真正的独门武器。以前的漆匠，手艺一般都是家传，同时传给后人的还有画技。漆匠刷的画，比真正的画师画的画更具抽象感，主题是人人都喜欢的梅、兰、竹、菊。我现在仍记得父亲结婚时的柜子上的漆画是兰花。

我二哥、四哥的家具都是老漆匠漆的，他们与我父亲熟。因为父亲是木匠，木匠做完了家具就得找漆匠上漆。木匠活做得好不好，木板刨得平不平，漆匠全知道。漆匠要抹底灰，木板刨得不好，凹凸不平，打底的灰就自然耗得多。父亲和老漆匠是熟门熟路，还有点惺惺相惜的意思。我现在忘记了两位老漆匠姓什么，只记得他们也是木艺社的工人。他们一进我家门，就向我父亲喊："刘师傅，我们上门来找吃的来了。"父亲就会说："又得累你们几天。"这两位就笑着说："累什么，应该的。"他们从来不会跟父亲讲价钱，父亲也不会跟他们讲价钱，而是在所有家具漆好之后，在喝完工酒的饭桌上，父亲才会说："多少钱，说一句。"漆匠师傅就会说："见利了，你给多少都行。"父亲马上说："好，你说多少就多少，我信你！"然后端起酒杯，再不说工钱的事了，而是谈起往事。父亲谈起往事，眼睛里就带着光，越说，酒也就喝得越多，到最后，父亲醉了，两位漆匠师傅也醉了。

两个漆匠是一对叔侄，叔叔做事慢条斯理，侄子做事风风火火，但都跟我父亲一样，是用自己良心做事的好手艺人。他俩话不多，但活都做得好。该打的底漆一样不少，而且要刷多少遍就刷多少遍。不像我后来请的漆匠，连底漆都不刷，就直接喷面漆。父亲看了直摇头，说："这哪里是做手艺的人，赚这样的昧心钱，夜里哪睡得着觉。"

只可惜，人家的钱照赚不误，还说自己的手艺精，喷得好。

榨　匠

在我的家乡，山谷之间随处都可以看到油茶树。在每个人口稠密的村镇，都会有榨油坊的身影。人们一走近榨油坊，就能闻到从榨油坊里飘出来的一股浓烈的油香。

榨油坊的油槽前，自然会有榨匠的身影。

榨匠，有人称之为槽匠。在很多人的心里，榨匠也算不上真正的手艺人。任何一个普通人，只要力大心细，眼明手快，就都能够胜任榨油的工作。

但我的一个常年在榨油坊做榨匠的朋友对我说，你错了，榨匠好做，望天锤难打。榨匠像别的手艺人一样，也是要考验心力、眼力、手力的，也是要靠技术的。不要说吊榨对榨匠来说是个考验，就是烘干茶籽这样看似简单的活计，也很考验一个榨匠的功力。茶籽多烤一分就变焦，少烤一分就少油。真正好的榨匠一上手，便知有没有。他一看茶籽的颜色，就知道烤好了没有。烤好的茶籽，不但油的分量足，油色也清亮，而且香味扑鼻。

与我说这些的这个榨匠朋友，从他高祖父开油坊做榨匠始，经历了曾祖父、祖父、父亲四代，传到他手里，已经足足五代人。他还说，一个好的榨匠，要手上有活，眼里有光，心里有数，知道哪该用巧劲，哪该用重力。

也唯有这样，才能让手上的吊锤准确地砸到木楔子上，完成一次巧妙的打榨。

好多人都说，打榨是榨匠在油坊里向人展示力与美。这一下又一下的打榨，以及从榨匠嘴里喊出的吆喝声，会让站在边上的人心生鼓舞。

榨匠朋友还说，一个好的榨匠，他的心像手里榨出的油一样透明干净。他不会偷奸耍滑，更不会冒着损坏名声的风险，在榨油这件事情上做手脚。要知道，一家榨油坊就是一块活生生立在人心目中的招牌，如果某一天，有人传出这家榨油坊手脚不干净，或者是爱贪小便宜，爱耍小心眼，那么，所有的人都会唾弃这家榨油坊，而将目光投向那些内心真正像油一样干净的榨油坊。

我曾经在这位朋友的榨油坊里，看到他光着膀子，喊着口号，一下下地往木楔子上下锤。每当一槽油榨好了，他就会坐下来抽上一袋烟，跟我说："不要走了，今天煎米果吃。"

我喜欢他的干脆直接，也喜欢他亲手舀出来的他榨的油，放进锅里后，那么透明清亮，那么香气扑鼻。

他的油坊建在临水的竹林边上。建在那里可以借助水车的力量来碾压茶籽、油菜籽、花生这些油料。

随着柴油机和电力机械的使用，榨油坊不用借助水车的力量，一些榨油坑也就依镇而建、依村而建、依街而建，前店后坊，前面卖油，后面加工。此时的他也老了，榨不动油了，他的儿子也嫌榨油又苦又累，还赚不到大钱，不肯接班成为榨匠，一头扎向广东，成为众多打工仔里的一员。他跟我说："世道变了，榨油坊再也闻不到原来的味道，榨匠也彻底消失了。"

我跟他说："看淡一些，没有办法，这世界变化太快。虽然人们还是天天要吃油，但那油早已不是原来的味道。可日子还是照样过，生活照样向前！"

制作毛笔的人

1939 年，抗战正激烈，武汉大会战后，又掀起了南昌大会战。老百姓纷纷逃难，她们家也从进贤的文港逃难来到了龙泉。同时，也把制作毛笔的手艺带到了龙泉。

她说，进贤文港制作毛笔有两千多年的历史，从宋元时起就有人做毛笔，到了明代万历年间，文港人制作的毛笔更有"一支笔一两金"之说，可见进贤文港人制作的毛笔有多好，有多受欢迎。

说起进贤文港的毛笔，又得从山东邹县说起。山东邹县人才是进贤制作毛笔的祖师爷。只是后者居上，青出于蓝而胜于蓝，进贤文港竟成为中国毛笔之乡，以尖、齐、圆、健而闻名于世，融实用、观赏、收藏于一体，并且刚中有柔，柔中有刚，收得拢，撇得开。一支笔，竟如练武之人，刚柔并济，张弛有度。

说起这些的时候，她两眼放光，仿佛那些光辉的历史之中有她的身影。她似乎早已经忘记，小时候，父亲要她做笔时，她总是苦着一张脸，嫌做笔太枯燥。

可不，制作一支毛笔，大大小小一百多道工序，从选毛开始，就得费时费力费精神。可她奶奶说："你别身在福中不知福。有什么手艺能像制作毛笔，太阳晒不到，落雨淋不到？天天坐在家里，就把别人的钱给赚了。"

要说起来，制作毛笔还真的不用像别的手艺那样，太阳晒、落雨淋。坐在作坊里，需要的更多的是耐心与细心。仅就一支毛笔的毛来说，就有选毛、撕毛、泡毛、倒毛、梳毛、齐毛、切毛、折毛、染毛之说。在以前，制毛笔用的是山羊毛、山兔毛、黄鼠狼的尾毛、香狸子毛以及竹子，现在虽然更作兴狼毫笔，或以山羊胸部的毛制作毛笔，但物以稀为贵，这样的毛真正又有多少？好多都是有狼毫之名，而无狼毫之实，用的其实是兔毛，更有用化学纤维的。

"我是坚决不会用化学纤维制作毛笔的，这不但坏了祖宗传下来的规矩，也会坏了我的生意。父亲说，好笔贵在毫，笔头是关键。千万毛中拣一毫，只有坚持不懈，做到极致，才是我们家毛笔不同于别人家毛笔的地方，才是我们家的立身之本。"

"我不能将这门手艺断送在我的手里！"80多岁了，她说起这句话的时候，仍是斩钉截铁，落地有声。

听着她的话，我终于知道她家的店为什么能长盛不衰，再艰难的日子也能挺过去。

"梳毛是制作毛笔的基本功。刚学做毛笔，父亲就让我梳毛。父亲说反复地梳，梳掉的是杂乱的毛，梳顺的却是自己躁动的心。父亲还说，制笔的人也如读书的人一样，要有'板凳一坐十年冷'的决心和勇气，这样才能真正做好一支毛笔，一支能够书写江山、一定乾坤的毛笔。"

梳洗、浸润，将杂乱无序的毛慢慢梳顺，慢慢变成一束结实柔软、抱在一起成团的毛锋，然后蘸水、研磨、修整。整个制笔的过程，就是修心的过程。

　　这几年，国家重视传统文化教育，书法已列入中小学课程，练书法的人也越来越多。不少用过她家毛笔的人，都成为回头客，常到她家买毛笔，说她家的毛笔融刚、柔、肥、瘦于一体，用起来得心应手，挥洒自如。她也总对人说，好多书法家写字，就是用我们家的笔。

钟表匠

二十世纪七八十年代，手表、自行车、收音机、缝纫机属于结婚必不可少的四大件。想谈恋爱，找对象，手腕上没有一块手表，你都会觉得矮别人几分。自然，那个时代也成了钟表匠的黄金时代。好多年轻人首选的职业，就是成为一个钟表匠，端坐于农贸市场中，或是街口，凭修钟表的手艺体面地生活。

学修钟表，先得学会拆装，什么时候能把拆下来的钟表零件都装回原有的位置，也就离出师没多远了。那个年代的很多男孩都拆过钟表，我也不例外，只是当我把家里的闹钟拆得满桌子都是零件的时候，我却再也装不回去了。

许多钟表匠都说，跟着师傅学修钟表，师傅第一句话就是，要想学会修，首先就得学会拆，拆大钟、座钟、圆钟，各色各样的钟。最开始拆一只钟很慢很慢，到后来，十几分钟就能把一只钟拆得只剩一副架子。

拆钟并不算本事，装回去，钟表仍能走字，并且分秒不差，那才叫真本事。一开始装，师傅并不会看着，只有当装不回去了，师傅才会演示给你看。而且只演示一遍。师傅常说，眼力不行，精力不集中，就别学修表。

修表要的就是心定、手定、眼定。有这"三定"，就能成为一个好的钟表匠。

好的钟表匠，也要遇上好的时代。

20 世纪 90 年代，对钟表匠来说，就算得上是一个好时代。那个时代，虽然电子表、石英钟开始流行，但人们还是喜欢戴腕表，很多人还以戴名表为荣，觉得带一块世界名表，是一种身份的象征。所以，那时候的钟表匠很多，往往一条短短的街道，就能看到好几个钟表店。

我曾经买过一块"双狮"手表，没戴半个月，就停了。我把这块手表递到一个钟表匠的手上，他只瞟了一眼，就说："放这儿吧，等有时间我给你看看，你过三天来取。"我说："你现在不是有空闲吗？"他看看我说："哪里闲了，我还有好几块表没有修。"

我后来才知道，这是钟表匠的传统，哪怕是再闲，也不能让人看出他很闲。钟表匠要表现出生意很好，非常忙的样子。唯有这样，人们才会把表放到他的手里修，会觉得他是一个值得信任的修表匠。

只是，才过几年，钟表匠就真的闲了起来，人人手里都有手机，看时间就不需要再戴手表了。那些闲了的钟表匠开始卖各种电池，卖打火机，配起了钥匙，修起了雨伞。当然，也有一些钟表匠转行修起了手机。他们知道，只有与时俱进，才不会被这个时代淘汰，才找得到自己的饭碗。